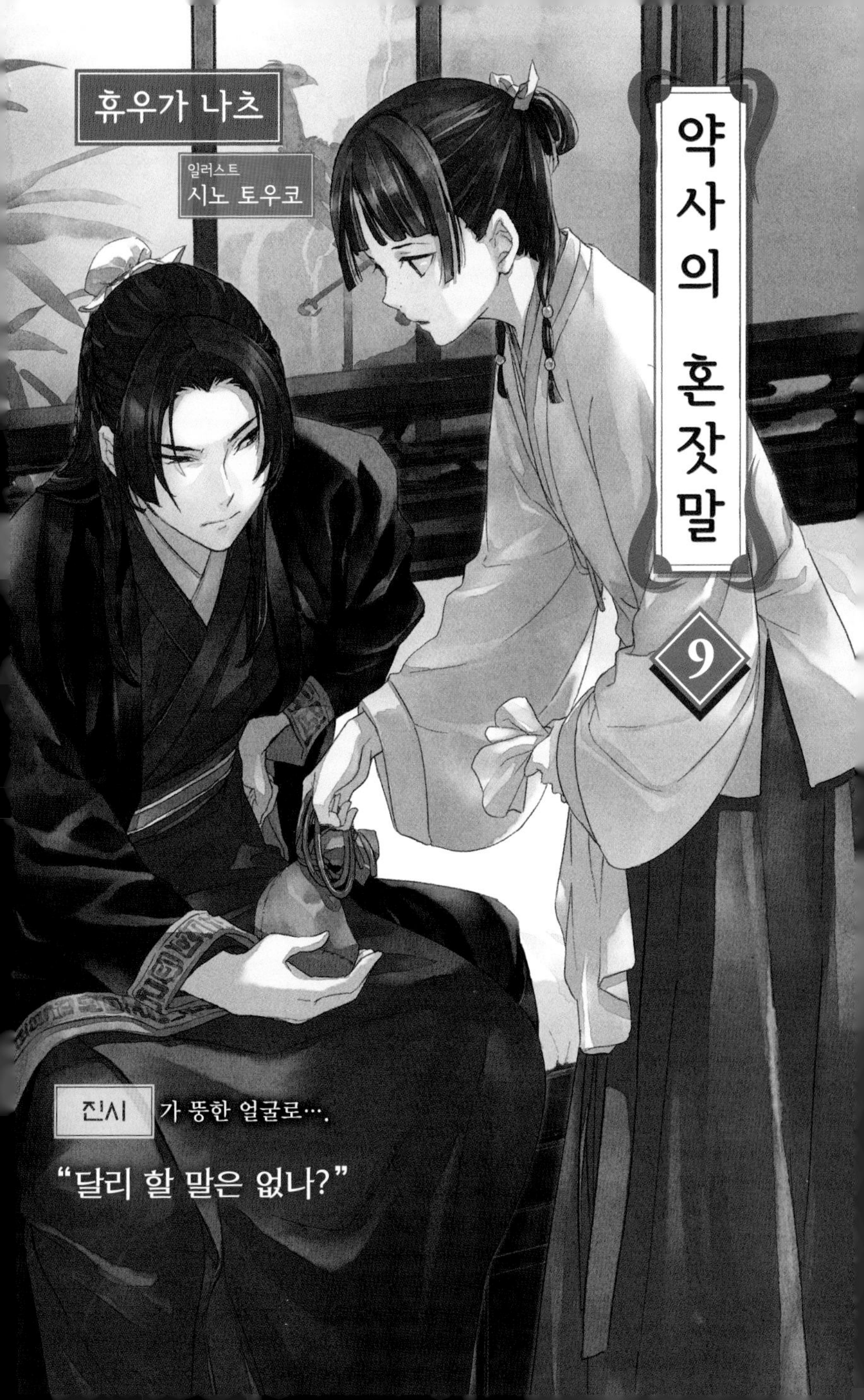
휴우가 나츠
일러스트
시노 토우코
약사의 혼잣말
9
진시 가 뚱한 얼굴로….
“달리 할 말은 없나?”

한없이 남의 일인 것처럼 구는
취에 의 손에는
구운 새고기 꼬치가
들려 있었다.

"거참,
질리지가
않네요."

라칸 은 내내 이런 상태다.

" **마오마오** 한테 어울리겠구나. "

장막 한 장 너머에서는

진시 가 긴 의자에 편하게 앉아 있었다.

양옆에 가오쉰, 타오메이 가 있었다.

"무슨 용건이신가요?"

약사의 혼잣말

INTRODUCTION

의술의 진상

스스로에게 낙인을 찍는다는
말도 안 되는 행위를 저지른 진시.
할 수 없이 비밀을 공유하게 된 마오마오는
진시의 치료 담당이 되어 비밀리에 처소를 드나들게 됩니다.
하지만 원래 단순한 약사에 불과했던 마오마오에게
외과 치료는 어깨 너머로 보고 배워 간신히 흉내나 내는 정도의 지식일 뿐.
진시에게 무슨 일이 일어났을 때
치료할 수 있는 사람은 마오마오 하나밖에 없는 상황이 되고 만 지금,
확실한 지식을 익히기 위해
양부 뤄먼에게 가르침을 청하지만,
뤄먼은 의술을 배우기 위해서는 자격이 필요하다고 말하고
마오마오를 비롯한 의관 보조 관녀들에게 숙제를 내 줍니다.
안내받아 간 곳은 마오마오의 친가이기도 한 라 일족의 저택.
그곳에 보관되어 있던 방대한 서적들 속에서
어떤 의술서를 찾아내 그 내용을 받아들이라는 과제였는데….
숨겨진 「화타의 서」란 무엇일까요?

약사의 혼잣말

9

휴우가 나츠 지음
시노 토우코 일러스트

Carnival

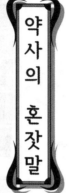

약사의 혼잣말

KUSURIYA NO HITORIGOTO 9

ⓒNatsu Hyuuga 2020
Originally published in Japan by Shufunotomo Infos Co., Ltd.
Translation rights arranged with Shufunotomo Infos Co., Ltd.
Through Shufunotomo Co., Ltd.
Korean Translation rightsⓒ2021 by HAKSAN PUBLISHING CO., LTD.

  마오마오······유곽의 약사. 약과 독에 기이한 집착을 갖고 있지만, 다른 일에는 관심이 별로 없다. 양아버지 뤄먼을 존경한다. 해가 바뀌어 20세.

  진시······황제의 아우. 천녀 같은 미모를 지닌 청년. 마오마오가 신경이 쓰여 어쩔 줄 모르지만 자꾸 피해 다니는 탓에 수단을 가리지 않게 되었다. 본명은 카즈이게츠. 21세.

  바셴······진시의 종자, 가오슌의 아들. 남들보다 통각에 둔한 체질을 타고났기 때문에 인간의 한계를 넘어선 힘을 발휘할 수 있다. 고지식하고 성실하지만 바보짓을 자주 한다. 리슈 비를 연모하고 있다.

가오슌······바센의 아버지. 탄탄한 체격의 무인이며 예전에 진시의 종자였던 인물. 현재는 황제 직속 부하로 일하고 있다.

라칸······마오마오의 친아버지, 뤄먼의 조카. 외알 안경을 낀 괴짜. 군부의 고관이지만 기행이 심한 탓에 주위에서는 꺼려하고 있다. 바둑과 장기가 취미이며 실력이 매우 뛰어나다.

라한······라칸의 조카이자 양자. 동그란 안경을 끼고 다니는 몸집 작은 사내. 미인에 약하고, 보기와는 다르게 미녀만 보면 꼬드기려 든다. 양아버지가 진 빚 때문에 열심히 부업을 하고 있다.

뤄먼······마오마오의 양아버지, 라칸의 숙부. 본래 환관이었으며 현재는 궁정 의관. 과거에 처형을 받아 한쪽 무릎뼈를 잃었다.

교쿠요 황후······황제의 정실. 빨간 머리와 녹색 눈을 지닌 이방의 공주. 22세.

황제······아름다운 수염을 기른 유능한 남자. 풍만한 몸매의 여성을 좋아한다. 37세.

야오……마오마오의 동료. 키가 크고 발육이 좋기 때문에 마오마오보다 연상으로 보인다. 정략결혼을 강요하는 숙부를 싫어한다. 16세.

옌옌……마오마오의 동료. 야오의 시녀이며 야오와 함께 궁정 의관 보조 일을 하고 있다. 머릿속에 온통 야오 생각밖에 없고, 때때로 비뚤어진 애정을 보이곤 한다. 20세.

리쿠손……본래 라칸의 부관. 현재 서도에서 일하고 있다. 사람 얼굴을 한 번 보면 잊어버리지 않는 특기를 지녔다.

교쿠엔……교쿠요 황후의 친아버지. 서도를 다스리고 있었으나 딸이 황후가 된 일로 도성을 찾아왔다.

교쿠오……교쿠엔의 장남. 교쿠요 황후의 이복오빠. 현재 아버지를 대신하여 서도를 다스리고 있다.

스이렌……진시의 시녀이자 유모.

바료……가오슌의 아들, 바센의 형. 대인 관계 때문에 금방 위장에 병이 난다.

류 의관······궁정의 상급 의관. 옛날에 뤄먼과 함께 서방에 유학을 간 적이 있다.

티엔요우······마오마오의 동료인 젊은 의관. 경박한 남자. 옌옌에게 마음이 있다.

서　장

악몽이 이어지고 있었다.

마오마오는 옆으로 안긴 채 저항하지 못하고 옆방으로 실려 갔다.

마오마오의 심장이 정신없이 쿵쿵 뛰었다. 마오마오를 안은 진시의 옆구리에는 화상을 입은 상처가 생생했다.

딱히 위기감이 없는 건 아니지만, 약사로서의 본성 때문에 자꾸만 상처 자리가 신경 쓰였다.

'상처가 깨끗이 타서 피는 안 나는데….'

머리를 굴려 어떤 약이 필요할지 정리했다. 자운고紫雲膏가 무난하지 않을까.

'자근紫根, 당귀當歸, 밀랍은 구할 수 있겠네. 참기름은 어렵다고 치고.'

아니, 안 되지. 마오마오는 고개를 가로저었다. 자운고가 효

과를 발휘하는 범위는 경증 화상까지였다는 사실이, 자신의 왼
팔을 보고 떠올랐다. 중증 화상의 경우 역효과가 일어났던 기
억이 있다.

'화상에 잘 듣는 약, 약.'

아무튼 건조를 방지하는 연고를 만들어야 한다. 기름과 밀랍
을 찾아보자.

어떻게 처치할까 생각하고 있는데, 진시가 겨우 마오마오를
내려놓았다.

"…진시 님."

진시는 침대에 엎드려 있었다. 얼굴이 일그러져 있다.

"아프세요?"

"아프구나."

하긴 아플 것이다. 어느 정도는 마비되어 있을지도 모르겠지
만, 낙인을 찍었는데 아프지 않을 리가 없다.

하지만 진시의 아픔은 다른 종류의 느낌으로 보였다.

"…후회하지는 않으십니까?"

마오마오는 문득 진시에게 물었다. 방금 전까지 후련하다는
태도를 보였던 남자는 힘없이 무너져 침대에 얼굴을 묻은 채 눈
물을 흘리고 있었다. 마오마오에게 보이는 옆얼굴에 표정은 없
었고, 진시 스스로도 눈물을 흘리고 있다는 사실을 알아차리지
못하는지도 모르겠다.

마오마오는 진시에게 말을 걸면서 이쪽 방에는 어떤 생약이 있는지 뒤져 보기 시작했다. 금세 막자사발을 찾아냈으므로 일단 확보해 두었다. 접시도 몇 개 있었다. 물을 끓일 수 있다면 좋겠다는 생각에 화로를 가까이 가져올까 싶었으나 진시 앞에는 놓아두고 싶지 않았다. 그래서 반대로 방 한구석으로 밀어 냈다.

"무슨 후회 말이지?"

무슨 후회냐고 물으면 설명하기 어렵다.

진시가 황위에 전혀 관심이 없다는 사실은 마오마오도 알 수 있었다. 그렇지 않고서야 교쿠요 황후를 비롯한 비들과 양호한 관계를 맺을 수는 없었으리라. 그 점을 일부러 노렸다면 정말 대단한 책사겠지만.

상처도 후회는 없어 보였다. 뺨에 상처가 난 일도 오히려 기뻐하고 있는 듯하다고, 마오마오는 느꼈다. 주위에서 생각하는 것만큼 본인의 용모에 집착하지 않는다는 점이 얄미웠다.

그렇다면 왜 풀이 죽어 있을까.

마오마오는 수저를 찾아서 침대 옆 탁자에 올려놓았다. 약을 섞을 수 있는 주걱은 있었지만 날붙이 종류는 없었다.

"주상께서는 화가 나셨다기보다 슬퍼하시는 것 같아 보였습니다. 진시 님은 주상을 슬프게 만들 생각은 아니셨던 거죠?"

"그래. 그냥 화만 냈다면 좋았을 텐데."

진시가 지금 이렇게 풀이 죽어 있는 이유는 주상의 슬픈 눈을 보았기 때문일까.

'아마 주상은….'

황제와 진시의 관계. 그리고 아둬. 마오마오의 안에서는 망상에 가까운 무언가였지만, 그들과 접하고 있던 사이 확신으로 바뀌어 갔다. 결코 입 밖에 내어서는 안 되는 비밀이었다.

'아버지에게 야단맞겠지.'

예상을 확신으로 바꾸려면 객관적인 증거가 필요하지만, 마오마오는 그 증거를 인간의 감정 속에서 찾아내려 하고 있었다. 너무나 애매하고 모호한, 감정이라는 것에서.

하지만 황제의 슬픔에 찬 눈과, 교쿠요 황후 앞에서 간신히 자제하는 표정을 본 마오마오는 이렇게 생각하는 수밖에 없었다.

진시는 현 황제의 장자라고.

'몰라도 좋을 것들을 자꾸 알게 되네.'

마오마오는 한숨을 내쉬며 진시를 보았다.

조금은 진정됐으리라는 생각에 마오마오는 옆방으로 이동하려 했다. 하지만 바로 진시에게 손목을 붙잡혔다.

"어디 가는 거지?"

"약 가지러 갑니다. 건너편 방에 재료가 있어서요."

마오마오가 대답하자 진시는 자리에서 일어나 벽 앞의 수납장 서랍을 열었다.

그곳에는 마오마오의 눈을 반짝반짝 빛나게 만드는 생약들이 하나 가득, 심지어 분류도 확실하게 되어 채워져 있었다.

"으아아아!"

양 손가락이 꼼지락거리고 침이 흐를 것만 같았다. 마오마오는 금방이라도 춤을 추고 싶은 마음을 간신히 억누르고 심호흡을 했다.

진시의 차가운 시선이 꽂혔다.

다양한 약효를 지닌 생약들 가운데 이미 완성된 연고가 있었다. 마오마오는 커다란 대합 껍데기 그릇을 열어 냄새를 맡아 보았다. 달콤한 벌꿀과 독특한 참깨 냄새가 섞여 있었다. 그 외에 약 같은 것은 함유되어 있지 않은 듯했다.

소독용 주정과 붕대도 꺼내 놓았다.

마오마오는 연고를 집어 들고 진시 앞에 섰다.

"진시 님, 상처 처치를 해야겠으니 다친 곳을 보여 주십시오."

마오마오는 진시를 다시 침대에 앉히려 했으나 반대로 빙글 돌아 스스로가 침대에 앉혀지고 말았다.

"무슨 생각이시지요?"

마오마오는 뚱한 얼굴로 진시를 보았다.

진시는 마오마오의 턱을 어루만졌다. 마오마오는 그 손끝을 피하듯 위를 올려다보았다.

"여기까지 와서 계속 눈치 없는 척을 하려는 것이냐? 이젠 아무도 내 밤 시중을 들어 주지 못하게 되었는데."

진시는 히죽 웃었으나, 여유가 없는지 비지땀이 배어 나왔다.

마오마오는 입을 꽉 다물었다. 그리고 짜증을 내며 오히려 반만 걸치고 있던 진시의 옷깃을 움켜잡았다.

"눈치가 없는 사람이 대체 누구죠? 이 상황에서 제가 화나지 않았을 것 같으세요?"

마오마오는 진시의 코끝에 얼굴을 들이밀었다.

"진시 님의 소행은 횡포입니다. 자신의 바람만을 전달하기 위한, 이른바 반칙일 뿐이죠. 주위를 돌아보지 않고, 자신의 입장도 전혀 생각하지 않는 자기중심적이면서 피학적이기 짝이 없는 그 행동에 어처구니가 없어서 말도 나오지 않습니다."

아니, 말하고 있잖아. 하고 진시의 표정에 드러나 있었다.

"교쿠요 황후 전하의 동궁도, 리화 비전하의 황자도, 아직 태어난 지 1년밖에 안 되었다고요…."

어린아이는 연약하다. 일곱 살이 되기 전까지 언제 죽을지 모른다. 아무리 백분을 쓰지 않는다 해도 병으로 죽을지도 모른다. 사고를 당할지도 모른다. 암살을 당할 수도 있다.

"만일 주상께 무슨 일이 생긴다면 어떻게 할 생각이시죠?"

"그런 일이 일어나지 않게 하기 위해 움직이고 있어."

진시는 천녀의 목소리와는 전혀 다른, 낮게 울리는 목소리로 분명히 말했다. 진시의 눈빛은 어두웠기에 어설픈 마음가짐을 지녔다고는 도저히 보이지 않았다.

마오마오는 목구멍까지 나오려 했던 말을 할 수 없었다.

진시의 행동은 불합리했다. 적어도 마오마오와 교쿠요 황후에게는 단지 그뿐이다. 황제에게는 어떨지 모르지만, 아마 청천벽력이라고밖에 생각할 수 없었으리라.

하지만 동시에 진시 또한 불합리를 감당하며 살아온 사람이었다.

불합리를 떠넘기기만 하는 권력자였다면 얼마든지 분노로 미쳐 날뛸 수 있었으리라. 하지만 이렇게 마오마오의 말에 귀를 기울일 줄 아는 넓은 마음을 지녔기에 반대로 진시는 큰 소리로 자기주장을 할 수가 없었던 것이다.

온실 속 화초라는 말이 있지만, 진시 또한 온실 속에서 꾹꾹 짓눌려 무너지며 살아온 입장이었다. 그 중압감에 깔려 견디지 못하고 죽어 버린 자도 수없이 있었으리라.

'나라면 죽어도 싫어.'

진시 또한 마찬가지다. 마오마오가 발버둥을 치며 도망 다니는 것과 똑같다. 하지만 진시는 그저 감정에 휩쓸려 충동적으로 행동하지 않는다. 생각하고 또 생각해서 자기 나름대로의 결론을 내리고 이번 행동을 저지른 것이다.

마오마오의 감정은 정신없이 마구 뒤엉켰다. 어떻게 해야 좋을지 알 수 없었다. 아예 속사정도 인간성도 모르는 인간이었다면 차라리 나았다. 모르는 척하고 곁눈질로 쳐다보기만 할 수 있었다면 얼마나 편했을까.

'이 자식!'

마오마오는 오른손을 들어 진시의 이마 앞에서 멈추었다. 그리고 검지와 엄지로 원을 만들어, 힘을 끌어모았다.

"에잇!"

진시의 이마에서 손끝이 튕겼다. 따귀를 때려도 상관없겠지만 뺨에 뚜렷하게 자국이 남으면 곤란하다.

무례하기 짝이 없는 행동이라는 사실은 알고 있었고 여차하면 목이 날아갈지도 모른다. 하지만 진시라면 이 정도는 용서해 줄 것이라고 생각했다.

'아니, 오히려 내가 많이 참아 주고 있는 거라고.'

이마를 누른 채 진시는 입을 딱 벌렸다.

"입 다물고 치료나 받으세요."

마오마오의 말에 진시가 뚱한 표정을 지었다.

"나는 나대로 여러 가지 생각을 하고 있어."

"생각이고 뭐고, 저는 약사입니다. 제 일을 하게 해 주세요."

이것만큼은 물러설 수 없다. 방금 전까지는 진시의 독무대였지만 이젠 제멋대로 설치게 내버려 두지 않을 것이다.

마오마오는 방금 전 찾아낸 주걱을 꺼냈다.

"진시 님이 방해하셔서 시간이 없습니다. 가능하면 진통제를 드셨으면 했지만 포기해 주십시오."

마오마오는 진시 옆을 빠져나가듯 자리에서 일어서서, 등 뒤
로 가서 밀쳤다.

"큽!"

천녀라고는 생각하기 힘든 꼴사나운 목소리가 들렸다. 마오
마오는 침대에 얼굴이 파묻힌 진시의 몸을 간신히 옆으로 돌렸
다. 덩치가 커서 무거웠다.

휴우, 하고 한숨을 내쉬며 마오마오는 방 한구석에 있는 화
로의 숯으로 주걱을 달궜다.

"움직이시면 안 됩니다."

"그건 뭐야? 또 태우려는 생각은 아니겠지?"

"안 태워요! 지져서 소독을 했을 뿐이에요."

마오마오는 주걱을 흔들어 열을 식힌 뒤 청결한 천으로 닦았
다.

"태우는 게 아니라 잘라 내는 겁니다."

"잘라…."

진시의 얼굴이 일그러졌다. 창백해져 봤자 이미 늦었다. 자기
손으로 저지른 일이니 참는 수밖에.

"탄화된 피부와 살을 떼어 내지 않으면 거기서 독이 퍼집니
다. 화농을 방지하기 위해 전부 잘라 내고 싶지만, 날붙이가 없
으니 이것으로…."

금속 주걱으로 떼어 내는 수밖에 없다. 조금 아프겠지만 참아야 한다.

"자, 잠깐 기다려. 웬만한 날붙이보다 더 무서운 것 같은데?"

"무섭고 자시고, 자기 자신에게 낙인을 찍은 사람에게 듣고 싶은 말은 아니군요. 여기엔 날붙이가 없으니 그냥 응급 처치로 떼어 내려는 것뿐이에요. 나중에 제대로 된 처치를 하고 싶지만…."

일단 이 방을 나가면 마오마오가 제대로 된 처치를 할 수 있을지 어떨지 모른다. 최소한 연고를 발라 화상에 독이 들어가지 않도록 해 두고 싶다.

'나중에 처리할 시간이 날지 모르겠네.'

이미 밤도 늦었다. 마오마오는 내일도 일을 해야 하고, 진시도 마찬가지다. 일을 쉬라고 해도 쉴 생각이 없을 터였다.

내일, 아니 오늘 일이 끝나고 난 후에라도 도구와 약을 제대로 갖춰 처리를 해야 한다.

무엇보다 진시가 누구에게도 상처를 내보이지 않은 채 생활할 수 있을까.

"혼자서 옷을 갈아입으실 수 있으신가요?"

"어린애 취급하지 마라."

"항상 옷 갈아입는 일도 도움을 받는 사람이 누군데요?"

마오마오는 서랍에 들어 있던 주정으로 붕대를 적셔 상처 자리에 댔다. 탄화된 피부에서 독특한 냄새가 났다.

'저녁식사 때 고기나 구워 달라고 할까.'

"이봐, 지금 뭐라고 말하지 않았어?"

"아뇨, 아무것도 아닙니다."

주정으로 상처 주위를 소독하자 진시가 얼굴을 찌푸렸다.

"참아 주세요. 자, 적당히 홑이불이라도 입에 물고 계시든가
요."

마오마오는 침대에서 홑이불을 걷어 진시에게 떠넘겼다. 아
름다운 얼굴이 싫다는 듯 홑이불을 밀쳐 냈다.

"혀 깨무실 텐데요."

"안 깨문다."

무슨 생각을 했는지 진시는 마오마오 위로 몸을 숙였다. 그리
고 마오마오의 어깨를 덥석 깨물었다.

"하지 마세요. 손이 미끄러집니다."

"윽."

대답인가. 천 너머로 치아의 감촉은 사라졌지만 자세는 달라
지지 않았다. 옷을 잡아당기는 감각만 남아 있었다.

"침, 묻히지 말아 주세요."

"으응."

긍정인지 부정인지 모를 대답이었다.

그렇다면 사양하지 말아야겠다는 생각에 마오마오는 주걱을

탄화된 피부에 들이댔다. 웅얼거리는 목소리가 귓가에 울려 퍼졌지만 마오마오는 담담하게 작업을 해 나갔다.

'이 목소리, 절대 남들에게는 들려줄 수 없겠는걸⋯.'

마오마오의 등에 두른 팔에 점점 힘이 실렸다. 작업하기 불편하다고 생각하면서도 마오마오는 일을 끝내는 수밖에 없었다.

약사의 혼잣말

1 화 : 야오의 부탁

극도의 피로를 느끼든 말든 아침은 온다. 아침이 온다는 것은 일을 해야 한다는 뜻이다.

마오마오는 너무 피곤해서 아무 생각도 하고 싶지 않았다. 졸려서 견딜 수가 없었지만 그보다 더 골치 아픈 문제가 머리를 사정없이 움직이게 했다.

'일이 끝나면 불려 가게 되는 걸까. 화상 처치에 필요한 생약은….'

생각에 잠긴 채 마오마오는 서랍장을 정리했다. 벌써 연말이다. 견습 의관과 의관 보조 관녀들이 의무실 대청소를 하고 있었다.

"으으…. 힘들어…."

야오가 크게 기지개를 켰다. 야오는 걸레를 쥐고 서랍장을 꼼꼼히 닦는 중이었다.

"이 정도면 되지 않을까요?"

옌옌이 걸레를 빨아서 짰다.

견습 의관들은 힘쓰는 일을 주로 했고, 실내의 자잘한 청소는 마오마오 일행 셋의 담당이었다.

"괜찮지 않을까요?"

마오마오는 서랍장을 제자리에 돌려놓았다. 대청소가 종료되면 일도 끝이다.

연말연시에 관녀들은 휴가를 받는다. 의관들은 교대로 궁정에 남지만 마오마오 일행까지 남을 필요는 없는 것 같았다.

들리는 설에 따르면 관녀들에게 제대로 휴가를 주지 않을 경우 부모가 시끄럽게 군다고 한다.

'원래 신부 수업 때문에 일하러 와 있는 거나 다름없으니 말이지.'

또는 신랑 찾기일까.

하지만 야오도 옌옌도 일을 일로써 하기 위해 와 있는 입장이므로 본가에서 휴가를 보내지는 않을 터였다. 야오는 그녀의 아버지가 죽고 본가의 실권은 숙부가 쥐고 있다. 그 숙부로 말할 것 같으면 야오를 결혼시키려 하는 사람이었다.

온통 아가씨 생각뿐인 옌옌 입장에서 야오의 숙부는 적에 불과했다.

"저기, 마오마오는 휴가 때 어떻게 할 거야? 어제는 본가에 불려 갔던 것 같던데, 가업을 도우러 가기라도 하는 거야?"

야오가 걸레를 말리기 위해 널고 손을 닦으며 물었다.

본가로 불려 갔다는 말은 진시가 불러낸 일을 둘러대기 위한 방편인 듯했다. 이야기를 듣자하니 본가 약방에 급한 환자가 생겨 도와 달라는 내용이었달까. 한밤중에 마오마오가 사라졌다가 아침에 돌아갈 것을 상정하고 한 말이라면 정말이지 몹쓸 짓이었다.

'처음부터 그럴 생각으로….'

분노가 부글부글 끓어올랐지만 지금은 냉정해져야 한다.

야오의 질문에 대답한다면 대답은 '아니오'다.

기껏해야 며칠간 고향 집에 다녀올 수 있다면 그나마 나은 편이다. 당일치기로 끝날지도 모른다.

커다란 화상을 스스로에게 입힌 멍청한 귀인이 계신다. 오늘도 일이 끝나면 누가 데리러 올 것 같다.

솔직하게 대답하면 안 된다. 어떻게 얼버무려야 할지 마오마오는 생각했다. 여기서는 일단 유곽에 돌아간다는 전제로 대답해 두자.

"오히려 저는 대목인 셈이에요."

"대목?"

"주머니가 두둑한 어르신들이 반드시 집에 돌아가리라는 보장은 없거든요. 손님이 많아지면 약방도 장사가 잘되니 무척 바쁘죠."

야오는 고개를 갸웃거렸지만 옌옌은 의미를 알아들었는지 마오마오를 노려보았다. 정보통인 옌옌은 마오마오의 본가에서 무슨 일을 하는지 알고 있다. 아무리 그래도 두 사람이 유곽의 창관에 찾아올 일은 없겠지.

"마오마오, 너무 품위 없는 이야기를 아가씨에게 들려주지 마세요."

'사실인데.'

알기 쉽게 말하자면 급료를 잔뜩 받은 남자들이 밤나비를 사러 온다는 이야기였다. 의사도 쉬는 기간이기 때문에 녹청관 할멈은 항상 약방을 열어 놓으라고 했다. 아버지가 돌아갈 수 있을지 알 수 없는 이상 마오마오가 돌아갈 예정이었으나, 불가능해졌다.

'또 할멈한테 혼나겠네.'

무엇보다 아직까지 약사로서는 초보자에 가까운 사젠이 잘하고 있을지가 걱정되어 견딜 수가 없었다.

'미안, 사젠. 힘내.'

할멈도 고귀한 분의 명이라고 하면 이해해 주겠지. 얼마나 바가지를 씌울지는 모르지만. 감 좋은 할멈이니 명령의 진정한 의미를 들키지 않게끔 해야 한다.

'약방은 코쿠요한테 부탁해 놓았으니까 괜찮을 거라고 믿고

싶다.'

얼굴에 포창 흉터가 있는 명랑한 남자가 떠올랐다. 약사로서의 실력은 신뢰할 수 있지만 그 경박하기 짝이 없는 성격을 생각하면 불안하다.

아무튼 뭐, 그런 생각을 하면서 마오마오는 약초를 키우는 밭이나 할멈의 무리한 주문 등의 이야기도 덧붙였다.

"가난한 사람은 한가할 틈이 없으니 휴가가 없거든요."

야오는 입을 다물고 말았다.

"바쁘단 말이군요."

옌옌이 마오마오에게 확인했다.

"네."

즉답하자 옌옌이 야오의 얼굴을 보았다.

하고 싶은 말이 있어 보였지만 안타깝게도 마오마오는 눈치챌 수 없었다.

청소 도구를 정리하고 나서 고개를 들자 야오가 또다시 입을 우물거리고 있었다.

"무슨 일 있으세요?"

"…저기, 마오마오네 본가는 약방이랬지?"

"그런데요."

방금 말했을 텐데. 야오는 이번에는 뭔가 근질근질한 눈치였다.

마오마오가 고개를 갸웃거리자 야오는 겨우 결심한 듯 입을 열었다.

"고, 공부도 할 겸 휴가 기간 동안 마오마오네 집에 가도 될까?"

"아, 아가씨."

놀란 사람은 옌옌이었다. 야오가 한 말을 듣고 옌옌은 눈을 희번덕거렸다.

'장소가 장소이니 말이지.'

소중한 아가씨가 유곽 같은 곳에 발을 들여 놓게 하기는 싫은 모양이었다. 옌옌은 마오마오를 보고 뭔가 핑계를 대서 거절해 달라고 호소하고 있었다.

"치안이 나쁘니 오지 말아 주세요. 무엇보다 웬만한 무관들보다 냄새도 고약하고 더러운 남자들이 와글거리는 곳이라고요. 야오 씨에게는 위험한 장소니까요."

바쁘다고 열심히 핑계를 댔는데 계속 물고 늘어지면 곤란하다.

"…하지만 마오마오는 그런 곳에서 살고 있잖아?"

야오는 겁을 먹기는커녕 반론했다.

"저는 태어난 후로 계속 살아온 곳이에요. 익숙한 저랑 똑같이 생각하시는 건 이상하죠."

지극히 당연한 말을 했다고 생각했는데 야오의 지기 싫어하는 마음에 불을 붙여 버렸나 보다.

"그럼, 익숙해지면 되잖아!"

"아, 아가씨, 위험해요. 휴가 동안에는 얌전히 집에서 느긋하게 쉬자고요."

"집에 있으면 그 남자가 올 것 아니야!"

'그 남자'란 누구인가, 라고 말할 것도 없이 마오마오도 예상할 수 있었다. 숙부겠지.

'즉, 피난처로 쓰고 싶다는 말이었군.'

야오와 옌옌을 녹청관에 데려간다 해도 문제가 너무 많다. 마오마오는 진시의 상태를 돌봐야 하고, 그 사실을 들켜서는 안 된다. 할멈이라면 최악의 경우 돈을 잔뜩 쥐어 주면 입을 다물어 주겠지만 야오는 어떨까.

잘 구워삶아야만 한다.

"숙식은 어떻게 하시려고요? 숙박업소라고는 해도 야오 씨가 머무를 만한 장소는 아니에요."

밤에는 손님이 드나들고, 무엇보다 마오마오의 집은 낡아 빠진 오두막이다. 게다가 지금은 사젠과 쵸우가 살고 있으니 도저히 묵게 할 수 없다.

"마오마오의 집은 솔직히 사람이 살 만한 곳이 아니니 아가씨에게는 무리일 거라고 생각해요."

"옌옌이 어떻게 그걸 알아?"

'아니, 난 거기에 살고 있는데.'

집 상황까지 빠짐없이 조사한 것 같았다. 빈틈없는 고용인이다. 어젯밤 마오마오가 사라졌던 일도 어쩌면 수상하게 여기고 있을지도 모른다. 등골로 식은땀이 흘렀다.

"달리 아는 사람은 없나요? 집에 재워 줄 친구는요?"

마오마오는 질문하는 방향을 잘못 잡았다.

야오의 얼굴이 새파래졌다. 살짝 울고 싶은 표정으로도 보였다.

옌옌이 야오의 역성을 들며 '사과하세요' 하고 눈치를 주고 있었다.

'앗….'

파악했다. 친구가 없는 모양이었다.

이건 눈치 못 챈 마오마오가 나빴다. 잘 수습해야 할 텐데.

"연말연시엔 어느 집이든 친척이 모이기 마련이니, 친구라 해도 거절당하겠군요…."

"맞아요. 그러니까 일하는 곳인 마오마오의 집이라면 괜찮을 거라고 생각하셨던 거죠, 아가씨?"

옌옌이 '좋아요' 하고 엄지를 치켜들었다. 그나저나 괜찮은 걸까, 그러면 야오를 유곽으로 부르는 꼴이 되고 마는데.

'최악의 경우 녹청관 방을 빌릴까.'

안 된다. 손님 출입이 잦아서 비는 방이 없다. 있다고 해도 할멈이 바가지를 씌울 테고, 그 돈을 지불한다 해도 하룻밤 내

내 신음 소리가 들려오는 방에서 야오가 제정신으로 있을 수 있을지도 알 수 없다. 중간에 옌옌이 목소리의 주인들을 야습할지도 모른다.

무엇보다 마오마오의 부재를 얼버무릴 수가 없다.

어디 딱 좋은 장소 없을까.

"…평범한 숙소가 아닌 편이 좋겠죠?"

"그렇죠."

옌옌이 야오 대신 대답했다.

"전에 몰래 다른 집으로 이사했더니 다음 날 들킨 적이 있거든요."

'그 숙부란 사람, 대체 정체가 뭐야?'

옌옌이 첩보 활동에 능숙한 이유는 야오의 숙부에게 단련되었기 때문이 아닐까.

"저희 집도 금방 들키지 않을까요?"

"아뇨, 아마 마오마오 주변이라면 괜찮을 거예요."

그게 무슨 의미일까.

"이상한 벌레가 가까이 다가오면 쫓아내 줄 사람들이 있으니까요."

'앗…….'

이해했다. 모 괴짜 군사 이야기였다.

마오마오는 몸에서 핏기가 싹 빠져나가는 것을 느꼈다. 어젯밤 일을 눈치채지는 않았을까. 무슨 일이 생기면 내란이 일어날지도 모른다.

'아니, 아직 괜찮을 거야.'

만일 들켰다면 지금쯤 의국으로 돌격했으리라. 아직, 괜찮다.

그 김에 지금 야오와 옌옌이 원하는 이상적인 숙소까지 머릿속에 떠올랐다.

치안이 좋으면서도 야오의 혈족에게 들킬 일 없고, 들킨다 해도 손을 댈 수 없는 장소.

있기는 있지만 마오마오의 입으로 말하고 싶지는 않았다.

"마오마오, 짚이는 곳이 있군요?"

옌옌이 얼굴을 불쑥 들이밀었다.

"있다면 말해 줄 수 있을까요?"

코와 코가 한 치*의 거리에 있는 곳까지 얼굴이 다가왔다. 이래서는 눈을 돌릴 수도 없다.

"옌옌, 너무 가까워."

야오가 말려 주었기에 마오마오는 안도의 한숨을 내쉬었다.

"그래서 어딘데?"

야오도 야오대로 추궁했다.

"어디인가요?"

※한 치 : 약 3센티미터.

마오마오는 할 수 없이 두 손을 들었다.

"두 분도 알고 있는 사람의 집이에요. 저는 절대 부탁 안 할 테니 가고 싶으면 두 분이 부탁하세요."

원래 명가였다고 하니 방 정도는 남을 터였다.

"그 수전노 꼬불머리 안경한테 부탁해 보시는 게 어떠세요?"

그건 말할 필요도 없이 괴짜 군사의 양자, 라한이다.

라한의 집에 야오와 옌옌이 신세를 진다.

조건으로 보면 이상적이지만 동시에 문제가 있다.

첫째로 괴짜 군사의 집이라는 점.

둘째로 외간 남자의 집에 머문다는 점.

말하자면 홀아비살림인 셈이다. 세간에서 볼 때도 젊은 아가씨가 머무르고 싶어 할 만한 곳은 아니겠지만….

"이야, 화사해지고 좋겠는데."

안경을 쓱 치켜올리며 라한이 나타났다.

그 후 두 사람은 바로 편지를 쓰고, 하인을 시켜 라한에게 전달하게 했다.

"저자도 일단은 수컷인데 괜찮을까요?"

그날 일이 끝날 무렵에는 라한이 찾아왔다. 기숙사 현관에서 얄미운 실눈의 덩치 작은 남자가 웃고 있었다.

너무 빠른 행동에 마오마오는 당황하고 말았다.

"괜찮지 않을까? 엉큼한 눈빛도 아니고."

야오는 태평하게 대답했다.

아니, 야오는 더 깊이 생각해 봐야 한다. 라한은 여성 앞에서는 생각보다 손이 빠르니까.

"라한 님이라면 문제없겠지요."

반대할 줄 알았던 옌옌까지 적극적이었다. 이유를 들어 보니….

"라한 님의 여성 관계는 뒤탈이 없고, 게다가 상대는 연상들뿐이었으니까요."

'괜히 들었다.'

못난 얼굴치고는 바람둥이긴 하지만, 어떤 여성들과 사귀었는지까지 알고 싶지는 않다. 세상에는 잘생긴 얼굴보다 매끄러운 입담으로 인기를 얻는 남자가 있다. 라한도 그런 유형이다.

그런 연유로 상황은 시원시원하게 전개되어 야오와 옌옌은 금세 라한의 집에 머무르게 되었다.

라한은 생글생글 웃으며 마오마오에게 다가왔다. 야오와 옌옌이 준비하는 틈을 노린 듯했다.

"두 사람은 정중하게 대접할 테니 너는 걱정하지 않아도 된단다."

라한이 어깨를 만지자 마오마오는 찰싹 때려 손을 떼어 냈다.

"너무하는구나, 동생아."

그 김에 발톱 끝까지 꽉 밟아 주려 했으나 라한은 피했다.

"달의 귀인에게도 그런 태도로 대하면 안 된다."

라한은 밟히지도 않은 발톱 끝을 문지르며 말했다. 실로 과한 동작이었다.

'이 자식이…….'

마오마오가 노려보자 라한은 의미심장하게 씩 웃었다.

"자, 또 손님이 올지도 모르니 나는 두 사람을 데리고 얼른 가 보마."

라한은 한쪽 눈을 찡긋했다.

어젯밤 마오마오가 진시에게 불려 갔던 일을 알고 있는 걸까. 아니면 또 진시와 뒤에서 손을 잡기라도 한 걸까.

당장 캐묻고 싶었지만 소동을 피우면 야오와 옌옌이 알아차릴지도 모른다.

'정말 얕볼 수 없는 놈이야.'

……그런 연유로 화제를 바꾸기로 했다.

"부탁해 놓고 이제 와서 묻기도 뭣하지만, 저 둘을 데려가겠다는 허락은 받았어?"

누구에게?라고 묻는다면 이름도 말하기 싫은 그 사람에게, 말이다.

"안심해. 아버님은 며칠 동안 외출하셔서 안 돌아오실 거야. 그러니까 어젯밤 일도 비밀로 할 수 있겠지?"

'어디까지 알고 있는 거야?'

아무리 그래도 자세한 상황은 모를 거라 생각하지만, 나쁜 방향으로 오해하고 있는 듯했다.

그것을 눈치챘는지 어땠는지는 모르지만 라한이 마오마오에게 귓속말을 했다.

"아기는 언제쯤 들어설 것 같니?"

라한이 안경을 번득였다.

마오마오는 주먹을 꽉 부르쥐었다. 후려갈기고 싶었지만 여기서 화를 내는 건 상대의 생각에 놀아나는 일이다.

마오마오는 할 수 없이 라한을 향해 차가운 시선을 보내면서 "훗." 하고 웃었다.

"무슨 말인지 모르겠지만 나는 이렇게 쌩쌩한데."

어디까지나 시치미를 뚝 뗐다. 정말로 아무 일도 없었으니, 당당히 있으면 된다.

"쌩쌩…. 그렇다면 너… 녹청관에서 손님을 받은 적이 있다는 말이야?"

마오마오는 자신도 모르게 라한의 발톱 끝을 짓밟아 으깼다. 이번에는 절대 봐주지 않았다.

"아야얏!" 하는 목소리와 함께 라한은 순간 실눈을 크게 떴다. 그리고 시선을 위로 든 채 고개를 돌리다가 문득 손뼉을 짝 쳤다.

"…앗, 아아, 알았다. 그렇구나, 달의 귀인은 진심이 되면…."

무슨 오해를 하고 있는 것 같았지만 일부러 그렇게 내버려 두었다. 라한은 히죽히죽 기분 나쁘게 웃고 있었다.

"할 수 없지, 그런 일이라면 할 수 없어. 찬찬히 횟수를 거듭하다 보면 어떻게든 될 거야. 지침서와 잘 듣는 약을 넣어 주마."

정말로 짜증나는 얼굴이었다. 발톱 끝만 밟고 참아 준 마오마오는 그야말로 보살의 현신일지도 모른다.

"준비 다 됐습니다."

옌옌이 커다란 보따리 두 개, 그리고 그 옆에 고리짝을 세 개 가지고 나왔다. 마치 이사라도 하는 듯한 모습이었다.

"짐이 마차에 다 들어갈까?"

마오마오는 이번에는 반대쪽 발톱 끝을 꽉꽉 짓밟으면서 라한에게 물었다.

"뭐야, 아프잖아. 여성의 짐이 많은 건 당연한 일이지. 아야앗, 여유롭게 준비해 왔다. 아야야야야."

이럴 때는 준비성이 좋다.

마오마오는 발을 치우고 빨리 가라는 듯 라한의 등을 밀었다.

"마오마오."

야오가 의아하다는 듯 마오마오를 보고 있었다.

"왜 그러세요?"

"마오마오는 안 가?"

무슨 말을 하는 걸까, 이 아가씨는.

"안 가요. 오히려 이런 인간 집에 가는 두 분의 생각을 이해할 수가 없네요."

"옌옌이 괜찮다고 하니까 괜찮지 않겠어?"

야오는 옌옌을 신뢰하고 있다. 하긴 옌옌이 웬만한 남자들을 접근하지 못하게 해 준다는 건 알고 있었지만.

여기서 또 트집을 잡아 봤자 마오마오에게 이득 될 일은 없다. 진시가 보낸 사람이 올 것 같기에 빨리 나가 줬으면 했지만, 확실하게 전달해 둬야 할 일이 있었다.

"이상한 소문이 퍼져도 괜찮겠어요?"

마오마오는 야오와 옌옌에게 확인했다.

미혼 여성 두 명이 남자들만 사는 집에 묵으러 간다는 말은 즉, 주위에서 관계를 의심당해도 어쩔 수 없는 일인 셈이다.

"……"

야오가 복잡한 표정으로 마오마오를 바라보았다. 뭔가 말하고 싶은 눈치였지만 말이 나오지 않는 듯했다. 보다 못한 옌옌이 입을 열었다.

"친구 집에 놀러 가는 게 부자연스러운 일은 아니지 않나요?"

"네에?"

마오마오는 자신도 모르게 험악한 목소리를 내지르고 말았다.

"그, 그런 걸로 해 두면 우리도 체면이 서겠네. 그러니까 마오마오도 같이 가야 해."

야오가 더듬거리며 말했다.

"싫어요. 늙은이 냄새 날 것 같다고요."

"마오마오, 아버님은 연세에 비하면 냄새가 안 나는 편이란다."

"뭐어?"

"마오마오."

옌옌이 또다시 마오마오를 달랬다. 야오가 무어라 말하기 힘들다는 표정으로 마오마오와 옌옌을 바라보았다.

"아무튼 아버님은 아예 안 계시니까 안심해. 그런 표정 짓지 말고, 그런 표정 짓지 말라니까. 무서워, 무섭단 말이다."

"뭐어? 아예 없다는 건 또 무슨 말이야?"

"기성 기억나지? 그분이 아버님을 여행에 데려가셨어. 바둑 시합에. 우리 집에는 빚이 많으니까 열심히 돈을 벌어 오셔야 하거든."

라한이라면 바둑 시합장에서 바둑 책을 팔 준비를 해 두었음이 분명하다.

"괜찮은 거야? 무슨 짓을 저지를지 모르잖아. 오히려 빚만 더 늘려 가지고 오는 거 아냐?"

"그 점은 안심해. 리쿠손 공의 후임으로 온 부관이 요즘 야무지게 일해 주고 있고, 무엇보다 기성이 계시니까. 그분은 아버님을 다루는 데 능하거든."

기성이라는 자가 어떤 인물인지 잘은 모른다. 하지만 괴짜 군사를 바둑으로 이길 정도라면 머리도 상당히 좋을 터였다.

"마오마오, 그래서 결국 어떻게 할 거야? 갈 거야, 말 거야?"

지친 야오가 짜증을 냈다.

"야오 씨, 마오마오는 마오마오대로 오늘 바쁜 일이 있는 것 같아. 두 분, 오늘은 내 안내로 참아 주지 않겠어?"

라한이 돌아보았다. 기숙사를 향해 남자 한 명이 뛰어오고 있었다. 하인 같은 복장이었지만 진시가 보낸 사자였다. 마오마오를 불러내 마차를 태워 다른 장소로 데려갈 모양이었다.

"죄송합니다. 오늘은 약사로서 와 주실 일이 좀 있는데요."

다른 사람도 있기 때문인지 모호한 말투였다. 마오마오에게는 통할 거라고 생각하고 한 말인 듯했다.

"알겠습니다."

마오마오가 대답하자 야오는 애매한 표정을 지었다.

"…그래. 그럼, 할 수 없지."

왠지 모르게 차가운 얼굴로 야오는 등을 돌렸다.

옌옌이 휴우, 하고 한숨을 내쉬고 마오마오에게 고개를 숙였다.

"그럼, 다녀오긴 하겠는데….."

야오는 왠지 미련이 가득한 눈치였다.

"네. 만약 거기 있는 작달막한 남자가 못된 짓을 저지를 것 같으면 바로 도망치세요. 호신용으로 식칼은 갖고 계신가요?"

마오마오는 야오가 아니라 옌옌에게 확인했다.

"안심하세요. 잽싸게 여기 넣어 뒀죠."

옌옌이 짐 속에서 슬그머니 쇠지레 같은 것을 꺼냈다.

"짧아서 편리해 보이네요."

"네, 특별히 주문했어요."

"응, 아무 짓도 안 할 거야. 딱히 얻어맞을 만한 짓은 안 할 거야."

라한이 때리지 말아 달라며 양손을 들었다. 일단 믿어 보기로 하자.

"숙박비 바가지 씌우지 마."

"안 받아, 안 받아."

아니, 오히려 받아 주는 편이 쓸데없는 빚을 만들지 않을 수 있어서 안심이 되는데.

마오마오는 아무래도 수상쩍다고 생각하면서 야오와 옌옌을 배웅했다.

2 화 ⋮ 별궁

사자가 데려간 곳은 늘 가는 진시의 궁이 아니라 궁정 밖에 있는 별궁이었다.

'황제의 별궁은 대체 몇 개나 있는 걸까?'

커다란 짐을 든 마오마오가 들어가야 한다면 별궁 쪽이 들어가기 쉽다.

도성에는 그 외에도 아둬가 사는 별궁도 있다. 고귀한 신분을 지닌 분들이라면 기분 전환으로 궁 한두 채 세우는 일 정도는 간단할 것이다.

평소보다 다소 경비가 느슨한 가운데 마오마오가 안내받아 들어간 방에는 진시와 스이렌, 그리고 가오슌이 있었다.

'바셴이 아니고?'

마오마오는 의문을 느꼈으나 황제의 안배일 것이라 이해했다. 바셴은 바보는 아니지만 앞뒤가 꽉 막힌 자다. 마오마오와 단둘이 있는 일을 묵인해 줄 수 있는 건 가오슌 쪽이리라.

가오슌은 몰라도 되는 일을 눈치챘다 해도 깊게 추궁하지 않는다.

'할멈은 어떻게 생각하고 있을까?'

스이렌은 평소와 다름없이 생글생글 웃는 얼굴이었다. 하지만 스이렌은 웃는 얼굴일수록 무섭다. 읽을 수가 없으니 무섭다.

그 외에도 누군가 한 명이 더 있는 것 같았다. 안에서 달그락달그락 식기 소리가 났다. 진시의 미모와 스이렌의 혹사를 견뎌 낼 인재를 찾아낸 걸까.

"샤오마오, 뭐 필요한 것 있나요?"

"아뇨, 괜찮습니다."

마오마오는 직접 도구를 준비해 왔다. 생약 종류와 중요한 물건은 다 챙겼다. 어설프게 가오슌에게 뭐가 필요한지 말하지 않는 편이 좋을 듯했기 때문이었다.

아니, 한 가지 필요한 것이 있다.

"하나만요. 얼음이 있으면 좀 주실 수 있으세요?"

"알았다."

가오슌 대신 스이렌이 대답했다.

"취에雀, 얼음을 가져오렴."

익숙하지 않은 이름이 들렸다.

금세 독특한 발소리와 함께 커다란 통을 든 여성이 다가왔다.

가무잡잡하고 수수한 생김새에 눈이 작고 코가 낮았다. 나이는 마오마오와 비슷하거나 한두 살 정도 많아 보였다.

황족의 시녀 중에는 미인이 많지만 모시는 사람이 진시이다 보니 이해가 되었다. 생김새보다 쓸 만한지 아닌지가 문제다.

취에*라는 이름 그대로 몸집이 작고 활발하게 움직이는 분위기였다. 걸으면 뽁뽁거리는 발소리가 났다.

"커다란 덩어리밖에 없네요. 부술까요?"

통 속에는 짚으로 감싼 큰 얼음 하나가 들어 있었다. 아마 도성에서 멀리 떨어진 장소에 있는 산의 샘물을 얼려서 가져온 모양이었다. 밖은 아직 춥고 바로 근처에 있는 연못에도 얼음이 얼어 있는 계절이었지만 일부러 멀리서 들여온 물건이었다.

'먹을 것도 아닌데.'

아깝다고 생각하면서도 받는 수밖에 없었다.

"사등분 정도로 부숴 주실 수 있으신가요?"

"알겠습니다."

취에라 불린 여성은 품에서 망치를 꺼내 짚으로 싸여 있던 얼음을 쪼갰다.

마오마오는 눈을 비볐다. 취에는 당연하다는 듯이 한 행동인데, 아무리 봐도 이상해서 잘못 본 줄 알았다.

※취에 : 참새.

"이 정도면 괜찮으실까요?"

"감사합니다."

마오마오가 고개를 숙이자 취에도 고개를 숙였다. 얼음이 담긴 통은 마오마오 앞에 놓였다.

취에는 수건으로 망치를 닦아 다시 품속에 넣었다. 그러고는 또다시 작은 새처럼 강동거리는 걸음으로 안쪽 방으로 돌아갔다.

"꼭 어디 사는 다람쥐 같구나. 저 아이는 참새지만."

스이렌이 마오마오를 빤히 바라보았지만, 아무리 그래도 저렇게 커다란 망치는 품에 안 들어간다고 말하고 싶다.

"그 외에 또 필요한 건 없니?"

"괜찮습니다."

"그럼, 이쪽으로 오렴."

스이렌이 안쪽 방으로 안내했다.

"자, 너는 이쪽이란다. 새로운 과자를 맛봐 줘야지."

스이렌은 가오슌을 잡아끌었다. 가오슌은 아무것도 묻지 않고 스이렌이 시키는 대로 의자에 앉았다. 왠지 눈이 반짝이는 것 같기도 했다.

마오마오는 복잡한 표정으로 문을 닫았다.

천연덕스러운 얼굴을 하고 있던 진시가 단숨에 힘이 빠져 침대 위에 주저앉았다.

마오마오는 가져온 얼음을 재빨리 가죽 주머니에 넣어 진시에게 건넸다.

"상처를 식혀 주십시오."

배를 차갑게 하면 배탈이 난다고 하지만 통증을 동반하는 처치를 하는데 아무 준비도 없는 것보다는 나을 터였다.

"측간에 가고 싶어지면 바로 말씀해 주시고요."

"달리 할 말은 없나?"

진시가 뚱한 얼굴로 가죽 주머니를 옆구리에 댔다.

"…가오슌 님과 스이렌 님을 어떻게 대해야 좋을까요? 또 한 명은, 뭐, 일단 제외하겠습니다."

마오마오는 가져온 도구와 약을 꺼냈다. 그 속에는 탄 부분을 잘라 낼 단도도 들어 있었다. 아무리 신뢰를 받고 있다고는 해도 이렇게 마오마오가 흉기를 갖고 있는 시점에서 단둘만 있게 놔두는 일은, 보통 상황에서는 불가능하다.

'만약 내가 자객이면 어쩌려고 그러지?'

진시의 실력이라면 마오마오를 제압하는 일 정도는 간단하겠지만 아무리 그래도 너무 부주의하다.

"가오슌은 주상의 명을 받고 와 있다."

진시의 대답은 질문의 대답이 아니었지만 마오마오는 대략 짐작할 수가 있었다.

가오슌이 황제의 명령으로 와 있다. 진시의 몸이 손쓸 수 없는 폭탄이 되었다는 사실을 결코 주위에 알릴 생각은 없어 보였다. 가오슌이 자세한 사정을 아는지 모르는지는 제쳐 두고서라도 바센과 달리 일처리는 빈틈없이 해낼 터였다.

"그리고 낙인을 준비해 준 사람이 스이렌이었지."

진시의 발언에 마오마오는 한순간 굳어 버렸다.

"…대체 왜죠?"

진시가 할멈을 속여서 낙인을 만들게 했을까. 아니, 만만찮은 스이렌을 과연 그렇게 교묘하게 속일 수나 있긴 할까. 불가능하다, 절대로 불가능한 일이다.

"스이렌은 내 편이니까."

마오마오는 진시의 말을 이해할 수가 없었다. 유모로서 진시의 교육 일부를 맡아 온 입장이라면 이번에 진시가 한 행동을 결코 허락할 리가 없을 텐데 말이다.

'스이렌의 생각을 읽을 수가 없어.'

가오슌이 온 데에는 진시뿐만 아니라 스이렌 감시도 포함되어 있는 게 아닐까.

'아니, 생각하지 말자. 지금 중요한 건 다른 일이야.'

마오마오는 등불에 사용되는 초를 가져와서 단도를 불에 달군 후 묻어 있던 독을 없앴다. 휘휘 흔들어 칼날을 식히고 나면 다시 어제 하던 일을 이어 가게 된다.

진시는 아직도 옆구리를 식히고 있었다.

"허리띠를 풀어 주십시오."

"어, 으응."

진시는 허리띠를 스르륵 풀어내고 붕대를 벗겼다. 연고가 질척하게 발라진 안쪽에 미처 떼어 내지 못한 탄 자국이 남아 있었다.

"식사는 마치셨나요?"

"다 먹었다."

"그럼, 이것을 드십시오."

마오마오는 물 잔을 가져와 그 속에 약을 넣고, 만일을 대비해 스스로 한 모금 마셨다.

"진통제인가?"

"화농약입니다. 진통제가 필요하신가요?"

"필요해."

"흐응, 필요 없으실 줄 알았는데요. 좋아서 하신 일일 거라고 생각했으니까요."

비아냥조의 농담이었다. 진통제도 약에 섞여 있다. 하지만 지금 먹는다고 해도, 이제부터 살을 깎을 고통에는 통하지 않는다.

마오마오는 진시의 옆구리에서 연고를 닦아 내고 피부 표면에 주정을 발랐다. 얼음으로 식힌 피부는 무척 차가웠다. 손톱으로 찔러도 반응이 둔할 듯했다.

마오마오는 진시에게 수건을 건넸다.

"피가 날 텐데 닦을 수 있으시겠어요? 그리고 침대에서 내려와 주십시오. 피가 묻으면 귀찮아지니까요. 아, 이쪽에 누우시면 되겠네요."

마오마오는 의자를 세 개 늘어놓았다. 진시가 누웠다. 다리가 튀어나왔지만 할 수 없다. 마오마오는 진시의 상처 주위에 기름종이를 덮고, 바닥에도 깔았다.

여기 있는 사람은 마오마오와 진시뿐이다. 누군가에게 도움을 청할 수도 없다. 진시가 알겠다며 고개를 끄덕였다.

"갑니다."

"으, 그래."

진시는 긴장한 얼굴이었다. 하긴 피부에 칼날이 들어온다면 긴장하는 건 당연한 일이겠지만, 표정이 묘했다.

마오마오는 탄 피부에 칼날을 들이댔다. 피가 팟 튀었다.

'조금 흥분했나?'

진시는 혈색이 좋았다. 혈액 순환이 잘되면 애써 상처 부위를 차게 식힌 의미가 사라진다. 빨리 처치해야겠다.

마오마오는 탄화된 나머지 피부를 잘라 냈다. 피가 점점 더 흘러나왔다. 흐르는 피는 진시가 막도록 했다. 가능한 한 얇게 잘라 내려 노력했지만 역시나 생선 살 바르는 일처럼 잘되지는 않는다. 흘러넘친 피가 바닥의 기름종이 위로 뚝뚝 떨어졌다.

드문드문 남아 있던 탄화 부분을 깔끔하게 깎아 내자 낙인 문양이 더욱 선명하게 떠올랐다.

'이대로 잘라 내 버리고 싶다.'

문양이 보이지 않도록 주위 피부를 전부 잘라 내면 귀찮은 일은 반으로 줄어들 것이다. 하지만 지금은 치료를 우선하도록 하자. 생약 전문인 마오마오가 지금 진시에게 하는 처치는 초보자보다 아주 조금 나은 정도일 뿐이었다. 출혈이 늘어날 만한 행동은 피하고 싶다.

포황※으로 피를 멎게 하고, 기름을 바른 면사로 막았다. 그리고 붕대를 빙빙 둘러 꽉 묶어서 지혈했다.

마오마오는 휴우, 하고 한숨을 내쉰 후 수건으로 피를 닦았다. 피가 흘러넘치지 않도록 누르고 있던 진시의 손도 더러워졌다.

"여기요."

마오마오는 수건을 물에 적셔 진시에게 건넸다.

"일단 오늘 먹을 약과 상처에 바를 연고, 피가 멎지 않았을 때를 대비한 지혈제도 마련했습니다. 새 면사와 붕대는 여기에 열흘분 준비해 놓았습니다."

그리고 붕대 등을 넣은 작은 고리짝을 쿵, 하고 내려놓았다.

※포황 : 부들의 꽃가루. 지혈제로 씀.

"진시 님은 눈썰미가 좋으시니 방금 모습을 보고 붕대 감는 법을 익히셨겠죠?"

"…익히긴 익혔다만."

진시는 뭔가 하고 싶은 말이 있는 눈치였다.

"옷 갈아입는 일도 혼자 하실 수 있으시겠죠?"

"…할 수는 있다만."

무척이나 못마땅한 얼굴이었다. 무슨 말을 하고 싶은지는 알고 있다.

"가능하면 매일 와서 용태를 보고 싶습니다. 하지만 제가 올수 있는 건 아무리 노력해도 사흘에 한 번 정도일 겁니다. 매일은 어려워요. 그러니 붕대 감는 법은 혼자서 할 수 있도록 익혀주십시오."

휴가 중에는 그나마 낫다. 야오나 옌옌이 없는 동안에는 한밤중에 빠져나오는 일도 얼버무릴 수 있다. 하지만 아무리 감춰도 누군가의 눈이나 귀에 들어갈지도 모른다.

'전에 유곽에 왔을 때도 소문이 났었지.'

진시가 열흘에 한 번, 뺨의 상처를 진료 받으러 오던 시기가 있었다. 그때는 매번 복면을 쓰고 찾아왔지만 아무리 생각해도 수상쩍지 않을 리가 없다. 또한 입고 있는 옷과 고급스러운 향때문에 어딘가의 큰 부자일 거라고 유곽 사람들이 눈을 빛내던일을 마오마오는 기억하고 있었다.

'대체 어떻게 된 일이지.'

진시의 깊은 상처를 생각하면 사실 더 실력 있는 의관에게 진료를 받아야 한다. 마오마오의 본업은 생약, 내과 치료다. 외과 치료는 필요할 때는 하지만 전문은 아니다. 전에 서도로 가던 도중 도적의 습격을 받은 병사의 팔을 절단한 적이 있었는데, 그것은 더 손쓸 도리가 없다는 사실을 알았기 때문이었다.

"계속 입을 다물고 있는데, 달리 뭐가 또 없는 건가?"

"생각하는 중입니다. 고민이 많아서요."

'이 모든 악의 원흉.'

원인이 대체 무슨 소리를 하는 걸까. 진시가 가까이 다가오기에 마오마오는 휙 피했다.

"…왜지?"

왜 도망치는 거야, 하고 진시는 살짝 시무룩한 표정을 지었다.

"냄새가 나니 다가오지 마십시오. 땀이 났습니다."

"별로 그렇게 심한 냄새도 아니지 않나?"

"제가 싫습니다."

나오기 전에 그래도 일단 닦긴 했지만 온몸에서 땀이 흠뻑 배어 나와 찝찝한 기분이었다. 진시의 화상 자리를 잘라 내느라 긴장한 탓이었다. 운동했을 때 나는 가벼운 땀과는 달리, 끈적끈적한 땀은 고약한 냄새가 난다.

마오마오는 진시에게서 한 걸음 더 멀어졌다.

"앞으로 어떻게 할 생각이신가요?"

"치료하는 게 약사가 할 일이지 않나. 부탁한다."

천연덕스럽게 대꾸하는 미남의 뺨을 후려갈겨 주고 싶어졌다. 마오마오는 일단 숨을 돌리고 주전자에 든 물을 잔에 따라 마셨다. 이제 와서 진시에게 양해를 구해야 한다는 생각은 들지도 않았다.

'침착하자, 침착해.'

"네, 틀림없이 약사는 병과 상처를 낫게 하는 자입니다. 하지만 그 상처, 화상은 제게 벅찬 일입니다. 저는 외과 처치를 어깨 너머로 배워 흉내 내고 있을 뿐, 정식으로 배운 건 아닙니다. 지금 한 처치도 올바른 방법이라고는 할 수 없습니다."

"지금 해냈잖아? 게다가 이 이상 칼을 댈 일도 없을 테고."

진시는 태평하게 배를 쓸어내렸다.

마오마오는 자신도 모르게 양손으로 탁자를 내리쳤다. 손바닥이 짜르르 얼얼해졌다. 내리친 후 바깥까지 소리가 울려 퍼지지 않았을지 주위를 둘러보았으나, 방이 넓으니 문제가 없을 거라고 생각하고 싶다.

"얼굴에 상처를 내고, 배에 화상을 내는 분이 앞으로 결코 큰 상처를 입지 않을 자신이 있으신가요?"

손을 팔락팔락 내저으며 마오마오가 을러댔다.

진시도 낙관적으로 생각하고 있는 건 아니라고 여기고 싶다.

하지만 마오마오 입장에서는 무슨 일이 생기고 나면 늦는다.

즉, 자신의 역량 부족을 뼈저리게 느끼고 있다는 뜻이었다.

'어떻게든 해야 해.'

마오마오는 아버지의 얼굴을 떠올렸다. 생약에 대해서는 이런저런 지식을 가르쳐 주었지만 외과 치료에 대해서는 간단한 사항밖에 알려 주지 않았다. 사람 시체를 건드리지 말라는 말까지 했던 일도 떠올랐다.

마오마오는 입을 꾹 다물고 진시를 바라보았다.

"진시 님."

"왜 그러지?"

"저는 지금 의관 보조 관녀로 일하고 있습니다. 별로 안정감 있는 명칭은 아닙니다만 그래도 시험을 보고 얻은 직함입니다. 이 권한은 어디까지일까요?"

지금 마오마오가 하고 있는 일은 붕대 세탁과 간단한 생약 조합, 그리고 경상을 입은 부상자 치료 정도였다. 중상, 중병 환자는 전부 숙련된 의관들이 돌본다.

만약 기술적인 문제가 없다면 어디까지가 마오마오에게 허락된 처치일까.

진시는 턱에 손을 짚었다.

"정확하게 선이 그어져 있지는 않아. 아마 상급 의관들의 재량에 달렸을 텐데."

"그런가요?"

마오마오는 류 의관을 떠올렸다. 류 의관은 상급 의관이면서 통솔하는 위치에 있기도 하다.

가르침을 구한다면 류 의관이나, 아니면….

'아버지에게 외과 처치를 가르쳐 달라고 하면 슬퍼할까?'

화를 내는 게 아니라 슬퍼할 것이다. 아버지 뤄먼은 그런 사람이다.

뤄먼이 외과 처치를 가르쳐 주려 하지 않는 이유는 마오마오도 어렴풋이 알고 있었다.

외과 처치는 부정한 것으로 여겨지는 경우가 많다. 같은 의사라 해도 생약으로 고치는 자와는 처우가 몹시 다르다. 서방에서는 더욱 심하여, 이발사가 외과의를 겸한다고 들었다.

뤄먼은 자신뿐만 아니라 타인이 박해받는 모습도 보아 왔다. 분명 마오마오가 장래에 주위에서 소외되지 않도록 약사로 키웠으리라.

'아버지에게는 감사하고 있지만….'

마오마오의 인생은 뤄먼의 생각보다 훨씬 파란만장할 모양이었다.

"진시 님, 저는 아버지에게 가르침을 청하려 합니다. 문제는 없을까요?"

기왕이면 처음에는 아버지에게 묻고 싶었다.

"뭐면 공이라. …알겠다."

진시는 순간 생각에 잠기는 태도를 보였다. 감 좋은 아버지라면 마오마오가 외과 처치를 가르쳐 달라는 말만 해도 무슨 일이 있었는지 알아차릴지 모른다. 하지만 동시에 억측인 이상 뤄먼은 함부로 말을 입 밖에 내지 않는다.

'아버지, 미안.'

위장에 구멍이 뚫리지 않을지 걱정이 되었지만 아무 말 안 하는 편이 더 나쁜 일일 터였다.

'전부 이 자식 잘못이야.'

마오마오는 진시를 노려보았다.

당사자인 진시로 말할 것 같으면 천장을 올려다보고 있었다.

"뭐면 공은 괜찮다 치고…."

'아니, 괜찮긴 뭐가'라는 말을 하마터면 입 밖에 내뱉을 뻔하며 마오마오는 도구를 치웠다. 그리고 피를 머금은 기름종이를 둘둘 말아 가죽 주머니에 집어넣고 의자와 바닥에 떨어진 피를 닦았다. 핏자국 하나라도 남지 않도록 눈을 화등잔만 하게 뜨고 뒷정리를 했다.

마오마오가 도구 정리를 끝냈을 무렵에는 진시의 생각도 일단락이 지어진 듯했다.

"그럼, 실례하겠습니다."

"…벌써 가는 건가?"

"이제 볼일은 다 끝났으니까요."

귀인은 항의가 담긴 시선을 보냈지만 한없이 상대하고 있을 수는 없는 노릇이다. 이 시간이라면 아직 기숙사에도 돌아갈 수 있을 것이다.

마오마오는 마지막 도구를 집어넣고 나서 진시의 얼굴을 똑바로 바라보았다.

'확실하게 말해 놔야 해.'

"진시 님. 진시 님이 짊어진 것은 너무나 커서 저라면 짊어질 수 있을 것이라는 생각은 들지도 않습니다. 그렇기 때문에 이번 같은 일을 저지르셨던 것이겠지만…."

마오마오는 크게 숨을 들이마셨다가 내뱉었다.

그리고 진시의 멱살을 잡았다.

"두 번째는 없습니다."

말투가 거칠어지지 않았던 것은 기적이라 해도 좋았다.

진시는 거북한 듯 시선을 피했다.

'괜찮을까, 이 자식.'

불안해지면서도 마오마오는 짐을 끌어안고 방을 나섰다.

3 화 : 화타의 서 전편

다음 날 마오마오는 기숙사 아주머니의 목소리에 눈을 떴다.

"손님이 오셨어."

마오마오는 눈을 비비며 옷을 갈아입고 누가 왔나 싶어 현관으로 나갔다. 기다리던 사람은 온화하지만 항상 난처한 표정을 짓고 있는 양부였다.

"무…."

무슨 일이야, 하고 물으려던 마오마오는 떠올렸다. 어젯밤 진시에게 뤄먼과 연락을 하고 싶다는 뜻을 전한 바 있었다.

'상당히 빠른걸.'

뤄먼의 표정을 보니 진시의 편지를 받고 마오마오가 무엇을 알고 싶어 하는지 이미 눈치채고 있는 듯했다.

"…저기, 아버지."

어떻게 설명해야 좋을지 어려운 부분이었으나 아버지는 눈을 가늘게 뜨고 작게 한숨을 내쉬었다.

"아무튼 같이 나가자꾸나."

뤄먼은 마오마오의 머리에 손을 툭 올려놓았다.

기숙사 밖에는 마차가 와 있었다. 다리가 불편한 뤄먼은 길거리를 걷는 일조차 무척 힘들어한다. 그나저나 대체 어딜 가려는 걸까.

"아버지도 휴가야?"

"오늘만. 내일은 일해야지. 의관에게 장기 휴가란 없는 법이니 말이다."

하긴 궁정 안에서 일하는 사람들도 전부 휴가를 갔을 리는 없다. 의료 종사자라면 최소한의 인원수는 필요하다. 무엇보다 높은 분들 주위에 의관이 한 명도 없다는 것은 문제다.

"하지만 사람이 적어서, 시간이 나면 견습 의관들을 교육시키고 있단다."

'그거, 참가하고 싶었는데.'

역시 관녀인 마오마오 일행은 할 수 있는 일이 한정되어 있다. 불성실한 견습 의관에 비하면 마오마오가 더 열심히 할 거라고 생각하지만, 그 점은 어쩔 수 없다.

마차에 앉아 덜컹덜컹 흔들리기를 잠시, 왠지 불길한 예감이 느껴지는 저택에 도착했다.

장소는 도성의 동쪽 부근. 상류 계급이 살기에는 살짝 아랫마

을에 가까운 장소였지만 부지의 넓이는 상당했다. 원래는 좋은 건축물이었다는 사실을 알 수 있었으나 보기에는 낡았다.

기묘한 것은 입구 문에 이상한 조형물이 있다는 점이었다. 거대한 바둑판이 있고, 근처에는 흑백의 돌이 놓여 있었다. 크기만 무시하면 그대로 바둑을 둘 수 있을 듯했다.

흑백의 돌과는 별개로 장기 말 같은 것도 놓여 있었다. 이쪽은 돌이 아니라 나무로 되어 있었고, 쓰여 있는 글자의 색깔이 바랜 상태였다. 글자가 파여 있지 않았다면 어느 장기짝인지 알 수 없었으리라.

바둑판은 장기판 공용인지 세밀하게 선이 그어져 있었다. 크기로 볼 때 통째로 한 장의 돌인 듯했다. 날라 오는 데에만 해도 엄청난 돈이 들었으리라.

낭비라고밖에 표현할 길이 없다.

집주인이 만들었을까, 아니면 누군가에게 받았을까. 아무튼 길바닥에 내팽개쳐져 있다는 점에서 거치적거린다는 한마디로 정리해 버릴 수 있다.

여기까지 오면 누구의 저택인지는 설명할 필요도 없으리라.

마오마오 일행이 낡은 문 안으로 들어가자 기분 나쁘게 웃는 얼굴이 서 있었다.

"작은할아버님, 마오마오. 다녀왔구나."

수상쩍은 실눈을 더욱 가늘게 뜨고 있는 라한이었다.

그렇다, 괴짜 군사의 집이었다.

"여긴 남의 집인데."

"나는 쫓겨난 몸이라서 말이다."

마오마오와 뤄먼은 각자 라한의 '다녀왔구나'를 부정했다.

뤄먼이 장소를 바꾸자고 말하긴 했지만, 설마 괴짜 군사의 집에 불려 가리라고는 상상도 하지 못했다. 그리고 지금 현재 이저택에는 어떤 인물이 머물고 있다.

"뤄먼 님, 안녕하세요. 마오마오, 겨우 왔군요."

옌옌이 라한 뒤에서 나타났다. 그리고 뤄먼에게 깊이 고개를 숙이고 나서 마오마오를 보고는 살짝 고개를 갸웃하며 뭔가 할 말이 있다는 표정을 지었다.

"아니, 올 생각은 없었는데요."

"아뇨, 와야 했어요. 와야 했다고요."

옌옌은 그렇게 말하며 뒤쪽을 흘끔흘끔 쳐다보았다. 시선 끝을 더듬어 가 보니 기둥 뒤에 야오가 숨어 있는 모습이 보였다.

옌옌의 눈에 '아가씨 불쌍해, 하지만 귀여워'라고 쓰여 있었다.

라한은 옌옌의 성적 취향에 대해 알고 있는지 미적지근한 눈으로 쳐다보고는 시선을 뤄먼에게로 옮겼다.

"작은할아버님이 돌아오신 게 몇 년 만인가요? 제가 철이 들기 전에 나가셨다고 들었는데, 그 뒤로는 돌아오신 적 없으시죠?"

"그렇지, 18년쯤 되었구나. 짐을 가지러 온 적은 있었지만 그게 전부였던가."

아버지는 그립다는 듯 아득한 눈빛을 지었다. 그 세월은 마오마오를 양육하기 시작했을 무렵과 들어맞는다.

"작은할아버님이 사용하시던 방은 남아 있지만, 조금 더 일찍 말씀해 주셨다면 좋았을 텐데요."

라한이 뺨을 긁적거리며 말했다.

"작은할아버님이 사용하시던 별채는 마침 어제부터 두 사람에게 빌려주고 있거든요. 서고는 그대로 있지만, 만약 묵어가신다면 본채 쪽의 방을 준비할 생각인데 어떠세요?"

"아니, 딱히 묵어갈 것도 아니니 안심하거라. 나는 그저 마오마오에게 숙제를 내 주러 왔을 뿐이니까. 그나저나 참, 너무 방치해 두어서 황폐해졌구나."

"그건 정기적으로 청소하고 있으니까 문제없어요."

'숙제라니.'

뤄먼은 진시에게 부탁을 받은 이상 체면을 세워 줄 생각은 있는 듯했다. 숙제라는 것도 외과 수술에 관한 일이라면 이해가 된다.

하지만 그렇게 간단한 문제는 아닐 것 같은 느낌이었다.

마오마오의 생각과는 상관없이 라한은 뤄먼과 이야기를 이어갔다.

"그런가요? 다시 함께 살게 된다면 아버님도 기뻐하실 거라고 생각하는데요."

"아니야. 다리가 불편해서 궁정 가까운 기숙사가 낫단다. 여기서는 좀 멀구나."

"마차를 이용하시면 될 텐데요."

라한 입장에서도 그 아저씨 수발들기가 힘들 테니, 뤄먼의 도움을 받고 싶은 게 본심일 터였다.

뤄먼은 웃는 얼굴로 부드럽게 거절했다.

라한도 성급하게 상황을 진행시킬 생각은 없는 듯했고, 이런저런 생각을 하고 있는 것 같았다.

"야오 씨, 옌옌 씨. 잠깐 별채에 가야겠는데 괜찮을까?"

"저는 괜찮은데요."

옌옌은 야오를 보았다. 야오도 뤄먼에게 질문을 받으니 기둥 뒤에서 나왔다.

"저도, 문제, 없긴 한데요…."

뭔가 의미심장한 말투였다. 마오마오를 흘끔흘끔 쳐다보고 있었지만 마오마오는 살짝 고개를 숙여 인사만 하고 말았다. 뤄먼이 말하는 숙제인지 뭔지가 궁금했다.

"…그런데 숙제라는 게 뭔가요? 혹시 마오마오만 특별 수업을 받게 된다는 건가요?"

야오의 얼굴이 조금 무서웠다.

옌옌은 야오에게 보이지 않는 곳에서 마오마오를 향해 손짓 발짓으로 무언가를 전달하려 하고 있었다.

'미안, 못 알아듣겠어.'

다소 질책하는 듯한 야오의 말투에 뤄먼은 곤란한 표정을 지었다.

"그렇지. 라한에게 두 사람이 집에 있다는 이야기를 듣고 마침 잘됐다고 생각했단다. 만일 마오마오에게만 특별한 것을 가르쳐 준다면 좋지 않은 일이니 말이지."

"그럼, 저희에게도 의술을 가르쳐 주신다는 말씀이군요."

야오는 조금 밝은 표정을 지었다.

"바로 가르쳐 줄 수는 없어. 의술이란 배우는 데에도 자격이 필요한 법이니까. 두 사람, 아니 마오마오를 포함하여 세 사람에게 그 각오가 있는지 확인해야겠는데 잠시 괜찮을까?"

'자격이 필요하다….'

마오마오는 아버지다운 말이라고 생각했다. 누구에게나 벽을 두지 않고 아낌없이 베푸는 박애 정신이 강점인 뤄먼이다. 사람을 선별하려 하는, '자격'이라는 단어가 마음에 걸렸다.

"아무튼 설명은 방으로 이동한 다음에 하자꾸나. 두 사람도 괜찮겠지?"

"문제없습니다."

"야오 님이 그렇게 말씀하신다면 저도 문제없어요."

마오마오는 말할 필요도 없이 아버지를 따라갔다.

'저 둘도 같이?'

마오마오는 불안해졌다. 이제부터 배우게 될 의술이 무엇인지, 마오마오는 상상할 수 있다. 하지만 두 사람은 그게 무엇인지 모른다.

야오는 두말할 것도 없이 좋은 집안 아가씨이고 옌옌은 그런 아가씨를 모시는 고용인이다.

'미지의 약 제조법을 배우는 것도 아닌데.'

옌옌은 몰라도 야오는 앞뒤가 꽉 막힌 데가 있다. 마오마오는 불안하지만 앞서가는 뤄먼의 뒤를 따라갔다.

'문 앞의 거대한 바둑판만큼 기묘한 건 없네.'

딱히 대화도 없었기에 마오마오는 주위를 관찰했다.

정원은 정원이지만 정원수는 하나도 없다. 커다란 돌이 곳곳에 놓여 있어 기능미를 연상케 하는 배치였다. 왠지 모르게 라한이 한 일일 거라는 추측이 들었다.

음침하게도 건물 기둥이나 난간, 벽 곳곳에 묘하게 탄 자국이나 칼자국이 있었다. 뭔가 칼부림 사태가 벌어졌으리라는 생각이 들었다.

'뭐, 친부모를 내쫓고 여기저기 정적政敵도 잔뜩 만들었으니.'

부지 내에서 소동 한두 번쯤 일어났어도 이상하지 않다.

사실 마오마오는 괴짜 군사의 저택에 온 것이 처음이었다. 어린 시절 괴짜 군사에게 몇 번 끌려올 뻔했지만 그럴 때마다 할멈이 빗자루로 두들겨 패서 해방시켜 주었다.

그리고 멍석말이를 당한 그 아저씨를 라한이 매번 데리고 돌아가곤 했다.

"여긴 밤도적이 드나드는 곳인가?"

비아냥조로 말하며 마오마오가 그을린 기둥을 어루만졌다. 붉은 칠이 벗겨진 기둥에서는 수리해 봤자 소용없다는 포기가 엿보였다.

"무슨 그런 무시무시한 말을 해? 잘 봐. 불탄 흔적은 아버님이 하신 일이고, 칼자국은 오래됐잖아? 악한이 쳐들어오는 일도 10년쯤 전부터 줄었어."

라한의 대답에 야오와 옌옌이 한 걸음 뒤로 물러났다.

'가끔 온다는 말투인데.'

불에 탄 흔적은 화약으로 무슨 짓을 저지른 자국인지도 모른다. 동네 민폐이기 이를 데 없다.

"그 점은 오빠한테 맡기렴. 빈틈없이 평소의 두 배로 호위를 부탁해 놓았으니까."

"그 말은 평소에도 절반의 호위는 있다는 뜻이군요. 악한은 곤란한데요."

옌옌이 나직이 중얼거렸다. 야오의 싫은 친척에게서 도망쳐 왔는데 악한에게 습격당한다면 본말전도다.

라한이 쓴웃음을 짓고는 안채를 지나쳐 별채로 향했다. 안채에 비하면 아담한 구조였지만 그래도 서민들 집에 비하면 훨씬 잘 지어져 있었다.

"여기야."

마오마오는 안을 들여다보았다. 화려하지는 않지만 간소하다고 할 정도도 아니었다. 옌옌이 아가씨 숙박 시설로 사용할 만하다고 판단했다면 나쁘지는 않으리라.

"두 분, 어젯밤에는 편히 잘 잤나요? 신경 쓰이는 부분이 있다면 말씀해 주시죠."

라한이 손님에게 불만이 없는지 확인했다.

'악한이 들어온다는 시점에서 불만이고 뭐고도 없을 텐데.'

"감사합니다. 잘 잤어요. 딱히 별일 없이 조용했고, 악한만 나타나지 않는다면 문제없을 것 같네요."

옌옌은 정중하게 고개를 숙이면서도 라한에게 못을 박았다.

"하인 수는 충분한가요?"

"네. 아가씨의 신변은 제가 있으면 충분하니 문제없습니다."

옌옌은 가슴을 펴고 말했다. 야오가 창피한 듯 시선을 피했다.

"문제가 없다면 나는 안채에 있겠습니다."

마오마오는 다시 한번 정원을 둘러보았다.

저택 넓이에 비하면 고용인은 거의 없다. 있는 사람이라고는 저택을 수리하는 하인과 일하는지 노는지 모를 열 살 전후의 소녀 세 명. 아니, 한 명은 소년일까.

"어린아이들을 고용한 건가?"

마오마오는 안내를 마치고 돌아가려 하는 라한을 불러 세웠다.

"고용했다기보다는 선행 투자지."

"그게 뭐야?"

야오와 옌옌도 흥미로운 듯 귀를 기울이고 있었다.

"아버님은 가끔 의지가지없는 아이를 주워 오곤 하시지. 뭔가 쓸 만해 보인다면서."

"…그렇군."

괴짜 군사는 인간으로서는 글러먹었지만 인간을 보는 눈은 있다.

"저기 있는 세 명은, 한 명만 주워 올 생각이었는데 나머지 두 명까지 따라와 버렸거든. 할 수 없이 셋 다 돌봐 주고 있을 뿐이야."

말은 그렇게 했지만 라한의 눈빛은 손해 본 사람의 표정이 아니었다. 세 사람을 거둬들임으로써 쓸 만한 인재를 손에 넣게 된 모양이었다. 지금은 세 사람의 양육비가 지출되지만 몇 년이 지나면 채산이 맞게 될 듯했다.

"저어…."

야오가 조심조심 손을 들었다.

"집 주인이신 라칸 님은 언제 돌아오시나요?"

마오마오가 구체적으로 알고 싶던 일이었다.

"최소한 사흘은 없을 거야. 기성과 세 판 승부를 보겠다고 했으니까. 한 국이 하루 안에 끝나지 않으니 반드시 늘어나겠지."

라한은 마오마오의 얼굴을 보며 그 질문에 대답했다. 정말로 없으니까 안심하라고 말하고 싶은 눈치였다.

"공식적인 대회는 아니지만 관객도 많아. 전용 건물을 빌려서 숙식하고 있어."

"혹시 저희를 위해 일부러 그런 일을 해 주신 건가요?"

야오는 조금 놀랐다.

"아니, 매년 정해서 하는 일이야. 1년에 며칠 정도는 나도 아버님 돌보는 일에서 해방되어도 좋잖아? 그런 상황에서 너희의 편지가 온 거지. 때마침 잘됐다고 생각했어."

"그럼, 저희 이야기는…?"

"괜찮아. 너희에게 악의만 없다면 아버님은 신경 쓰시지 않아. 휴가 중에 돌아오시더라도 계속 머물러도 돼. 글쎄 저렇게 어디서 자꾸 아이들을 주워 와서 키우는 주제에 누굴 주워 왔는지 기억도 못 하실 정도라고."

그 괴짜 군사에게는 적과 아군을 순간적으로 판별하는 무언가가 있는 듯했다. 야오 일행에게 악의가 없는 한 문제는 없으리라.

"그럼, 내가 있으면 방해가 될 것 같으니 사라져 줄게. 가 보겠습니다, 작은할아버님. 돌아가실 때는 다시 마차를 준비해 드리죠."

"그래, 부탁한다."

라한은 본채로 돌아가려 했다.

"아참, 그렇지. 마오마오."

"……."

"이 저택에서 살고 싶으면 언제든지 와도 괜찮아."

"말도 안 되는 얘기 좀 하지 마."

무슨 잠꼬대를 하는 걸까, 이 꼬불머리 안경 자식. 하고 마오마오는 쏘아보았다.

"그런가? 계속 머무르고 싶어질 텐데. 네가 원하는 것도 있고, 무엇보다 재미있는 장치가 가득하니까."

라한은 의미심장하게 말한 뒤 사라졌다.

"그럴 리가 있겠어?"

마오마오는 별채 안을 빙 둘러보았다. 오래된 구조였다. 복도 안쪽으로 들어가 보니 부엌과 거실이 왼쪽에, 방이 오른쪽에 있었다. 조금 특이하다고 느껴지는 부분은 벽이었다. 두 종류의 목재를 사용하여 짙은 색과 연한 색, 두 색을 나타냈다.

마오마오는 더욱 안쪽에 있는 문을 열었다.

"……."

종이 냄새가 났다.

장에는 고풍스러운 의술서들이 늘어서 있었고, 반대편에는 약장이 놓여 있었다. 벽은 복도와 마찬가지로 두 색깔이었고 바닥에는 빛바랜 융단, 천장에는 아홉 개의 가지로 갈라진 만다라 같은 그림이 그려져 있었다. 하지만 지금은 그 장식에 대해 생각할 겨를이 없었다.

'앗, 그렇구나.'

마오마오는 뤄먼을 바라보았다. 뤄먼은 그립다는 듯 책장을 어루만지고 있었다.

"정말 굉장하지. 깜짝 놀랐어. 의무실 서고에 뒤지지 않을 정도야."

야오가 말을 걸었지만 한 귀에서 다른 귀로 빠져나가 버렸다.

마오마오는 눈을 반짝이며 약장의 서랍을 열어 보았다. 물론 안은 비어 있었지만 얼룩으로 밴 생약 냄새가 콧구멍을 간질였다.

책장에 있던 책을 펼쳤다. 오래된 서적에서는 좀이 슨 자국이 눈에 띄었다.

아버지는 마오마오를 양육하기 위해 유곽으로 이사했다. 후궁을 나온 전직 환관은 거의 몸뚱이 하나만 가지고 집에서 쫓겨났으리라.

옛날에 마오마오가 훔쳐보려다 야단맞은 책이 잔뜩 있었다.

마오마오의 입에서 침이 줄줄 흘러나왔다. 그때 옌옌이 슬그머니 접근했다.

"어제 봤을 때 깜짝 놀랐어요. 전부 훌륭한 의술서네요."

"…헤에."

마오마오는 침을 닦고 가능한 한 아무렇지 않은 표정을 지었으나 그 얼굴은 금세 헤벌쭉해졌다.

"하룻밤 안에는 다 읽을 수 없는 양이야. 장기 휴가를 전부 사용해도 어렵지 않을까?"

"그러게요. 정말 안타까워요. 마오마오도 같이 여기에 묵으면 읽을 수 있을 텐데요."

옌옌은 무언가를 유도하는 듯 마오마오를 팔꿈치로 쿡쿡 찔렀다.

라한의 의미심장한 말의 의미를 이제야 알 수 있었다. 마오마오의 욕망을 자극하여 끌어들이려는 속셈이었다.

마오마오는 양손으로 자신의 뺨을 찰싹 때리고 뤄먼을 바라보았다.

"저기, 아버지. 그래서 어떤 자격이 필요하다는 거야?"

야오와 옌옌 앞이었지만 자신도 모르게 평소 말투로 묻고 말았다.

뤄먼은 눈썹 끝을 축 늘어뜨린 채 책장을 건드렸다.

"아까 말했던 자격 말인데, 간단한 일이란다. 이 방 안 어딘가에 있는 어떤 의술서를 받아들일 수 있으면 되는 거야."

"의술서를 받아들여?"

묘한 말투였다. '받아들인다'는 말은 물리적이 아니라 내용을 의미하는 걸까. 책 내용을 이해할 수 있을 만큼의 지식이 없으면 안 된다는 말일까.

"어떤 의술서라는 게 무엇인가요?"

야오가 야무진 표정으로 물었다.

"『화타華佗의 서』란다."

화타란 전설상의 의사를 말한다. 뛰어난 의료 기술을 지녔으며 수많은 병들을 치료했다고 하고, 실재한 인물이라기보다는 선인으로서의 일화가 많다.

"무슨 뜻인지 모르겠습니다."

딱 잘라 단호하게 말하는 습관은 야오의 장점이자 단점이다.

"무슨 뜻인지 모르겠다면 아무래도 어렵겠는걸."

뤄먼치고는 냉정한 말투였다. 평소에는 이렇게 불친절하게 말하지 않는다.

'자격 운운하는 말도 그렇고, 우리에게 가르쳐 주기 싫은 것 같은데.'

야오와 옌옌이 함께 있는 게 문제라고 마오마오는 생각했다. 두 사람을 배려하여 더욱 어려운 문제를 냈는지도 모른다.

뤄먼은 세 사람의 장래를 걱정하기 때문에, 자신들이 의료의

길로 나아가기를 원치 않을 터였다.

수많은 책들 속에서 『화타의 서』인지 뭔지를 찾아내서 이해하는 일.

'난제를 떠넘겼군.'

진시가 가져오는 귀찮은 일과는 또 다른 문제다.

뤄먼은 이제 볼일이 끝났다는 듯 별채에서 나가려 했다.

"죄송합니다. 만일을 대비해서 확인할 수 있을까요?"

옌옌이 손을 들고 뤄먼을 불러 세웠다.

"어떤 확인 말이니?"

"그 『화타의 서』는 이 방 안에 있다는 말씀이시죠?"

"그래, 적어도 내가 이 저택을 나갈 때는 있었지. 어지간히 험한 취급을 받지 않은 한 아직 남아 있을 거야."

"책 제목은 '**화타**'가 틀림없겠죠?"

옌옌은 굳이 '화타'라고 손가락으로 써 보였다.

아버지는 눈썹을 축 늘어뜨렸다.

'옌옌은 날카롭네.'

뤄먼이 곤란할 때 나오는 버릇이었다. 문제의 핵심을 찔렀음이 분명했다.

"틀림없단다. 하지만 그 이름 그대로 제목이 표기되어 있으리라는 보장은 없지. 그래도 '화타'임은 분명해."

마오마오도 뤄먼에게 물을 질문을 찾고 있었으나 옌옌이 대부분 물어봐 주었다.

"저도 질문이 있습니다."

야오가 손을 들었다.

"하렴."

"이 문제는 마오마오 혼자서 풀 수 있는 문제인가요?"

"…아마 못 풀 거다. 두 사람이 함께 있는 건 솔직히 오산이라고 생각했으니."

뤄먼은 그 이상 아무 말도 하지 않고 지팡이를 짚으며 별채를 뒤로했다.

"무슨 말인지 하나도 모르겠네."

마오마오는 투덜거리면서 책을 집어 들었다. 20년 가까이 방치되어 있던 책은 온통 좀이 슬어 있었다.

습기와 빛바램과 좀 때문에 어떤 책은 글자가 번지고, 어떤 책은 열화되어 부슬부슬했다. 목간이 아닌 종이 책이 많았다. 목간으로 하면 부피가 너무 커서 방 안에 다 보관할 수 없다고 판단했기 때문이었으리라.

"거풍도 안 했으니 하나같이 보존 상태가 나쁘네."

"네. 아까운 의술서니까 베껴 적어 놓고 싶네요."

돌팔이 의관 고향 집에서 질 좋은 종이를 들여와서 사본을 만들고 싶다. 전부 도움이 되는 내용이라, 뤄먼의 숙제만 아니었으면 계속 들여다보고 싶을 정도였다.

'아… 이 조합은 시험해 본 적 없는데.'

자신도 모르게 집중해서 읽을 뻔하다 안 되지, 안 돼, 하고 마오마오는 고개를 흔들었다. 마오마오에게는 시간이 없다. 저녁 무렵이 되면 진시가 있는 곳으로 돌아가야 한다. 후딱 해치우고 싶었다.

"저기, 두 분은 어제부터 여기 있는 책을 읽으셨다고 들었는데 어떠셨어요?"

"어땠냐니, 전부 유익한 책들이었는데."

"네, 모두 도움이 되는 책들이죠. 하지만 '이게 『화타의 서』다'라고 단언할 수 있는 책은 없었다고 생각합니다."

일단 『화타의 서』가 무엇인지부터가 문제다.

'아버지는 절대 답이 없는 문제를 내지 않아.'

답이 되는 책은 존재한다고 했다. 그리고 그 책을 받아들이라고 했다.

흠, 하고 마오마오는 책을 들여다보았다.

하나를 들으면 열을 아는 천재라고 불렸던 뤄먼이 20년 가까이 된 서고가 어떻게 되어 있을지 상상하지 못했을 리가 없다. 서고는 그대로 놓아두었다고 라한이 말했다면, 서적이 온통 벌레에 갉아 먹히고 부슬부슬 열화되었으리라는 예상은 할 수 있었으리라.

책에 따라서는 내용을 읽지 못하게 된 것도 있을 수 있다.

"야오 씨, 옌옌. 정보를 정리해 봐도 될까요?"

뤼먼은 마오마오 혼자서는 알 수 없을 거라고 말했다. 그것은 책의 양이 너무 많아 혼자서 다 찾아볼 수 없기 때문일 거라고 생각했지만, 셋이 있어도 그건 똑같다.

그러니 장서 수가 아닌 다른 곳에서 어려운 조건이 있으리라고 추측할 수 있었다.

"정보를 정리한다는 게 무슨 말이야? 어떤 책이 있는지에 대해서?"

"책장의 책은 깔끔하게 분류되어 있어요. 책장마다 분류 기준을 적어 볼까요?"

"부탁드려요."

옌옌은 재빨리 종이에 적어 나갔다. 책장의 배치와 어떤 분류의 책이 어디에 있는지를 열심히 적었다.

"그러고 보니 분류 목적으로 책등에 숫자가 적혀 있더군요."

마오마오는 갖고 있던 책의 등 표지를 보았다. '二―1― I '이라고 적혀 있다. 표지 종이는 튼튼한 것을 사용했기에 거풍을 하지 않았어도 글자를 또렷하게 읽을 수 있었다.

"이거, 무슨 뜻인지 모르겠는데 숫자 맞지?"

야오는 이국의 글자를 읽을 수 없으므로 고개를 갸우뚱하며 물었다. 마오마오와 옌옌은 간단한 읽고 쓰기를 할 수 있기 때문에 알고 있었다.

"네, 서방의 숫자예요."

옌옌은 책등에 있는 숫자도 옮겨 적었다.

마오마오는 책장을 빤히 들여다보다 어떤 사실을 알아차렸다.

"죄송한데요, 여기 있던 책은 어떤 분이 가져가셨나요?"

마오마오는 책과 책 사이를 가리켰다.

"아뇨, 전 되돌려 놓았어요."

"나도야. 지금 갖고 있는 건 다른 책장에서 가져온 책이고. 왜 그래?"

"아뇨, 번호가 빠져 있어서요."

책장에는 책등의 숫자 순서대로 책이 꽂혀 있었다. 하지만 빠진 번호가 있었다.

"몇 번이죠?"

"'一―2―Ⅱ'예요. 다른 책장도 볼게요."

마오마오는 그 외의 책장도 확인했다. 야오도 돕고 싶은 눈치였으나 읽지 못하는 숫자가 있기 때문에 가만히 마오마오만 바라보고 있었다.

"이쪽은 빠진 게 없네요."

"다른 곳은?"

"다른 곳은… 아마 없는 것 같아요."

한 권만 보이지 않았다.

'아버지가 가져갔나?'

마오마오는 끙끙거렸다. 기억하는 한 유곽의 오두막에는 없었다.

"일단 라한 님께 확인해 볼까요?"

옌옌은 '一一2一Ⅱ'라고 적고 나서 붓을 내려놓았다. 옌옌은 유능하므로 조사를 기대할 수 있을 듯했다.

"낮이 되면 올 테니까요."

옌옌은 창을 통해 태양의 높이를 확인해서 시간을 가늠했다.

"낮에 온다는 말은 식사 준비가 다 됐다고 알리러 온다는 뜻인가요?"

"아뇨, 식사를 하러 올 겁니다. 그러니 전 슬슬 준비를 해야겠네요."

"식사를?"

마오마오는 어이없다는 말투로 물었다.

"식사를 준비해 주겠다고 했는데, 옌옌이 직접 만들고 싶다고 했어. 그래서 재료와 장소를 준비해 주셨는데 라한 님이 입에 맞으셨나 봐. 어제 저녁과 오늘 아침은 식사를 이쪽에서 하고 갔어."

야오가 보충 설명을 했다.

'그렇구나.'

예쁜 것, 아름다운 것을 좋아하는 라한이다. 당연히 맛있는 음식도 좋아한다. 게다가 맛있는 식사에 미인이 옆에 있다면 더할 나위 없을 터였다.

'그 자식.'

옌옌도 무르다. 그 꼬불머리 안경이 미인에 정신을 못 차린다는 사실을 분명 알 텐데.

"그럼, 다녀오겠습니다. 아가씨, 오늘은 아가씨가 좋아하시는 오리니까 기대하세요. 마오마오, 뒷일을 부탁해요."

옌옌은 가벼운 발걸음으로 나가 버렸다.

'옌옌에게는 자격 운운하는 이야기보다 아가씨의 식사가 더 중요하겠지.'

조사를 기대할 수 있을 거라고 생각했던 만큼 조금 아쉬웠다.

"굳이 마오마오에게 의지하지 않아도, 나 혼자 조사 정도는 할 수 있어."

토라진 표정을 짓는 야오를, 방을 나간 줄 알았던 옌옌이 그 기척을 감지하고 문 틈새로 관찰하고 있다는 사실은 말하지 말아야겠다. 옌옌의 눈은 마치 있는 그대로 따라 그리기라도 하는 듯 야오의 표정에 못 박혀 있었다.

"없어진 책은 라한 님께 확인해 보기로 하고, 우리는 남은 책들을 조사하면 되지 않을까?"

"그건 그렇지만요…."

마오마오는 이런저런 생각을 해 보았다. 아버지 뤄먼에 대해서는 마오마오가 야오와 옌옌보다 훨씬 잘 안다. 그러니 아버지가 의도하는 바를 두 사람보다 잘 알 수 있다. 책장에서 책을 한 권 뽑아 팔락팔락 넘겨 보았다. 세월의 흐름으로 열화된 종이는 곳곳이 부스러지고, 습기로 책장과 책장이 들러붙은 책도 있었다. 억지로 떼어 내면 글자가 지워지고 만다.

"『화타의 서』라는 건 이런 모양의 책이 아닐 것 같은 느낌이 들어요."

"그게 무슨 말이야?"

야오가 의아한 표정을 지었다.

"아버지…가 아니고, 뤄먼은 『화타의 서』를 받아들이라고 했죠. 받아들이라는 말이 어떤 의미인지는 모르겠지만, 어쨌든 내용을 읽어 보지 않으면 아무것도 못 할 거예요."

마오마오는 의관으로서의 뤄먼이 아니라 가족으로서의 뤄먼을 일부러 강조해서 말했다.

"그렇겠지."

"뤄먼이라는 남자는 시키기 싫은 일에 어려운 문제를 내는 사람이에요. 하지만 결코 답이 없는 문제를 내는 사람은 아니죠. 그러니 20년 가까이 방치되어 있고 관리도 제대로 되어 있을지 모르는 책이 답이 되리라는 생각은 안 들어요. 적어도 이런 조악한 종이를 사용한 책은 아닐 거예요."

야오의 눈썹이 움찔거렸다.

"하지만 20년 후의 책이 이렇게 너덜너덜해지리라고는 예상 못 하지 않았겠어? 생각이 너무 지나친 거 아냐?"

"아뇨, 제 양부는 천재예요. 그 정도는 예측했을 테지요."

마오마오가 단언했다.

야오가 살짝 어이없다는 표정을 지었다.

"…그럼, 만약 평범한 형태의 책이 아니라고 치면, 어떤 책이라면 괜찮다는 뜻이야?"

"글쎄요."

마오마오는 책장 밑에 있던 목간을 집어 들었다. 자리를 차지하기 때문에 종이 서적보다 개수는 훨씬 적다. 일반 나무인지 대나무인지의 차이는 있지만 조악한 종이보다는 훨씬 튼튼하다.

"이거라면 종이보다 오래 가겠지만."

"가겠지만?"

하지만 뭔가 아닌 기분이 든다.

마오마오는 끈으로 묶여 있던 목간을 달그락달그락 펼쳤다. 오래 가긴 하지만 역시 기술된 양으로는 종이가 훨씬 많고, 무엇보다 그리 특이한 내용도 아니었다.

개수가 적기 때문에 둘이서 분담하니 확인은 금세 전부 끝났다.

"아닌 것 같네."

"아니라는 느낌이 드네요."

두 사람 모두 한숨을 내쉬며 목간을 원래 자리에 되돌려놓았다.

"도대체 뭐가『화타의 서』라는 거야…."

"그러게요. 왜 '화타'일까요?"

옌옌이 뤄먼에게 다시 한번 물었던 일. 마오마오 입장에서는 조금 더 깊이 들어가길 바랐다.

"'원화元化'도 아니고."

"'원화'는 분명 '화타'의 다른 이름이었지. 그러고 보니 보통은 '원화'로 더 많이 쓰는데."

야오도 의술을 약간 아는 만큼 명칭을 알고 있었다. 전설상의 인물 '화타'. 하지만 일반적으로는 '원화'라는 이름이 사용된다. 이유는….

"아무리 리국이 건국되기 전 인물이라 해도, '화華'가 들어가는 이름은 좋지 않으니까요."

이 나라에서는 기본적으로 황족 외에는 '화'라는 이름이 허락되지 않는다. 가끔 글자를 모르는 농민이 자식에게 '화'를 붙이거나, 일부러 도전적으로 붙이는 경우는 예외라 치고….

'죠카女華 언니라든가.'

죠카는 기녀가 되었을 때 지은 이름이었다. 남자를 싫어하는 기녀라는, 정말이지 부자유스럽기 짝이 없는 삶의 방식을 취하고 있으니 자신을 그런 신분으로 만든 세상을 원망하고 있음이 분명하다. 반발심이 섞인 이름을 지은 데에도 그런 이유가 있으리라.

"궁정 의관이라 하면 나라에 봉사하는 입장이니, '화타'라는 이름은 사실 입 밖에 내서는 안 될 말이겠지."

야오의 의견은 지당하다. 뤄먼이 그 사실을 잊었을 리가 없다.

'그렇다면….'

마오마오는 뤄먼의 물음에 조금씩 다가가고 있다는 기분이 들었다. 어디에 책이 있는지는 아직 모른다. 하지만 어떤 책인지는 예상할 수 있었다.

'만약 예상대로의 책이라면 보이는 곳에 놓아두었을 것 같지는 않아.'

책장에 놓여 있는 책들은 목간까지 포함해 제외해도 될 것 같았다.

그렇다면 어디에 있을까.

4 화 : 화타의 서 중편

마오마오가 야오와 함께 한동안 책장 곳곳을 조사하고 있는데 옌옌이 돌아왔다.

"오래 기다리셨습니다."

손에는 따끈따끈한 식사가 들려 있었다. 다 들지 못한 만큼은 뒤에 있는 덩치 작은 남자가 들고 있었다. 이 별채에도 부엌은 있지만, 많은 양을 조리해야 하니 안채의 부엌을 쓰게 해 줬나 보다.

일행은 서고에서 거실로 이동하여, 날라 온 식사를 탁자에 차렸다.

"안녕, 점심도 신세 질게. 초대해 줘서 고맙구나."

전혀 사양할 기색이 없는 얼굴로 라한이 웃었다.

'초대 안 했거든.'

마오마오와 옌옌의 마음은 이 점만큼은 일치했으리라. 심지어 정중하게도 선물까지 들고 왔다. 어떻게 조사했는지 설합이었다. 야오가 좋아하는 음식인데, 상당히 인심이 좋다.

참고로 야오가 그게 뭔지 확인하려 하니 옌옌이 재빨리 감췄다. 아가씨는 아직도 자기가 좋아하는 간식의 원료가 개구리라는 사실을 모른다.

'지난번 바둑 대회에서 수입이 꽤나 쏠쏠했나 보네.'

고구마로 장사도 하고, 본업도 따로 있다. 몸이 몇 개 있어도 모자랄 텐데 그 일을 다 해치우고 있다는 점만큼은 칭찬하지 못할 것도 없다.

"꽃들에 둘러싸여 식사를 하게 되다니 즐거운걸. 장미, 창포, 그리고 괭이밥."

괭이밥이 누구를 가리키는지는 말하지 않아도 이해가 됐다.

"그럼, 조금 이르지만 식사를 하죠."

야오가 원탁 위에 차려진 요리를 가리켰다. 탁자에는 네 개의 의자가 배치되어 있었다. 야오와 옌옌, 마오마오와 라한이 마주 보며 앉았다. 라한은 양손에 꽃을 쥔 상태였지만 마오마오와 눈이 마주칠 때마다 정말 짜증나는 표정을 내보였다. 솔직히 마오마오야말로 '흥' 하고 내뱉어 주고 싶은데 말이다.

한가운데에 놓인 주요리 자리에서는 오리 통구이가 반짝반짝 빛나고 있었다.

마오마오는 자신도 모르게 침을 꿀꺽 삼켰다. 이렇게나 맛있어 보인다면 야오뿐만 아니라 마오마오도 좋아하는 음식이 될 듯했다.

라한도 눈을 반짝반짝 빛냈다. 몸집은 작지만 남자고, 아직 나이도 21세에 불과하니 한창 식욕이 왕성할 시기가 끝나지 않은 셈이다.

그런 모습을 본 옌옌이 자리에서 일어섰다.

"채소를 조금 더 썰어 와야겠네요. 마오마오도 도와주세요."

양이 부족하겠다고 생각한 듯했다. 옌옌은 살짝 기분이 나빠 보였다. 아가씨와 단둘이서 휴가를 보내려 했는데, 방해꾼이 있으니 당연히 불쾌하리라.

"나도 도울게."

"아뇨, 아가씨. 금방 끝나요. 식기 전에 드시고 계세요."

옌옌은 야오의 제안을 단호하게 거절했다.

'아아….'

야오는 토라졌다.

옌옌이 아가씨를 무척이나 아낀다는 사실은 알지만, 또 묘한 곳에서 아가씨의 마음을 모른다. 사이가 가깝기 때문에 모르는 부분도 있을 것이다.

추가 채소는 옆방에 준비되어 있었다. 간소한 부엌이었기에 옛날에는 뤄먼이 여기서 약을 만들었던 걸까, 하고 마오마오는 눈을 가늘게 떴다.

"빨리 끝낼까요?"

마오마오는 파를 채 썰었다. 옌옌은 박빙을 추가로 구웠다. 몸을 녹이기 위해 아궁이에 계속 불을 때고 있었기 때문에 금세 구워졌다.

"야오 씨랑 꼬불머리 안경, 둘만 놔둬도 괜찮은가요?"

일단 물어보았다. 옆방이라고는 해도 남녀 둘만 남아 있으니 말이다.

"꼬불머리 안경 씨는 아가씨에게 손을 대지 않을 거예요. 그런 남자분들은 정략결혼이라도 하지 않는 이상 아가씨에게 집적거리진 않거든요. 그냥 평범한 대화를 나눈다면 웬만한 남성보다 화제를 잘 골라 즐겁게 해 줄 테니 맡겨도 안심이죠."

옌옌은 엉뚱한 곳에서 라한을 이해하고 있었다. 하긴 야오에게 손을 대면 귀찮은 친척과 더 귀찮은 종자가 따라온다. 하룻밤 불상사 따위는 실수로도 일으킬 일은 없을 것이다.

그나저나 정말로 젊은 아가씨와 제대로 대화를 나눌 수가 있을까.

'쓸데없이 숫자 얘기를 해서 야오를 당황스럽게 만들 것 같은데.'

그때는 미안하지만 야오가 열심히 맞장구를 쳐 주기를 바라는 수밖에 없다.

"그런데 뭐 할 말이 있는 것 아니었나요?"

옌옌은 야무지다. 아마 양을 착각했다는 말은 핑계고, 마오마오에게 말을 걸고 싶었으리라. 라한이 있을 때를 노린 것을 보면 야오에게는 들려주기 싫은 이야기인 것 같았다.

"할 말이 있다기보다는, 마오마오가 물어보고 싶은 게 있는 게 아닐까 생각했을 뿐이에요."

반대로 질문을 하면서 옌옌은 착착 박빙을 구워 나갔다. 마오마오는 접시에 채 썬 파를 담고 다음으로 무를 썰었다.

"야오 씨는 꼭 자립하고 싶은 건가요? 의관 보조 관녀를 목표로 하고는 있지만, 의관 보조가 되는 일이 목적이라고는 생각하기 힘들어 보여서요."

마오마오는 그 점을 확실히 해 두고 싶었다.

만일 마오마오의 상상이 맞다면 야오에게는『화타의 서』따위는 보여 주지 않는 편이 낫다는 생각 때문이었다.

"만일 저희 양부가 가르쳐 줄 내용이 옌옌의 윤리 감정에서 벗어난 일이라면 어떻게 하겠어요?"

옌옌은 굽던 박빙을 접시에 담고 천장을 올려다보았다.

"역시 그쪽 계통의 책인가요?"

"아마 그쪽 계통일 거라고 생각합니다."

두 사람 다 알고 있다는 전제로 이야기를 진행했다.

"…마오마오의 배려는 고맙지만 저는 아가씨의 의견을 존중

하겠어요."

"유도는 하지만?"

마오마오는 옌옌을 가만히 바라보았다. 옌옌은 '무슨 말인가
요?'라는 태도로 다시 박빙을 굽기 시작했다.

"아가씨는 고집이 무척 세서 제가 무슨 말을 해도 그만두지
않겠다고 결정한 이상 그만두지 않으세요. 새로운 부서의 관녀
모집을 보고 '꼭 붙을 거야'라면서 매일 책상에 앉아 열심히 공
부하셨다고요."

옌옌은 박빙을 젓가락으로 예쁘게 뒤집었다. 요리는 마오마
오도 꽤 잘하는 편이라고 생각하지만 옌옌에게는 이기지 못한다.

"남자들에게도 지지 않겠다고 말씀하셨는데, 솔직히 시험에
서 마오마오에게 졌을 때는 상당히 분하셨는지 어울리지도 않
는 태도를 보였을 정도니까요."

마오마오를 자빠뜨리거나 괴롭혔던 일 말일까. 굳이 따지자
면 대부분 시녀 격인 관녀들이 저지른 일이었으므로 마오마오
는 아무래도 상관없고, 신경도 안 쓴다.

"그건 미안한 일이었네요."

마오마오도 설마 그렇게까지 높은 성적을 거둘 줄은 생각도
못 했다. 녹청관 할멈의 교육법은 정말로 무시무시하다.

"숙부라는 사람이 원인이라고는 하지만, 야오 씨는 왜 그렇게
일하는 데 집착할까요?"

마오마오는 문득 물었다. 집에 있으면 숙부가 결혼을 권한다는 건 알겠지만, 그 외에 다른 이유가 또 있을 것 같은 느낌이었다.

"…야오 님의 어머님이 원인이세요."

잠시 망설이던 옌옌이 말했다.

"야오 님께 어머님은 이미 돌아가신 분이나 다름없어요. 주인 어르신이 돌아가셨을 때 함께 사라졌다고 항상 말씀하셨죠."

"왜죠?"

마오마오는 모친이란 존재에게 거의 정이 없다. 하지만 야오와 옌옌이 자란 환경은 다르다.

"주인 어르신께서 돌아가신 뒤, 혼자서 저택을 다스릴 수 없었던 마님께서 어떻게 하셨을지는 아시겠죠."

"숙부가 이었다고 들었는데요."

"그리고 마님은 아직도 마님이에요."

주인 어르신의 부인은 마님.

야오의 모친은 숙부와 재혼했으리라. 그리 드물지도 않은 이야기지만, 딸 입장에서는 복잡한 일이고 때로는 혐오의 대상이 되는 행동이다.

그리고 일할 힘이 없는 여자에게는 길이 없다는 사실을 통감했다. 이대로 숙부가 시키는 대로 살아가다 보면, 야오는 어머니와 똑같은 미래를 걷게 될 것이 분명했다.

"그랬군요."

야오에게 들려주기 싫은 이야기라는 사실을 이해할 수 있었다. 옌옌은 이런 화제로 흐를 것까지 고려하여 장소를 바꾼 모양이었다.

마오마오는 썬 무를 접시에 담았다.

'이 정도면 되겠지?'

식기 전에 빨리 음식을 먹고 싶었다.

방으로 돌아가니 옌옌의 말대로 라한과 야오가 이야기꽃을 피우고 있었다.

"옌옌 여사의 요리는 여러 가지 소문을 들어서 한번 먹어 보고 싶던 참이었지. 뻔뻔한 이야기지만 이번 상황은 내 입장에서는 정말 고마운 일이야."

"옌옌이 만든 식사는 맛있어요. 어디 내놓아도 부끄럽지 않고, 무엇보다 영양 면도 고려하거든요."

'옌옌의 요리에 대한 소문이라니, 그런 걸 대체 어디서 들었단 말이야?'

마오마오의 의문은 금세 풀렸다.

"오빠의 가게가 인기가 많은데, 여동생의 요리도 거기에 뒤처지지 않는다고 들었어."

"네, 맛있어요. 요리장의 실력에도 지지 않을 정도로."

야오는 아주 자연스럽게 옌옌을 극찬했다.

전에 옌옌의 오빠가 야오에게 도움을 받았다는 이야기를 들은 적이 있었다. 야오의 집에서 요리사 일을 하다가 그 후 독립한 모양이었다.

'집 주인이 바뀐 탓인가?'

야오의 숙부가 옌옌의 오빠를 해고했다면 옌옌이 숙부를 대하는 태도가 쌀쌀맞은 것도 이해가 된다.

"오빠의 식당에서 세 번쯤 식사를 한 적이 있지만 거참, 이 요리도 맛있군."

"세 번이라고요? 어느 계절에 갔는데요? 계절마다 식사가 달라지지 않아, 옌옌?"

"맞아요. 달마다 제철 식재료를 마련해서 요리를 한다고 해요."

옌옌의 오빠 이야기가 나오니 야오가 덥석 물었다. 야오가 질문을 던지니 옌옌도 대화에 참가했다.

쓸데없는 계산 이야기나 하는 줄 알았는데 이렇게나 대화를 매끄럽게 이끌어 가다니, 마오마오 입장에서는 썩 기분이 좋지 않았다.

마오마오는 오리 껍질의 파삭한 식감만 열심히 만끽했다. 기름이 밴 껍질과 풍미 있는 채소를 박빙으로 싸서 매콤달콤한 장에 찍어 먹는다. 씹으면 씹을수록 고기의 감칠맛과 향긋함, 채소의 씹히는 식감, 소박한 박빙이 절묘하게 뒤섞여 타액 분비를 재촉했다.

한마디로 말해 맛있다.

"이야, 정말 맛이 좋군."

라한도 같은 의견이었다.

라한은 예상 이상으로 말솜씨가 좋았다. 굳이 말하자면 낯을 가리는 축인 야오가 이렇게까지 허물없이 이야기를 하고 있으니 말이다. 오히려 이야기가 너무 매끄러운 나머지 옌옌이 살짝 짜증을 내는 느낌마저 들 정도였다.

마오마오는 한동안 음식 씹는 소리만 냈다. 접시는 눈 깜짝할 사이 비어 버리고, 배 속에는 후식 들어갈 공간만 남았다.

"그럼, 후식을 가져올게요."

옌옌이 유리그릇을 가져왔다. 귤껍질을 벗기고 씨를 정성스럽게 골라내, 설탕물에 살짝 조린 음식이었다. 적당히 남은 신맛이 오리고기의 느끼한 뒷맛을 기분 좋게 중화시켜 주었다.

"잘 먹었습니다."

자, 이제 젓가락을 내려놓았으니 본론으로 들어가야겠다.

"라한, 책장의 책을 다른 곳으로 가져간 적 없어?"

"책장의 책?"

라한은 수저로 과일을 뜨며 고개를 갸웃거렸다.

"나는 모르겠는데. 아버님이 작은할아버님 일에 대해 뭘 하셨을 리도 없고. 그냥 고용인들을 시켜서 정기적으로 방 청소를 시켰을 뿐이야."

괴짜 군사치고는 이례적인 배려다. 어쩐지 이 별채가 깨끗하게 정리되어 있다 했다.

"책이 빠져 있다는 말이니? 그렇다면 청소한 고용인이 의심스러워지지만, 이상한 사람은 애당초 아버님이 고용도 안 하셨을 거라고 생각해. 그분은 적으로 돌리면 정말로 골치 아프거든."

책은 귀중품이므로 도둑맞는 일도 있지만 괴짜 군사 밑에서 일하는 고용인이 과연 그런 짓을 할 수가 있을까.

'어렵겠지.'

"뭐가 사라진 건데?"

"이거예요."

옌옌이 아까 적어 놓은 종이를 보여 주었다.

'ー—2—Ⅱ'.

없는 책의 번호를 가리켰다.

"작은할아버님다운 분류 방법이네. 하긴 천 권 이상 되는 그 책들을 분류하기에는 딱 좋겠다."

라한도 숫자를 읽을 줄 안다는 사실이 밝혀지자 야오가 심통이 난 표정으로 옌옌을 보았다. 숫자의 의미를 모르는 사람은 야오뿐이었다.

옌옌은 야오의 의도를 알았는지 새 종이에 숫자를 적어 나갔다.

'1, 2, 3, 4, 5, 6, 7, 8, 9'.

'Ⅰ, Ⅱ, Ⅲ, Ⅳ, Ⅴ, Ⅵ, Ⅶ, Ⅷ, Ⅸ'.

숫자를 읽지 못해 불만이었던 야오의 표정이 누그러졌다. 가만히 들여다보는 모습을 보아하니 전부 외우려고 하는 것 같았다.

야오는 'Ⅰ, Ⅱ, Ⅲ, Ⅳ, Ⅴ, Ⅵ, Ⅶ, Ⅷ, Ⅸ'라고 적혀 있는 종이에 반응했다.

"혹시 다음 숫자는 'Ⅹ'라고 쓰는 거야?"

야오는 손가락으로 탁자에 글씨를 썼다.

"정답이에요. 역시 대단하세요, 아가씨."

옌옌이 박수를 짝짝 쳤다. 야오의 표정은 멋쩍어 보였다.

"책장에는 깔끔하게 꽂혀 있었어."

적어도 야오와 옌옌이 왔던 시점에는….

"네, 나란히 꽂혀 있어서 빈틈이 없었어요. 하지만 숫자를 보니 빠진 곳이 있었던 거죠."

옌옌이 상황을 보충 설명했다.

"그랬군."

라한은 빠진 권의 숫자를 가만히 들여다보았다.

"숫자를 그렇게 좋아하는 너라면 한 번에 알아볼 줄 알았는데."

마오마오가 약간 비아냥거리듯 말했다.

"안타깝게도 이 별채에는 거의 안 와서. 바쁘거든. 재미있는 방이라고는 생각했지만."

"그럼, 태평하게 밥이나 처먹고 있지 마."

자신도 모르게 본심이 흘러나왔다.

"마오마오, 야오 님 앞에서 거친 말은 쓰지 마세요."

옌옌의 교육적 지도가 날아왔다. 마오마오는 라한 앞이라고 무심코 난폭한 말투가 튀어나왔다는 사실을 알아차렸다.

"숫자로 분류했다면 계통별로 써 놓았다는 말이 되겠지?"

"네. 1권과 2권에는 기초적인 내용이 쓰여 있었어요. 1권에는 인체의 구조에 대해서, 그리고 2권에는 외과적 처치 방법에 대해서."

마오마오의 전문 분야는 생약이지만 인간을 낮게 만든다는 관점에서 볼 때 그쪽도 알아 두고 싶다.

그나저나 어디에 있는 걸까.

문득 마오마오는 라한을 쳐다보았다.

"그러고 보니 이 별채가 재미있다고 했는데, 대체 뭐가 말… 인가요?"

일단 말투는 고쳤다.

라한의 말은, 서고와는 별개로 또 흥미로운 점이 있다는 느낌이었다.

"아, 그거 말이야? 이 별채의 벽과 천장이 꽤 화려하잖아."

"그렇군요."

야오가 천장을 올려다보았다. 서고 천장도 화려하지만 거실 천장에도 다양한 동물들이 그려져 있었다.

"천장뿐만이 아니야."

라한은 바닥에 깔려 있는 융단을 들추었다. 목재를 복잡하게 짜 맞춘 문양이 나타났다.

"굉장히 공들여 만들었군요."

옌옌이 감탄했다.

"작은할아버님이 이곳을 사용하기 전에는 이상한 건축가가 살았거든. 별채를 지은 것도 그 사람이야. 묘한 문양에 집착하는 데가 있었고, 기이한 장치를 만드는 일을 굉장히 좋아하는 사람이었대."

"라 가문은 성격은 몰라도 다양한 천재를 배출한 집안이니까요."

옌옌이 납득한 듯 고개를 끄덕였다.

그 건축가인지 뭔지 하는 사람도 친족인가 보다.

"안타깝게도 새로운 장치를 만들겠다며 거기에 몰두하다 그만 장치 속에 갇혀 버려서 목내이木乃伊*가 된 채 발견됐어. 요즘

※목내이 : 미라.

어쩐지 안 보인다 하는 이야기가 들리더니 말라비틀어진 채 나왔다고 해."

"""……."""

마오마오와 야오, 옌옌. 세 사람의 시선이 방을 한 바퀴 휘돌았다.

"안심해. 이 별채가 아니야. 다른 별저니까. 그 별저도 이미 팔린 지 오래야. 목내이 같은 게 굴러다니진 않는다고."

안심했지만 역시나 이상한 집이라는 사실을 통감하는 수밖에 없었다.

"이 별채에도 이상한 장치가 되어 있지는 않겠죠?"

야오가 불안한 듯 라한을 쳐다보았다.

"생명에 위협을 줄 만한 장치는 없다고 작은할아버님이 말씀하셨어. 아무리 나라도 위험한 저택을 여성 두 명의 숙소로 제공하지는 않아."

"그럼, 이 벽과 천장에도 무슨 의미가 있는 걸까요?"

"글쎄, 시간이 있으면 조사해 봐도 좋고."

"그럴 시간은 별로 없지만 말이야."

마오마오 입장에서는 괴짜 군사가 돌아오기 전에 일을 해치우고 싶었다. 가능하면 오늘 중에 끝낼 수 없을까.

"다른 질문은 없고? 책 문제는 모르겠다. 고용인한테도 한번 물어볼게."

안경을 쓱 치켜올리며 라한이 자리에서 일어섰다.

"나는 내일 잠깐 볼일이 있으니 무슨 일 있으면 아무나 적당히 불러. 근처에 있는 고용인한테 말하면 연락을 취할 수 있을 거야."

"알겠습니다."

옌옌이 쌀쌀맞게 대꾸했다.

"잘 먹었어. 굉장히 맛있던걸. 피곤할 텐데, 사용한 식기는 그냥 놓아두도록 해. 고용인을 불러올 테니까."

마오마오는 뒷정리까지 할 생각이었으나, 안 해도 된다면 그 편이 낫다. 빨리 책 조사를 계속하고 싶었다.

서고로 돌아온 마오마오는 서고 전체를 둘러보았다.

'이 벽 문양, 어디서 본 적이 있는데?'

두 가지 색의 벽. 기억의 한구석에 있는 것 같지만 확실하게 생각이 나지 않는다.

무엇이었을까.

야오와 옌옌도 책장이 아니라 벽과 천장을 보고 있었다.

"만일 마오마오의 이야기를 믿는다면 책장을 조사해도 의미가 없다는 말이 되네요."

둘이서 이야기한 내용을 야오가 옌옌에게도 설명해 준 듯하다. 옌옌은 벽을 물끄러미 바라보았다.

"…왠지 저 벽, 어디서 본 적 있는 것 같은 느낌이 든단 말이야."

마오마오가 끙끙거렸다. 다른 세 벽과는 살짝 다른 모양이었다. 거의 대부분 책장 벽에 가려져 보이지 않지만.

"인체의 구조에 대한 책인가?"

빠진 번호에서 예상할 수 있는 책의 내용이었다.

마오마오가 끙끙거리고 있는데 굉음이 울려 퍼졌다. 놀라서 돌아보니 야오가 엉덩방아를 찧고, 책장이 넘어져 있었다.

"야오 님!"

옌옌이 얼굴이 새파래져서 야오에게 달려갔다. 야오는 다친 곳은 없는지 먼지를 털며 일어섰다.

"다치지는 않았나 보네요. 무슨 일인가요? 책장이 넘어지다니."

책이니 부서질 물건은 없겠지만 무게가 상당하다. 세우려면 꽤나 애를 먹을 듯하다.

"이거야."

야오가 꺼낸 것은 'ㅡㅡ2ㅡⅠ'이라는 번호가 달린 책이었다.

"그게 어쨌다는 거죠?"

사라진 번호의 하나 앞에 있는 책이다.

"여기, 마지막 장을 봐."

야오가 책을 펼쳤다. 마지막 장의 한구석에 작은 동그라미가 쳐져 있었다. 흑백으로 반반 갈라진 원이다.

"태극도太極圖일까요?"

태극도, 또는 태극어太極魚라고도 한다. 흑백의 물고기들이 뒤엉키듯이 딱 붙어서 원을 그리는 형태다. 점술에 자주 사용되는 그림이다. 그리고 의술과 관련이 있는 오행과 관계가 있다고 하면 관계가 있기는 하지만, 마오마오에게는 더 실용적인 것이 있었기에 겉핥기 정도로밖에 훑어보지 않았다.

"이게 왜요?"

그러니 고개를 갸웃거리는 수밖에 없었다.

"태극도라고 하면…."

옌옌이 책장에서 책을 가지고 왔다.

"여기에도 있어요."

'一一2一Ⅲ'라고 적혀 있다.

"이쪽은 맨 첫 장에 그려져 있네요."

"……."

마오마오는 두 권의 책을 비교해 보았다.

"딱 이 둘 사이에 있어야 하는 책이 보이지 않았단 말이죠."

"응, 맞아. 그래서 난 생각했어."

야오가 자신만만하게 방의 벽을 두드렸다.

"이 방에서 찾지 못했던 책이 숨겨져 있는 게 아닐까 하고."

"왜죠?"

마오마오는 설명을 요구했다. 그에 비해 옌옌은 눈을 부릅뜨고 손뼉을 쳤다.

"야오 님, 역시 굉장하세요."

옌옌도 귀여운 아가씨라고 무조건 다 칭찬하는 건 아니다. 뭐가 굉장하다는 걸까.

"이 벽, 팔괘八卦를 나타내고 있군요."

"그치!"

"팔괘?"

마오마오는 고개를 갸웃거리며 말뜻을 생각해 보았다.

'팔괘, 팔괘, 팔괘, 팔괘….'

"팔괘?"

분명 태극도와 관련이 있는 무언가였다는 기억은 있지만, 안타깝게도 마오마오의 전문 분야는 아니었다. 관심 없는 분야가 되면 마오마오의 기억력은 현저하게 떨어진다.

어디서 본 적 있는 문양이라고 생각한 이유가 있었다.

'아버지도 일단 기억은 하고 있으라고 하긴 했는데.'

하지만 생약을 공부하는 편이 훨씬 실익에 도움이 되리라는 생각에 무시했을 뿐이다. 겉핥기는커녕 거의 건드리지조차 않은 분야다.

"팔괘야. 봐, 이 문양. 효爻를 나타내잖아."

"효?"

익숙지 않은 정도를 넘어 도대체 무엇인지 예상조차 할 수 없는 말이 튀어나왔다.

"설마 몰라?"

야오는 놀라면서도 왠지 기뻐 보였다.

"오히려 아는 사람이 적지 않을까요?"

마오마오는 살짝 뾰로통해졌다. 조금 더 공부해 뒀으면 좋았을걸, 하고 반성했다.

"이런 문양은 알아?"

야오가 손가락 끝으로 벽을 따라 덧그렸다. 하야스름한 벽판과 거무스름한 벽판. 거무스름한 벽판만 따라 그리고 있다. 다른 벽이 판자를 세로로 세운 것과 달리 야오가 만지는 벽만은 가로로 판자가 붙어 있었다.

"팔괘는 효, 긴 선 하나와 짧은 선 두 개를 세 개씩 조합해서 만들어. 각각의 선을 음과 양, 또는 강剛과 유柔라고 해."

마오마오는 손가락을 꼽아 세어 보았다. 두 종류의 효를 세 개씩 조합해 보면 전부 여덟 종의 그림이 완성된다. 그래서 팔괘다.

"그럼, 책장을 넘어뜨린 건···."

"벽 전체를 보기 위해서였고, 하나 더 있어."

야오는 빛바랜 융단을 들추었다. 그러자 벽과 마찬가지로 팔괘 그림이 있었다.

"책은 이 방 안 어딘가에 있다."

마오마오는 뭐먼이 했던 말을 반추했다. 방이라고는 했지만 책장이라고는 하지 않았다.

"장치를 좋아하는 건축가가 지은 집."

라한이 준 정보다. 재미있는 장치를 좋아했다면 무슨 흔적이 남아 있을 가능성이 높다.

그리고….

"태극도와 팔괘."

마오마오가 별다른 흥미를 갖지 않은 분야다.

아버지는 말했다. 마오마오 혼자만으로는 풀 수 없는 문제라고.

"그러니까 그런 말이구나."

마오마오는 손뼉을 짝 치며 납득했다.

"그렇군요."

옌옌도 이해한 것 같았다.

여기까지 왔으면 마오마오와 옌옌의 행동은 빠르다. 둘은 책장을 치우기 위해 함께 들어 올렸다.

"잠깐! 내가 먼저 찾아냈어."

"야오 님은 앉아 계세요. 위험하니까요. 힘쓰는 일이고요."

'아니, 아마 힘은 야오가 더 셀 것 같은데.'

마오마오도 그 말을 입 밖으로 내지 않을 만큼의 머리는 있다.

아무래도 책장을 통째로 옮기는 건 둘이 달려들어도 힘든 일이다. 일행은 책장의 내용물을 빼내 비워서 복도로 옮기기를 반복했다.

야오는 불만스러운 듯 책장에서 책을 뽑았다.

책장을 들어내니 벽 한 면이 완전히 드러났다. 보기만 해도 어질어질해질 것 같았지만, 바닥의 융단까지 치우니 눈앞이 번쩍번쩍했다.

"이것이군요."

바닥을 보니 한가운데에만 하얀 목재로 된 면이 있고, 나머지 면에는 여덟 개의 그림이 그려져 있었다. 천장 그림과 마찬가지로 9등분으로 나눠진 그림이었다.

"선천도先天圖*를 나타내고 있네."

야오가 눈을 반짝였다.

또 마오마오가 모르는 말이 튀어나왔다. 무엇인지 물어볼까 싶었지만 이야기가 진행되지 않을 것 같아 그냥 아는 척하고 다음으로 넘기기로 했다.

"선천도는 알겠습니다. 그래서 책은 어디 있는 건가요?"

"……."

야오는 말이 없었다. 그 이상은 모르는 것 같았다.

뤄먼이 낸 문제라면 답을 이끌어 낼 수 있는 무언가가 틀림없이 존재했다.

마오마오는 태극도가 그려진 두 권의 책을 보았다. 내용은 인체의 구조에 대해서였다. 하나는 팔, 하나는 다리에 대해 자세

※선천도 : 북송의 유학자 소옹의 학설에 의거한 팔괘 및 육십사괘를 배치한 그림.

히 설명되어 있었다.

"…야오 씨, 팔괘에는 각각 의미가 있나요?"

"방향과 동물, 가족 등의 의미도 있어."

"인체는 그 속에 포함되어 있나요?"

"포함되어 있어!"

야오가 다급히 책을 들여다보았다.

"빠진 책을 제외하면 '一一2'의 번호를 가진 책은 여덟 권 있었습니다."

두 번째 책이 없으니 나머지는 4부터 9까지가 된다. 바닥과 천장에 흩어져 있는 숫자와 같다.

"여덟 권. 팔과 다리가 있으니 나머지는 머리, 입, 눈, 사타구니, 귀, 배까지 여섯이야."

"가져왔습니다."

이해가 빠른 옌옌이 나머지 여섯 권을 가져왔다. 내용을 확인하니 야오가 한 말 그대로였다.

"태극도로 생각하면 빠진 부분은 없는데."

하지만 번호는 빠져 있다. 신체 부위와는 다른 무언가일까.

마오마오는 방 중앙, 아무런 팔괘도도 그려져 있지 않은 장소 위에 섰다. 그리고 별뜻 없이 위를 올려다보았다.

"동물이 잔뜩 그려져 있네요."

"보면 알아. 말, 개, 꿩, 그리고 왠지 용 같은 그림도 있는데?"

"용이라니 불경한 자로군요."

황족을 상징하는 동물을 함부로 쓰면 때로 벌을 받는 수도 있다.

"…잠깐, 천장 그림도 팔괘야."

야오가 눈을 가늘게 떴다. 세월에 열화되어 빛이 바랬지만 그림은 똑똑히 확인할 수 있었다.

"야오 씨, 천장 한가운데에 말이 한 필, 양이 두 마리 있어요. 이게 무슨 뜻인가요?"

말이 위에, 양이 아래에 그려져 있다.

"말의 경우 '건乾', 선천도에서 남쪽, 가족으로는 아버지, 신체는 머리, 오행으로는 금, 숫자로는 일이야."

"숫자? 양은 몇인가요?"

"양의 경우 이나 팔이지만 선천도에서는 이가 돼."

"일, 그리고 이가 둘…."

마오마오는 책을 들여다보았다. 공교롭게도, 라고 해야 좋을까. 빠진 번호는 'ー─2─Ⅱ'였다.

'그렇구나.'

책은 뭐면 나름대로 문제 난이도를 낮춰 준 수단이었던 듯했다. 사실은 책 같은 게 없어도 팔괘에 대한 지식만 있으면 풀 수 있는 문제였다.

반대로 말하면, 팔괘에 대한 지식이 없으면 완전히 궁지에 몰리고 만다.

마오마오는 위를 쳐다보던 고개를 내려 벽으로 시선을 돌렸다. 바닥보다 치밀하게 흑과 백, 두 색의 판자가 늘어서 있었다.

"야오 씨."

"왜?"

"일과 이의 팔괘가 어떤 건가요?"

야오는 바닥으로 이동했다.

"일이 이거. 긴 선이 세 개야. 이는 제일 위에 짧은 선이 두 개 있고 아래 두 줄은 긴 선 두 개."

'☰'과 '☱'.

마오마오는 벽을 뚫어져라 바라보았다.

"뭐 해?"

"일, 이, 이 배열이 있는지 찾고 있어요."

온통 비슷한 조합들뿐이어서 눈이 아파질 것 같았고, 무엇보다 시선을 조금만 돌려도 어디까지 봤는지 잊어버리게 된다.

"그럼, 난 반대쪽부터 보고 올게."

"그럼, 전 응원할게요. 다과를 준비하겠습니다."

옌옌은 도망쳤다. 기다려, 하고 쫓아가고 싶었지만 눈을 떼면 금세 어디까지 봤는지 헷갈린다. 벽에 표시를 해 두고 싶어도 붓으로 표시를 할 수도 없으니 한없이 눈만 아파지는 작업이었다.

"......."

"......."

"......."

옌옌은 차 준비를 하고 있다.

이렇게 그림이 많으니 1, 2, 2 순서가 있을 법도 한데 통 없었다. 1, 2 다음에 2가 오는 일이 없다.

'슬슬 나와도 될 텐데.'

하고 생각하던 마오마오는 야오와 툭 부딪혔다.

"있었어?"

"없네요."

"어떻게 된 거야?"

"놓친 게 아닐까요?"

눈을 껌뻑거리며 벽을 쳐다보았다. 다시 한번 확인해야만 하겠지만 하기 싫었다.

"차 드실래요?"

옌옌이 다기를 들어 올렸다.

"마실래!"

"마실게요!"

야오와 마오마오의 목소리가 겹쳐졌다.

방에 있던 물건은 전부 복도로 내놓았기 때문에 바닥에 방석을 깔고 앉아 마시기로 했다.

"마힜다."

야오는 대만족했지만 차 시간이 끝나면 다시 한번 확인해야 한다. 그래도 없다면 마오마오의 예상이 빗나갔다는 말이 된다.

"아깝네. 일, 이까지는 찾았는데 다음 숫자가 다르다니."

"맞아요. 마지막 숫자만 달라요. 하나 정도는 있어 줘도 될 텐데."

마오마오도 야오의 말에 동의했다.

"그래, 그래. 선이 하나 다르기만 해도 다른 숫자가 되어 버린단 말이야. 여기서 양이 음이 되어 준다면 좋을 텐데."

양은 긴 선, 음은 짧은 두 선이다.

"…양이 음으로."

마오마오는 바닥의 팔괘를 바라보았다.

'☰'의 맨 위 양을 음으로 바꾸면 '☱'.

마오마오는 자리에서 일어나 다시 벽을 응시했다.

'분명 이 부근에….'

일, 이, 일이 늘어서 있었다.

그 외에는 이 순서가 없었던 느낌이었다.

마오마오는 세 번째 일, '☰'의 가장 위에 있는 양을 건드렸다.

손끝에 희미한 위화감이 느껴졌다.

마오마오는 손가락으로 긴 선 한가운데를 꾹 눌러 보았다.

양의 한가운데 안쪽이 쑥 들어갔다.

'양에서 음으로.'

덜컹 소리가 나고 벽에서 무언가가 튀어나왔다. 서랍이었다.

"어어?"

야오가 눈을 동그랗게 떴다.

"놀랍네요."

옌옌은 서랍을 물끄러미 바라보았다.

마오마오는 서랍에서 책 한 권을 꺼냈다.

'一—2—Ⅱ'.

빠져 있던 번호의 책이었는데, 다른 장정과 비하면 만듦새가 상당히 조악했다. 책장이 비뚤배뚤하고 두께도 일정하지 않았다.

"양피지일까요?"

"촉감으로 볼 때 그런 것 같아요."

양피지라면 조악한 종이보다 훨씬 오래 견딘다.

마오마오는 조심조심 책장을 넘겼다. 글씨는 붓이 아니라 서방의 필기구로 적혀 있었다. 내용의 대부분이 리국 문자가 아니었다. 흘려 쓴 서방 글자가 대부분이었고, 가끔 주석처럼 리국의 말이 적혀 있었다.

'유학 시절 물건이구나.'

아버지 뤄먼은 젊은 시절 서방에서 유학을 했다. 타의 추종을 불허하는 뤄먼의 의료 지식은 유학 간 곳에서 얻은 배움이었다.

마오마오는 띄엄띄엄이나마 서방 문자를 이해할 수 있었다. 드문드문 모르는 단어가 나오긴 했지만 조금씩 읽어 나가다….

…얼굴이 새파래졌다.

예상대로의 물건이 그곳에 있었다.

"마오마오…."

옌옌도 불안한 표정이었다.

"왜 그래? 뭐라고 적혀 있기에?"

야오만 서방 문자를 읽지 못하므로 두 사람의 반응을 보고 안달했다.

마오마오는 다음 장을 넘기지 못했다.

"왜, 대체 왜 그래?"

야오가 책으로 손을 뻗어, 마오마오 대신 책장을 넘겼다.

넘긴 곳에는 마오마오와 옌옌, 두 사람이 우려하던 모습이 그려져 있었다.

"뭐야, 이게?"

정밀하게 그려진 인체. 그냥 그게 다라면 상관없다. 하지만 그 그림은 인간의 가죽을 벗기고 그 속의 살을 드러내, 아주 자세하게 그린 모습이었다.

"…윽."

야오가 역겨운 듯 고개를 돌렸다. 상상으로 그렸다고 하기에는 너무나 현실적인 필치였다. 실물을 눈앞에 두지 않으면 그릴 수가 없다.

마오마오는 긴장하며 다음 장을 넘겼다.

인간의 배를 가르고 그 속에 있는 장기를 그린 모습이었다.

'아버지는 서방에서 배운 기술을 이용해서 황태후의 배를 갈랐지.'

절개를 통한 출산은 본래 산모와 아이가 모두 위험할 경우, 아이만 살리기 위해 사용되는 방법이다.

하지만 뤄먼은 모자를 모두 살렸다.

지식만으로 할 수 있는 일이 아니다.

아마도 몇 명의 배를 갈라 본 적이 있을 것이다.

그리고….

연습으로 여러 사람의 몸을 토막 내 본 적이 있을 것이다.

아버지가 마오마오로 하여금 시체를 멀리하게 한 이유. 의사가 아니라 약사로서 살아가기를 권한 이유.

'이것 때문이었구나.'

마오마오는 일그러진 책을 덮었다.

뤄먼이 한 일은 부정하지 않는다. 의료 행위를 하기 위해서

인체를 알아야 한다는 것은 당연한 일이고, 마오마오도 그래서 자신의 몸으로 실험을 거듭했다.

하지만 지극히 일반적인 반응은 야오와 같은 모습이리라.

야오는 입을 틀어막은 채 일그러진 책을 증오 서린 눈길로 쳐다보았다.

서방에서는 어떨지 모른다. 하지만 극히 평범한 리국 사람이 이 책의 내용을 받아들일 수 있을 리가 없다.

신앙으로서의 금기가 존재한다. 그 금기에 반하는 내용이다.

마오마오는 내려놓은 책의 뒤를 보았다.

'witchcraft'.

흘려 쓴 글씨로 그렇게 적혀 있었다.

그 의미가 무엇이든, 뤄먼이 책을 감춘 이유는 알 수 있었다.

세상에 내놓으면 금서 취급을 받고 불태워지게 될, 존재해서는 안 되는 책이었다.

『화타의 서』를 받아들이는 일이 조건.

받아들인다는 말은, 윤리적으로 받아들일 수 있느냐는 의미였다.

이 책은 그야말로 『화타의 서』였다.

6 화 : 서도행 권유

"이 책은 제가 맡아 두겠습니다."

옌옌은 『화타의 서』를 천에 정중히 싸서 가져갔다.

마오마오와 옌옌은 어떤 내용의 책인지 대략 예상하고 있었던 것과 달리, 야오는 잘 모르는 채로 내용을 보고 말았다.

그 충격이 강했는지 야오는 한동안 굳어 있었다.

'그래도 많이 어른이 됐네.'

처음 만났을 때였다면 더욱 소란을 피우고 난리를 쳤을 것이라고 마오마오는 생각했다. 반년 정도 의관 보조 관녀 일을 통해 다양한 사고방식을 소화할 수 있게 되었을까.

뤄먼에게는 라한을 통해 연락을 취해, 내일 와 달라고 부탁했다. 그때까지 생각을 정리할 수 있다면 좋을 텐데.

"저는 이제 다른 볼일이 있어서요."

야오와 옌옌의 상태가 신경 쓰이긴 하지만 마오마오에게는 또 하나의 피할 수 없는 문제가 남아 있었다.

마오마오는 마차에 흔들리며 괴짜 군사의 저택에서 기숙사로 돌아갔다.

'직접 찾아가는 편이 빠르겠지만.'

라한이 준비해 준 마차를 타고 직접 진시의 별궁으로 찾아가는 일은 피하고 싶었다. 엇갈려서 다른 마차가 왔다. 기숙사 아주머니는 의아한 표정을 지으면서도 깊이 캐묻지는 않았다. 급료에 입을 다무는 값도 포함되어 있을지도 모른다.

마차를 갈아타고 별궁에 도착하니 기운이 쭉 빠지는 공기가 감돌았다.

진시는 마치 균사류라도 키우는 듯 음울한 분위기를 내뿜고, 가오슌은 미간에 주름을 잡고, 스이렌은 '어머머' 하고 다소 곤란한 표정을 짓고 있었다. 활기찬 사람은 가무스름한 피부의 취라는 시녀 하나뿐이었다. 취에는 걸을 때마다 뽁뽁거리는 소리를 내며 마오마오에게 차를 가져다주었다.

"서쪽의 발효차예요. 향기가 좋고, 증류주를 한 방울 떨어뜨리면 굉장히 맛이 좋지만 술을 드리지는 말라고 하시더군요."

취에는 스이렌 쪽을 흘끔 보며 마오마오에게 설명해 주었다. 가능하면 증류주를 그냥 그대로 내줬으면 좋겠다.

"…일단은 이야기를 좀 들어 보는 편이 좋을까요?"

그리 듣고 싶지는 않았지만 진시가 노골적으로 포자를 퍼뜨리고 있으니 묻지 않을 수가 없었다.

"부탁합니다."

가오슌이 슬금슬금 다가왔다.

아버지가 와 있으니 당분간 아들 바센이 나설 일은 없을 듯했다.

"그게 실은, 또다시 서도로 가게 될 것 같다."

"흐응, 그렇군요. 힘들겠네요."

진시의 얼굴이 우그러지며 토라진 표정이 떠올랐다. 가오슌이 뒤에서 '아니, 아니' 하고 커다랗게 가위표를 만들었다. 어째서인지 가오슌과 함께 취에도 춤추는 듯 가위표를 만들고 있었다. 왠지 즐거워 보였다.

"저 사람은 누구인가요?"

마오마오는 무심코 스이렌에게 물었다.

"가오슌의 며느리라고 하면 알겠니?"

"며느리… 아들의 아내라는 말인가요?"

"바센이 아닌 쪽이란다. 누나 외에도 형이 있거든."

"그렇군요."

스이렌과 대화를 나누고 있자니 또다시 진시가 내뿜는 포자가 늘어났다. 마오마오는 할 수 없이 몸을 돌려 뒷이야기를 계속 듣기로 했다.

"저기, 어쩌다 또 가시게 되었나요? 작년에 막 다녀왔잖아요."

"교쿠오 공의 요청이었다. 교쿠엔 공이 없어도 잘하고 있으니 보러 와 달라는군."

"그것 참."

'귀찮네.'

교쿠엔은 교쿠요 황후의 부친이며 현재 도성에 있다. 현재 서도를 다스리는 사람은 황후의 오빠, 교쿠오라고 했던가.

서도 여행은 육로로 반달 이상 걸린다. 왕복과 체재 기간을 생각하면 최소한 한 달 반은 도성을 비워야 할 듯하다.

"외람된 말씀이지만 이번 일은 진시 님이 아닌 다른 분이 가셔도 괜찮지 않을까요?"

마오마오의 의견은 지당하다며 가오슌도 스이렌도 고개를 끄덕였다. 취에만은 고개를 가로저으며 춤추고 있었다.

'어쩌지. 정말 개성이 너무 강한 사람이네.'

분명 더 심각한 분위기여야 하는데 한쪽에서 취에가 이상한 짓을 하는 바람에 웃음이 터질 것만 같았다. 아니, 오히려 그것을 노리는 걸까. 심지어 마오마오밖에 보이지 않는 곳에서 그런 짓을 저지르니 더 문제다.

'웃기려고 하는 거겠지.'

마오마오는 취에를 최대한 시야 안에 넣지 않으려 애쓰며 시선을 돌렸다.

그러다 결국 스이렌 할멈에게 들킨 취에는 뒤통수를 얻어맞았다. 가오슌도 참 특이한 며느리를 뒀다. 가오슌이 취에 대신 스이렌에게 사과했다.

"…미안하지만 장소를 바꿔야겠어."

결국 진시도 기분이 언짢아진 듯했다.

"네, 도련님."

스이렌은 옆방에 마실 것을 준비했다.

마오마오 입장에서는 빨리 본 목적인 치료를 시작하고 싶었기에 마침 잘된 셈이었다.

방으로 이동하여 문을 닫았다. 할멈과 감시역이 사라지니 진시는 한숨을 내쉬었다.

"방금 전 이야기를 계속해도 되겠지?"

"하세요. 상처를 봐 드리면서 들어도 문제없겠죠?"

"해 줘."

마오마오는 짐에서 약과 붕대를 꺼냈다. 진시는 상의를 벗고 붕대가 감긴 하복부를 드러냈다.

취에 때문에 원래 하던 이야기를 잊어버릴 뻔했다. 뭐였더라.

"서도로 오라는 말은 교쿠오 공 본인의 연락이었다. 물론 지난번에 방문했던 적이 있으니, 그 점을 고려하여 거절해도 문제없을 거라고 생각했지만…."

진시가 복습하듯이 이야기해 주어서 고마웠다. 마오마오는 붕대를 감으며 귀를 기울였다.

"교쿠요 황후, 그리고 주상께서도 가라고 말씀하시니 거절할 수가 없었지."

"교쿠요 황후 전하와 폐하께서요…? 그건 본래 예정된 일이 었나요?"

마오마오는 식은땀을 흘렸다. 드러낸 상처 자국은 아직도 붉 었다. 지혈은 성공했지만 상처 색깔은 여전히 생생했다.

"…교쿠오 공에게서 편지가 도착한 건 어젯밤 일이다. 원래 교쿠엔 공이 없는 사이 서도가 어떻게 되어 있는지 확인하기 위 해 누군가가 시찰을 가게 되어 있었어."

"……."

사전 인선에 들어 있었던 모양이다.

진시가 서도에 간다면 마오마오도 따라가야만 한다. 마오마 오는 상처가 화농을 일으키지 않았는지 확인하며 연고를 새로 발랐다.

'아버지한테 빨리 외과 기술을 가르쳐 달라고 해야겠다.'

마오마오의 생각보다 훨씬 시급한 일이었다.

'피부를 이식하는 기술을 알아내면….'

진시는 마오마오를 옴짝달싹 못하게 얽매고 싶어 보였지만 마오마오도 진시 마음대로 하게 내버려 둘 생각은 없었다.

'성공 사례가 있었던가?'

마오마오는 지금까지 읽어 본 문헌을 떠올렸다.

과거에 노예에게서 치아나 피부를 이식한 예는 실패했다는 말밖에 듣지 못했다. 하지만 피부 이식의 경우 본인의 다른 부위에서 이식해서 성공한 예는 있다고 했다.

'진시의 경우에는 눈에 띄지 않는 곳에서….'

그렇다면 둔부일까, 하는 생각에 마오마오는 진시의 옷자락을 천천히 잡아당겼다.

"뭐, 뭐 하는 거지?!"

진시가 깜짝 놀라 몸을 뒤틀었다.

'엉덩이를 들여다보려 했다고는 말 못 해.'

"죄송합니다. 옷자락을 조금만 더 내려 주시지 않으면 약을 바르기가 어려워서요."

"…미리 한마디 해 줘. 부끄럽지도 않나?"

진시가 미묘한 표정으로 마오마오를 쳐다보았다.

"이제 와서 무엇을요?"

요 며칠간 진시의 폭탄 같은 돌발 행동 덕분에 당황하긴 했지만 이쪽이 본래의 마오마오다. 새로운 치료법을 생각하고 있으면 이런저런 생각이 다 날아가 버린다.

마오마오는 정성껏 연고를 바른 뒤 솜씨 좋게 붕대를 다시 감았다.

"붕대 감는 법을 기억해 주세요. 정말로."

만일을 대비하여 한 번 더 감는 법을 가르쳐 주었다.

마오마오가 몸을 떼니 진시는 왠지 쓸쓸한 표정으로 겉옷을 걸쳤다.

"그럼, 저도 서도에 동행해야만 하겠군요."

"그렇지."

지난번 여행에서는 깊이 생각해 보지 않았지만, 제대로 된 의관이 따라갔으리라.

'누가 있었던 것 같기도 하고, 없었던 것 같기도 하고.'

이럴 때 마오마오의 기억력은 도움이 안 된다. 얼굴을 한 번만 보아도 금방 외우는 특기가 있으면 좋을 텐데. 그런 특기가 있었던 사람이 떠올랐다.

'리쿠손이었던가.'

괴짜 군사의 부관은 서도에 갔다고 들었다. 서도에 가면 다시 만날 수 있을지도 모른다.

"알겠습니다. 기간은 어느 정도일까요?"

지난번과 비슷한 정도라면 어떻게든 견딜 수 있겠다고 마오마오는 생각했다.

"모르겠다. 최소한 석 달은 있게 될 것 같아."

"석 달…."

상당히 길다. 심지어 '최소한'이라니.

문득 마오마오의 머릿속을 '좌천'이라는 단어가 스쳤다. 나라의 높은 분 두 사람 앞에서 최대급의 행패를 저질렀으니 당연히 그냥 끝나지는 않을 것이다.

"…진시 님."

"아아, 응. 말하지 마라, 말하지 마."

진시는 마오마오가 하고 싶은 말이 무엇인지 알았을까, 아니면 다른 말을 상상했을까.

묻지 말라고 해도 물을 수밖에 없다. 그래도 비교적 대답하기 쉬운 질문으로 골랐다.

"여쭙고 싶은 점은 많지만, 왜 교쿠요 님까지 발언하셨는지 아시나요?"

주상은 몰라도 교쿠요 황후까지 진시를 서도로 보내려 하는 이유가 무엇일까. 자신의 친족이 통치하는 땅이며, 진시는 교쿠요 황후에게 충성을 맹세한 것이나 다름없는데.

"그 점은 확실하게는 모르겠지만 짚이는 부분이 있다."

진시는 잠시 말하기를 망설였다.

"교쿠오 공이 조만간 딸을 입궁시키려는 것 같더군."

"호오, 그렇군요."

하고 고개를 끄덕이다 마오마오는 고개를 갸웃거렸다. 입궁시킨다는 말은 황제의 신부를 늘린다는 이야기다. 서도의 유력자라면 주상도 거절하기 힘들다.

'이미 친족 중 왕실에 교쿠요 황후가 있는데?'

인척 관계를 더욱 탄탄하게 쌓아, 지반을 다지려는 생각일까.

"교쿠요 황후 전하 입장에서는 복잡한 기분이 아닐까요? 아버님이신 교쿠엔 님은 어떠실지 모르겠지만."

오빠의 딸이라면 교쿠요 황후의 조카가 된다. 정략결혼을 할 때 혈연이 가까운 일은 자주 있지만 별로 기분이 좋지는 않을 것이다.

교쿠엔은 이미 자신의 딸이 안정적인 지위를 얻었는데, 거기에 손녀까지 들여보내려는 것일까.

'아니, 애당초 친딸이 맞긴 할까?'

아무래도 교쿠요 황후의 친정 역시 심상치 않은 사연이 있을 듯한 느낌이었다.

"교쿠요 황후 전하께서는 조카따님의 입궁을 반대하시나요?"

"······."

마오마오의 짐작이 맞아떨어진 모양이었다. 진시의 표정에 다 드러나 있었다.

"그래. 내켜 하지는 않아. 하지만 입궁시킨 조카를 내쫓을 수도 없지. 그래서 타협안을 제시하기로 한 거다."

현 황족 중에서 남자는 얼마 없다. 아직 갓난아기인 황자 둘을 제외하면 실질적으로는 한 명밖에 없다.

"진시 님, 결혼 축하드립니다."

마오마오가 박수를 치자 진시가 아무 말 없이 마오마오의 머리를 움켜쥐고 꽉꽉 눌러 댔다.

"윽!!!"

손아귀에서 풀려난 마오마오는 쓸데없는 말을 하지 말 걸 그랬다고 생각하며 옆머리를 문질렀다.

"무슨 말도 안 되는 소리냐, 이런 몸으로!"

'자업자득이잖아요!'

마오마오는 억울하다고 생각했지만, 입 밖으로 내뱉지 않는 것만 해도 장한 일이었다.

"…만일을 위해 여쭙겠는데, 진시 님 외에도 그분이 시집가시기에 합당한 남자분이 계신가요?"

"황족은 수 대 전까지 거슬러 올라가야만 한다. 대부분 속세를 버리고 절에서 경을 읽고 있을 법한 사람들이지. 야심가인 누군가가 반란을 염두에 두고 추대되지 않는 이상 하나도 없어."

"가신들 중 하나에게 시집가는 건 조카따님 쪽에서 납득하지 않겠군요."

하지만 도성으로 올 소녀와 맞바꾸어 진시가 서도로 가면 몇 달간은 결혼을 미룰 수 있다. 상대방 측에서도 스스로 진시를 불렀으니 아무 말 못 할 터였다.

'일부러 도성으로 와야 하는 그 조카인지 누군지가 불쌍하네.'

동정심은 들었지만 마오마오가 어떻게 할 수 있는 일은 아니었다. 무엇보다 소녀 한 명을 행복하게 해 주기 위해 군이 결혼

해야 한다면 진시 주위에는 눈물 나는 사연을 지참한 불쌍한 소녀들이 와글거릴 것이다.

'남 일을 생각해 줄 여유는 없어.'

마오마오에게는 달리 할 일이 있었다.

"언제쯤 가게 되나요?"

"지금부터 두 달 후."

'시간이 없네.'

다양한 것들을 서둘러 배워 둬야 한다.

진시는 달리 하고 싶은 말이 있는 표정을 지었다.

"그 외에 또 다른 건 없나요?"

"…아직 자세한 사정은 모른다. 후일 연락하마."

"알겠습니다."

마오마오는 약과 붕대를 정리했다. 그리고 다음에는 며칠 후에 와야 하는지 확인한 뒤 별궁을 뒤로했다.

7 화 ⋮ 금기

다음 날 괴짜 군사의 저택 별채 서고는 깔끔하게 치워져 있었다. 융단은 새로 깔리고, 책장은 원래 위치로 되돌아갔다. 달라진 점이라면 빛바랜 융단이 새것으로 바뀌었다는 점뿐일까.

"라한 님이 고용인들에게 명령해서 청소하게 하셨습니다."

"그랬군요."

마오마오는 옌옌의 말에 안도했다. 자신은 그 후 바로 돌아갔기 때문에 두 사람에게 청소를 떠맡긴 게 아닌가 싶어 미안했기 때문이었다.

"그랬지. 감사해라, 동생아."

전혀 감사하기 싫은 인간이 잘난 척하며 의자에 앉아 있었다.

"왜 너까지 있는 거야?"

"너무하는구나. 오라버니는 아버님이 안 계시는 동안에는 이 집의 주인이란다."

"그래, 한가한가 보네. 우리 아버지는 슬슬 오겠지?"

"마오마오, 말투가 거칠어요."

옌옌에게 또 지적을 받았다. 야오는 이미 의자에 앉아 등을 곧게 펴고 기다리고 있었다.

또각또각 지팡이 짚는 소리가 들리고 뤄먼이 나타났다. 뤄먼은 데려다준 고용인에게 감사 인사를 하고 나서, 서고로 들어왔다.

옌옌이 문을 닫았다. 창도 꼭꼭 닫혀 있었고, 불빛은 미리 준비해 놓은 초로 밝혔다. 달콤한 꿀 냄새가 방 안에 가득 찼다.

'서고에서 불을 피우고 싶지는 않지만.'

마오마오는 이야기가 끝나면 바로 끄고 환기를 시켜야겠다고 생각했다.

마오마오는 뤄먼 뒤에 의자를 가져다주었다.

"고맙구나."

뤄먼은 감사 인사를 했지만 그 얼굴에는 난처한 표정이 떠올라 있었다. 탁자 위에 한 권의 책이 놓여 있기 때문이었으리라.

"작은할아버님, 제가 있어도 괜찮겠죠?"

"라한… 너무 아무 데나 고개를 들이밀고 다니면 못쓴다."

"알고는 있지만, 우리 집에서 일어난 일은 파악해 둬야죠. 몰랐다는 이유로 책임을 회피하는 건 성미에 안 맞는 일이라."

어떤 의미에서는 마오마오와 정반대의 성격이라 할 수도 있겠다. 아니면 일어난 문제를 해결할 수 있을 만큼의 자신감이 있다는 뜻일까.

"이게 『화타의 서』라는 사실은 틀림없나요?"

옌옌이 자리에서 일어나 양피지로 만들어진 두툼한 책을 세웠다.

"…그래. 내가 유학 시절 정리한 책이란다."

야오의 표정이 굳어졌다.

옌옌은 무표정한 그대로였고, 라한은 오히려 재미있다는 표정을 지었다.

"그럼, 이 그림도 뤄먼 님이 그리신 거로군요."

야오가 책장을 넘겨 자세히 그려진 인체 해부도를 보였다.

"그래. 그림도 내가 그리고, 해부도 했지."

'해부'라는 말에 야오는 표정이 얼어붙었다. 인체 해부를 달가워하는 사람은 그리 많지 않다. 시체를 손괴하는 일은 부도덕하며, 금기된 행동이었다.

"…죄인을, 말인가요?"

야오의 질문에 뤄먼은 슬픈 듯 고개를 가로저었다. 그리고 의자에서 일어나 책의 맨 뒷장을 펼쳤다. 여성의 해부도였다. 이국인인 듯 머리카락이 물결치고, 색소가 옅어 보이는 부드러운 필치로 그려져 있었다. 나눠진 내장은 사실적인데 표정은 보살처럼 온화했다. 곳곳에 잉크가 번지고, 다른 책장에 비해 얼룩이 두드러져 보였다.

"서방의 나라는 이 나라보다 뛰어나고 배워야 할 점도 많이 있지. 하지만 전부 다 옳기만 한 나라는 아니었어. 죄 없는 사람이 처벌당한 일도 적지 않았단다."

뤄먼의 눈빛은 옛일을 그리워한다고 하기에는 너무 슬퍼 보였다.

"이 여성은 마녀라고 불렸지. 마녀가 아니라는 사실을 판단하기 위해, 사람들은 이 여성을 꽁꽁 묶고 무거운 돌을 달아 깊은 물속에 가라앉혔어."

마오마오는 몸을 부르르 떨었다.

뤄먼은 유학 시절 이야기를 별로 하지 않았다. 해 봤자 과거에 있었던 병이나 부상 사례를 거론하는 정도였다.

"물에 가라앉혔을 때 떠오르지 않으면 마녀가 아니다. 살아나면 마녀니까 불에 태워 죽인다. 여성은 마녀가 아니라고 판단되었지만 되살아날 수는 없었지."

야오의 얼굴이 파래지고, 손도 떨리고 있었다. 들어야 하지만, 듣기 싫어 귀를 틀어막고 싶은 마음과 갈등하는 듯 보였다.

대신 옌옌이 뤄먼에게 질문했다.

"마녀란 죄인을 말하는 것인가요?"

"마녀는 죄인이 아니란다. 그저 이단일 뿐. 이교도였지. 의료 종사자였어. 유랑민 또한 마녀로 취급되는 일도 있었고. 그런 의미에서는 나 또한 마녀였을지도 모르겠구나."

뤄먼은 책을 덮고 뒷면의 'witchcraft'라 적혀 있는 글자를 쓰다듬었다.

"이 여성이 마녀라고 단죄된 이유는 알고 있었단다. 내게 서방의 의술을 가르쳐 준 사람도 이 여성이었으니까. 그리고 죽은 후 해부해 달라고 부탁한 사람도 본인이었어. 의술을 위해서라면 자기 몸조차도 아끼지 않는 사람이었던 거야…."

뤄먼의 목소리는 희미하게 떨렸다.

"그분 덕분에 나는 황태후 전하의 출산 당시 수술을 성공할 수 있었다고도 할 수 있지."

황태후는 어린 몸으로 황제를 임신했다. 따라서 배를 가르지 않으면 아이를 낳는 일이 불가능했다.

야오가 떨리는 손으로 탁자를 내리쳤다.

"세상에! 그렇다면 뤄먼 님은 의술 스승님을 저버렸다는 말인가요!!"

공기가 파르르 떨렸다.

뤄먼은 부정하지 않았다. 옌옌도 아무 말이 없었다.

"…아니."

"나는 작은할아버님의 판단이 틀렸다고 생각하지 않아."

마오마오가 무언가 말하기 전에 라한이 입을 열었다.

"우선 전제부터 막다른 골목이야. 아마 도망치면 마녀, 살아났어도 마녀였겠지? 구하려는 입장 역시 유학을 온 유랑민의 몸이니 아마 마녀 누명을 쓰게 될 거야. 작은할아버님도 젊을 때였고, 설령 거세당하기 전이라고 해도 남자 혼자서 뭘 할 수 있었겠어? 심지어 자기 한 몸으로 천 명을 상대할 수 있는 몸집도 아니지. 마치 그림 두루마리 속의 주인공처럼 시원스럽게 나타나 사로잡힌 공주를 구하고 악당들에게 벌을 내리는, 그런 경사스러운 마무리로 끝났을 것 같아? 아니잖아. 답은 익사체가 둘이 될 뿐이야."

"하, 하지만⋯."

야오도 머리로는 알고 있다. 하지만 감정이 따라가지 못했다.

마오마오는 방금 전 책장을 다시 펼치려 했지만 뤄먼이 손으로 짚고 있어 펼칠 수가 없었다.

"그래. 난 무력했지. 그분은 사람을 구하기 위해 무슨 일이든 다 했어. 남장을 하고 의사들 회합에 참석하는 일도 있었고, 죄인의 해부에도 참여했단다. 몇 명은 살렸지만 살리지 못한 목숨도 있었지. 어떻게 하면 사람을 구할 수 있을지, 그러기 위해서라면 무슨 일이든 다 하는 사람이었어. 마녀라며 잡히기 전날에도 의사로서 불려 나갔을 정도야. 옆 마을의 다친 아이들을 치료했다더구나. 그리고 그 치료 때문에 이단으로 몰려 마녀로 처형당했지. 마녀라는 의심을 받은 사람이 자기가 마녀가 아니라는 사실을 증명하기 위해 타인을 희생양으로 삼은 거야."

이야기가 탈선한 듯했지만 뤄먼이 하고 싶은 말이 무엇인지는 알 수 있었다.

뤄먼이 하고 싶은 말은 두 가지였다.

해부는 이단이지만 그 덕분에 살릴 수 있는 목숨도 있다는 것.

이단적인 존재는 박해받는다는 것.

'아버지가 말하는 『화타의 서』는 이단이지만 악은 아니야. 하지만 사람은 이단을 악으로 보지.'

『화타의 서』를 받아들이라는 말은 그 이단 행위를 인정하는 동시에 자기 스스로도 이단이 된다는 사실을 긍정할 수 있겠느냐는 질문이었다.

리국에서는 여성의 지위가 낮다. 의관도 될 수 없고, 실수로라도 해부 같은 짓을 하려 했다가는 어떤 취급을 받을지 모른다.

뤄먼은 마오마오뿐만 아니라 야오와 옌옌의 앞날까지도 생각하고 있었다.

옌옌의 표정은 애매했다. 야오의 의향을 따르겠다고는 했지만 방금 뤄먼의 이야기를 듣고 마음이 상당히 흔들린 듯했다.

야오의 마음도 흔들리는 모양이었다.

마오마오의 경우, 이미 각오하는 수밖에 없으므로 마음은 정해져 있었다.

"작은할아버님, 질문."

그 분위기를 뚫고 라한이 손을 들었다. 당장이라도 내쫓고 싶어지는 꼬불머리 안경이다.

"유학에서 돌아온 원인은 이 해부였습니까?"

"그래, 그 말이 맞다. 나는 무덤에 파묻힌 그분을 파내서 해부했지. 그리고 다시 무덤에 묻으려던 모습을 들키는 바람에 살해당할 뻔했어. 함께 유학을 하던 친구에게 도움을 받지 않았다면 강에 가라앉았을지도 몰라. 친구가 말을 훔쳐서 나를 데리고 리국에 연줄이 있는 무역상의 저택으로 도망쳐 준 덕분에 무사할 수 있었단다."

뤄먼은 가끔 대담한 짓을 한다.

"그 친구라는 사람이 류 의관님이신가요?"

옌옌이 물었다.

"류 씨에게는 많은 폐를 끼쳤지."

'류 의관!'

류 의관의 마음고생이 엿보였다. 마오마오에게 엄격한 이유는 뤄먼과 상관이 있기 때문이라는 사실이 새삼 느껴졌다.

"질문이 하나 더 있습니다. 리국의 법률에서 해부는 처형인에게밖에 허락되지 않은 일입니다. 뤄먼 님의 이야기를 들으니 류 의관님도 해부의 경험이 있다는 말로 들리는데요."

옌옌이 말을 조심스럽게 고르며 묻고 있는 느낌이 들었다. 이미 예상하고 있었던 바를 확인하는 질문 같다고 마오마오는 생각했다.

"나는 앞으로의 일에 대해 아무 말도 할 수가 없단다. 하지만 바느질을 잘한다고 사람의 피부를 처음부터 쉽게 꿰맬 수 있겠니? 생선을 토막 내듯 사람의 몸도 토막 낼 수 있겠어?"

답은 '아니오'다.

옌옌은 질문이 어리석었다고 생각했는지 입을 다물었다.

""""……""""

한순간의 침묵. 그것을 깬 사람은 라한이었다.

"반대로 의관이라면 해부 정도는 할 수 있어야 하는 것 아닐까요? 실제로 황태후 전하의 출산 때는 작은할아버님의 경험이 도움이 되었죠. 앞으로도 황족이 중병에 걸리거나, 중상을 입을 가능성도 있고."

입 다물고 있으라고 말하고 싶었으나 마오마오도 묻고 싶은 질문이었기에 가만히 있었다.

'황족의 중상.'

동시에 마오마오는 떠올리기 싫은 안건을 떠올렸다.

뤄먼은 또다시 난감한 표정을 지었다.

"…이것도 옛날이야기를 또 조금 해야겠구나."

뤄먼의 이야기가 멀리 돌아가는 것은 늘 있는 일이었기에 마오마오는 고개를 끄덕였다.

"옛날에 '화타'라고 불리는 의관이 있었지. 물론 전설상의 '화타'가 아니라 보기 드문 의료 기술을 지닌 실재했던 의관이란다. 의료 실력, 그리고 멀긴 하지만 황제의 혈족이라는 점 때문에 그렇게 불렸지."

뤄먼이 『화타의 서』라고 말한 이유도 여기서 왔을지도 모른다.

"그 '화타'가 어쨌다는 거죠?"

"'화타'는 의료를 발전시키기 위해 해부도 솔선해서 했다고 한다. 황족의 후예였던 덕분에 의료를 위해 그 신분을 마음껏 활용했지. 죄인뿐만 아니라 특수한 병으로 죽은 시체도 모아서 해부했다고 한다. '화타'는 자신의 힘을 믿고, 하는 일이 올바르다고 믿었어."

하지만….

"그러나 그중에는 당시의 황제가 눈에 넣어도 아프지 않을 정도로 귀여워하던 황자가 있었던 거야. 황자는 어린 나이에 수수께끼의 기이한 병으로 일찍 죽고 말았어."

이 자리에는 기본적으로 눈치 빠른 사람들밖에 없다. 야오도 뭐가 어떻게 되었는지 알아차린 표정을 짓고 있었다.

황족의 시체는 1년 동안 사당에 보존되어야 한다. 그 '화타'라는 자가 사당에서 시체를 훔치고, 심지어 해부까지 해 버렸다면 황제가 진노한 나머지 머리카락이 하늘을 찔렀을 모습이 눈에 선했다.

"'화타'는 황족이라는 사실도 말소되고 처형되었지. 진짜 이름을 남기지도 못하고, 전설상의 의사조차 '원화'라는 이름으로 바뀌어 불리게 될 정도였어. '화타'가 지은 책은 전부 불태워지고, 의관은 해부가 금지되었단다. 당시 황제의 심경을 생각하면 아무도 반발하지 못했을 거야."

당시에는 '화타'라는 이름조차 입 밖에 내는 일이 허락되지 않았으리라.

"역사에서 말소된 한 사람의 의관일 뿐이지만 이렇게 의관들 사이에서는 입에서 입으로 전해지고 있어. '화타'의 위업은 틀림없이 여러 사람의 환자를 살렸지. 하지만 '화타'는 신도 신선도 아닌, 한 사람의 인간이었을 뿐이야."

의관들은 이름도 남기지 못한 한 의관의 위업을 칭송하면서 동시에 교만을 경계하고 있을 것이다.

"의료 기술도 마찬가지로 저하되지 않았나요?"

옌옌에게 야단맞지 않도록 정중한 말투로 마오마오가 질문했다.

"물론이지. 그래서 선제의 형제들이 모두 죽고 말았어. 입이 험한 사람들은 선대 황태후가 암살했다고 하지만 사실은 노해 病痰 때문이라는 기록이 남아 있단다."

노해. 결핵을 말한다. 마오마오는 지금까지 돌림병 때문이라고만 들었기에 놀랐다. 사망률 높은 병이긴 하지만 선제의 형제가 전멸했을 정도라니, 도대체 처치가 얼마나 늦어졌던 걸까.

'맨 처음 감염된 환자를 격리시키지 않았거나, 아니면 감기로 오진했거나.'

선제가 병에 걸리지 않았던 이유는 혈통 때문이라고 생각했는데 어쩌면 다른 황자들과 떨어져 지냈기 때문일 수도 있겠다. 선제의 모친, 통칭 여제는 하급 비였다고 들었다.

"면학을 게을리 하면 얼마든지 떨어질 수 있지. 내가 서방에 유학을 간 이유도 선대 황태후가 의관들의 능력 저하를 우려했기 때문이었어."

'여제는 아들이 병에 걸리지 않게 하려는 의도였겠구나.'

"하지만 뭐든지 개혁하기를 좋아하던 그분도 '화타' 사건에 대해서는 공공연히 법률을 바꿀 수가 없었어. …자식을 모욕당한 부모의 마음을 알았기 때문이겠지."

'공공연히'라는 말에 마오마오는 납득했다. 뒤에서 의사들은 지금도 의술 향상을 위해 해부를 하고 있음이 틀림없다.

"이제 그만 끝내도 되겠니?"

뤄먼이 고개를 갸웃하며 물었다.

"……."

야오의 대답은 없었다.

"네."

옌옌은 아직도 고민이 남은 듯, 힘없이 대답했다.

"알겠습니다."

마오마오는 확고하게 대답했다. 자세히 묻고 싶은 부분이 아직 더 있었지만 뤄먼은 이 이상 가르쳐 주지 않을 것 같았다.

"흐응, 그랬구나."

어디까지나 제삼자의 입장인 라한은 끝까지 남의 일이라는 태도였다.

"만일 결단을 내릴 수가 없다면 방금 들은 이야기를 전부 잊어버리거라. 가장 행복한 방법이란다."

뤄먼은 도망칠 길을 착실히 남겨 주었다. 이렇게 이야기해 주는 것도 야오와 옌옌, 그리고 라한이 비밀을 지켜 주리라고 믿고 있기 때문이리라.

"그럼, 나는 이만 돌아가마. 라한, 마차는 있니?"

"바로 준비하겠습니다."

뤄먼은 책을 집어서 소중히 품에 안았다.

"이건 이제 여기에 놓아둘 수 없겠구나."

그러고는 지팡이를 짚으며 서고를 나갔다. 마오마오는 품에서 손수건을 꺼내 뤄먼에게 건넸다.

"그렇게 훌륭한 책을 다 보여 주면서 가지고 다니면 소매치기한테 당해."

그리고 옌옌에게 들리지 않도록 작은 목소리로 속삭였다.

"그렇지. 조심해야겠다. 고맙구나."

마오마오는 또각또각 지팡이를 짚으며 걸어가는 뤄먼의 뒷모습을 바라보았다. 마차가 있는 곳까지 바래다줄 수도 있었지만 라한이 안내했기에 마오마오는 남았다. 지금은 서고의 두 사람이 더 마음에 걸렸다.

'배가 고프네.'

태양이 상당히 높은 위치로 이동했다. 옌옌이 식사를 준비할 기색이 없었기 때문에 할 수 없이 마오마오가 만들기로 했다.

"두 분, 식사 준비 다 됐어요."

안채 부엌에서 찐빵을 만들고 있었기에 마오마오는 조금 얻어 왔다. 추가로 고기소가 든 만두도 만들었는데 제법 맛이 좋았다.

만두만으로 끝내도 괜찮겠지만, 그 외에도 재미있는 재료가 있었기 때문에 한 가지를 더 만들기로 했다.

마오마오는 별로 식욕이 없어 보이는 두 사람 앞에 만두와 함께 본 적 없는 요리를 내놓았다.

"이게 뭐야?"

야오가 반응했다.

"발사홍서拔絲紅薯예요."

한마디로 고구마 맛탕이었다. 껍질째 깍둑썰기 한 고구마를 기름에 튀기고 물엿을 넉넉히 끼얹은 요리다.

"고구마, 이 저택에서는 자주 쓰나 보더군요. 주식처럼 먹는 모습을 보고 깜짝 놀랐어요."

"친척이 고구마 농가여서요."

정확히 말하면 라한의 친아버지다.

"최근 들어 시장에서 자주 보인다 싶었더니, 라한 님이 유통하고 계셨나 보네요."

"흐응, 발사라."

야오가 젓가락으로 고구마를 집어 들었다. 고구마에 끼얹어진 물엿이 실처럼 길게 늘어나는 모습을 즐기고 있었다. 조금은 기분이 풀린 듯했다.

"빨리 먹지 않으면 식어요. 어서 먹죠."

마오마오는 찜통에서 만두를 꺼내 크게 베어 물었다.

"야오 님, 드세요."

옌옌이 야오에게 물에 적신 손수건을 건넸다. 야오는 손을 깨끗이 씻고 만두를 집어 들었다.

"맛있지만 살짝 부족한 맛이야."

"옌옌의 요리와 비교하지 말아 주세요."

"초보치고는 충분해요, 야오 님."

옌옌도 은근히 실례되는 소리를 한다.

'아니, 초보이긴 하지만.'

식사를 하면 대화가 진행될 거라고 생각했지만, 그 후로 이야기는 이어지지 않고 다들 묵묵히 먹기만 했다.

방금 그 이야기의 충격은 야오보다 옌옌이 더 큰 듯했다.

'아가씨가 만약 해부를 한다면 어떻게 될까.'

항상 야오를 제일 먼저 생각하는 옌옌이다. 지금은 나쁜 벌레가 꼬이지 않도록 다가오는 남자들을 하나하나 다 물리치고 있지만, 언젠가는 야오의 결혼도 생각하게 되리라.

'아마도.'

만일 옌옌의 기준에 맞는 남자가 나타났을 때, 야오는 자신의 직업에 대해 정직하게 말할지도 모른다. 여자의 직업에 이해심이 있는 남자라도 해부까지 이해해 줄 사람은 그리 많지 않을 터였다.

'일단 의관의 비밀에 대해서 나불나불 떠들어 대서도 안 되고.'

또한 의관 보조 관녀 일을 언제까지 할 수 있을지도 문제다. 이제 막 신설된 부서가 몇 년 사이 사라져 버리는 일도 드물지 않다.

'전도다난前途多難하네.'

마오마오도 같은 처지이긴 하지만 마오마오는 마오마오다. 약재료와 환자만 있으면 어떻게든 살아갈 수 있는 생활력이 있다.

셋이서 열심히 음식을 먹고 있는데 문이 열렸다.

"나만 빼놓고 식사를 하다니 치사하잖아."

꼬불머리 안경이 돌아왔다. 라한은 당연하게 빈 의자에 앉아 남은 만두를 집어 들었다.

"음, 살짝 부족한 맛인걸."

"시끄러워."

이곳에는 온통 음식 맛에 까다로운 사람들밖에 없다.

고구마 요리는 호평인 듯 라한도 딱히 불평하지 않았다. 하지만 목말라 했기에 옌옌이 차를 준비했다.

"라한 님은 어떻게 생각하세요?"

옌옌이 찻잔을 내려놓음과 동시에 라한에게 물었다.

"뭐가 말이야?"

"뭐면 님이 말씀하신 이야기 말이에요. 그리고 더 깊이 들어가자면, 의관과 같은 교육을 받은 여성을 어떻게 생각하시죠?"

"일반론과 나 개인의 견해, 어느 쪽을 원해?"

"가능하면 둘 다."

라한은 천장을 올려다보며 생각에 잠겼다.

"해부로 말하자면 필요한 일이라고 생각해. 앞으로 나아가지 않는 일, 정체는 고인 물과 마찬가지지. 물도 흐르지 않으면 썩기 마련이니까."

상당히 긍정적인 의견이었다.

"하지만 그것을 공공연히 내보이면 박해를 받을 수밖에 없어. 인간은 이단과 소수파를 꺼리지. 평온하게 살고 싶다면 의관 보조 관녀 일 같은 영문 모를 직업은 후딱 그만두는 편이 나아."

"라한 님까지 그렇게 말씀하시는 건가요! 여자는 빨리 일을 그만두고 가정에나 틀어박혀 있으라고!"

야오가 눈꼬리를 치켜올리며 벌떡 일어섰다. 탁자가 흔들려, 마오마오는 다급히 찻잔을 붙잡았다.

"성별로 차별하지 않고 제대로 평가해 주는 분이라고 생각했는데!"

"야오 님."

옌옌이 타이르려 했지만 라한은 천연덕스러운 표정이었다.

"그래, 여자가 일을 하는 건 남자보다 어렵지. 하지만 남자는 아이를 낳을 수가 없어. 키울 수는 있어도."

'그야 그렇지.'

남자와 여자는 신체 구조가 다르다. 그리고 맡은 역할도 다르다.

"남녀가 똑같은 일을 한다는 건 기본적으로 무리야. 하지만 우수한 여성이 많이 있다는 사실은 나도 알아."

"그럼, 왜 가정에나 틀어박혀 있으라고 하시는 건가요!"

"이야기를 끝까지 좀 들어 줘. 나는 '평온하게 살고 싶다면'이라는 전제로 이야기했을 뿐이라고. 남녀가 평등하게 일을 하는 건 무리야. 남자와 여자가 일을 할 때, 아무래도 일 외에서의 부담은 여자가 더 크지. 족쇄를 찬 채 같은 길을 걸으려면 그것을 웃도는 지력과 체력, 또는 보충해 주고 지탱해 주는 무언가가 필요해. 부가 요소가 붙어 있어야만 겨우 같은 무대에 설 수 있어.”

“그렇죠.”

“그렇다면 알고 있잖아. 의관이라는, 남자들 중에서도 힘겨운 직군 속에서 여자가 버텨 내려면 그에 상응하는 실력과 신념이 필요해. 즉, 내 의견에 좌우될 정도의 생각이라면 후딱 그만둬 버리는 편이 낫다는 말이야.”

보통 여자를 상대할 때는 친절한 라한이지만 그래도 할 말은 한다.

야오와 옌옌이 굳어졌다.

“여성과 남성이 같은 일을 할 수 있게 되는 건 찬성이야. 하지만 세상의 일하는 모든 여성들이 다 유능한 건 아니잖아? 그렇지 않아도 지금 사회는 여성이 일하는 데에는 맞지 않아. 남성 중에서도 무능한 녀석도 있고, 여성들 중에서도 무능한 사람이 있어. 하나의 범주 내에서도 개체차가 있는데, 모든 사람이 다 처음부터 족쇄를 단 상태로 원활하게 일할 수 있는 건 아니잖아. 만일 자신에게는 어렵겠다, 못 하겠다는 생각이 든다면 다른 삶의 방식을 찾는 편이 합리적이라고 생각하는 게 틀린 걸까?"

라한의 주장에는 마오마오도 고개를 끄덕이고 싶었지만 야오 앞이었기에 무반응을 고수했다.

"게다가 야오 씨의 이야기를 들으면 밖에 나와 일하는 것이야말로 옳고, 가정을 지키는 일은 무의미하다는 말처럼 들리는데. 그야말로 너무 얕보는 것 아닐까? 유능한 고관이 술자리에서 부인을 어리석은 바보 취급하는 장면이 자주 있지만 그런 사람이야말로 사실은 부인 손바닥에서 놀아나는 경우가 많아. 관료는 높아질수록 품위가 필요하지. 보기 흉하고 구깃구깃한 옷을 입고 다니는 남자는 출세할 수 없어. 아, 예외는 있지만. 딱히 특필할 만한 재능이 없는 남자일수록 부인이 외견을 정돈해주고 신발을 신겨 주는 법이야. 오히려 야오 씨야말로 가정을 지키기만 하는, 일을 하지 못하는 여성을 경시하고 있지 않아?"

예외가 누구인지는 굳이 언급하지 않도록 하자.

야오는 우물쭈물 무슨 말을 하고 싶은 눈치였으나 대꾸하지 못했다.

"우리 어머니는 아버지를 위해 할아버지가 골라 온 사람이었어. 그야말로 거만덩어리였지. 이 저택에 남아 있는, 품위 있는 장식품들은 어머니가 써 버린 재산의 흔적이야. 저택에서 쫓겨날 때 무엇보다 슬퍼했던 이유가 도성의 화려한 삶을 더는 누릴 수 없는 거라던 사람이었지. 얼핏 보기에는 딱히 장점이 없어 보이는 사람이지만 취향은 괜찮았어. 팔아 치울 때도 구입 가격과 거의 다름없고, 오히려 더 높은 가격을 받는 일조차 있었거든. 당시의 내가 조금 더 똑똑했더라면 어머니에게 시골 생활을 시키느니 다른 길을 마련해 주었을지도 몰라. 어머니는 라 가문의 소박한 남자에게 시집오기보다는 상인이나 상인의 처가 되는 편이 훨씬 나았을 거라고 생각해. 물론 교역품 보기는 좋아해도 콧대가 너무 높은 어머니는 상인이 되는 일도, 상인의 처가 되는 일도 단호히 거부했을 테지만."

라한은 거침없이 말을 늘어놓았다. 하지만 그중에 마오마오가 트집을 잡을 만한 말은 없었다.

"라한 님은 무슨 말을 하고 싶으신 건가요?"

야오가 물었다.

"하하, 너무 돌려 말했나 보네. 나는 유능한 사람이 고집을 부리면서 자신에게 맞지 않는 길을 선택하는 일을 원치 않을 뿐이야. 그것은 무척이나 비효율적이고 아름답지 못하지. 두 사람 모두 유능하니까 밖에 나와서 하는 일도, 뒤에서 받쳐 주는 일도 모두 잘할 수 있을 거야. 그 분야에서 한 획을 그을지는 별개로 하고서라도. 하지만 정말로 하고 싶은 일을 목표로 삼는다면 효율도 뭣도 상관없이, 그 마음가짐 자체가 아름답다고는 말해 두겠어."

결론적으로 라한은 자신의 미적 감각을 통해 아름다운지 아름답지 않은지를 가지고 평가할 뿐이었다.

라한은 차를 다 마신 뒤 만족한 듯 자리에서 일어섰다.

"그럼, 난 이만 실례할게."

그리고 안경을 닦으며 잽싸게 나가 버렸다.

마오마오는 턱을 괸 채 그 뒷모습을 멍하니 바라보았다. 버릇 없는 태도의 마오마오를 야단치는 목소리는 들려오지 않았다. 옌옌은 고개를 숙이고 있었다.

그와 달리 야오는 앞을 똑바로 바라본 채 라한을 향해 가벼운 인사를 건넸다.

'그렇구나.'

라한이 누구에게 한 말인지 알 듯한 기분이 들었다.

'참견이 심하다니까.'

마오마오는 야오와 옌옌이 뤄먼에게 어떤 대답을 할지 마음속으로 정했다고 느꼈다. 각각 어느 길로 나아갈지, 두 사람에게 개입할 권리는 없다는 생각이 들었다.

마오마오는 아무도 손을 대지 않은 마지막 고구마를 입에 집어넣고 남은 차를 마셔 꿀꺽 삼켰다.

8 화 : 비밀 교실

마오마오의 휴가는 유곽에서 사젠의 상태를 보고 진시에게 왕진만 다니다가 끝이 나 버렸다.

뤄먼에게는 자신의 마음이 변함없고 의술을 배우고 싶다는 뜻을 담은 편지를 보냈다. 그 답장이 오기 전에 휴가가 끝나긴 했지만.

오랜만에 의국에 돌아가니 산더미처럼 쌓인 빨랫감이 놓여 있었다. 휴가에서 돌아오자마자 일거리가 쌓여 있는 모습만큼 끔찍한 광경도 없다.

"빨리 해치워 다오."

류 의관은 별일 아니라는 것처럼 말했지만 겨울 빨래는 춥다. 손이 곱는다.

노려보고 싶기는 했지만 뤄먼이 과거에 실컷 폐를 끼쳤다는 것을 알게 되니 아무 말도 할 수 없었다.

"알겠습니다."

마오마오는 얌전히 손을 놀리는 수밖에 없었다. 빨랫감이 쌓여 있다는 말은 마오마오 일행이 휴가를 간 사이에도 의관들은 일했다는 뜻이다.

"해~볼~까~"

빨랫감 대부분이 소독할 필요가 있는 붕대였다. 마오마오는 우선 비교적 깨끗한 붕대와, 피와 체액으로 더럽혀진 붕대로 분류했다.

오염이 심한 붕대는 버리고, 더러운 부분이 적으면 잘라낸 후 사용하면 된다.

붕대는 기본적으로 오래되면 버리는 소모품이다. 피가 묻은 것은 가능한 한 사용하고 싶지 않았다. 인간의 피는 감염증의 원인이 된다.

"뭐야, 이게…."

야오가 손가락 끝으로 무언가를 집어 보여 주었다. 누군가의 백의인 듯했다. 중증 환자 치료라도 했는지 피가 묻어 있었다. 소독을 한 듯 주정 냄새가 났다.

"의관복이 이쪽에 들어 있으면 안 되는데요. 누구 물건일까요?"

옌옌이 옷을 뒤집어 보았다. 모두 같은 옷을 입고 있기 때문에 뒤쪽에 이름이 자수로 놓여 있을 터였다.

"……."

옌옌의 미간에 주름이 잡혔다. 마오마오가 들여다보니 '티엔요우'였다. 젊은 견습 의관이고, 경박한 남자다. 옌옌을 몇 번이나 꼬드기려 했지만 매번 무시당했다.

'던져 버렸잖아.'

옌옌은 아무 일 없다는 듯 붕대 분류를 시작했다.

두 사람은 뤄먼의 이야기를 듣고 당황하긴 했지만, 휴가를 낀 덕분인지 마오마오가 보기에는 평소의 모습으로 돌아와 있었다.

'어떤 대답을 했는지는 모르겠지만.'

마오마오도 뤄먼에게서 답을 받지 못했으니 두 사람도 마찬가지이리라.

"옌옌, 어차피 왔으니까 빨아 주자."

"야오 님. 아무리 상대가 의관이라 해도 너무 오냐오냐하면 안 돼요. 규칙이니까요."

의관복은 개인이 세탁하는 것이 규칙이다.

"하지만 우리가 휴가를 간 동안에도 일한 거잖아."

옌옌의 얼굴이 드물게도 끄으응 하고 일그러졌다. 야오가 티엔요우를 신경 써 주는 것이 마음에 들지 않는 모양이었다.

"말라붙은 피는 어떻게 빼면 돼?"

옌옌의 움직임이 둔했기에 마오마오가 앞으로 나섰다.

"잠깐, 이리 주세요."

마오마오는 피가 밴 부분을 보았다. 시간이 경과했는지 검붉게 변색되어 있었다. 지워질지 어떨지는 모르겠지만 통에 차가운 물을 가득 담고 그 속에 옷을 넣었다.

"어떻게 할 거야? 재를 쓰려고?"

세탁할 때 얼룩을 지우는 데 재가 사용되는 경우가 있다. 아가씨도 몇 달 동안 빨래를 하는 사이 배웠다. 하지만 지금 필요한 것은 다른 물건이다.

"재료를 좀 가져올게요."

마오마오는 의무실로 돌아가 생약 재고를 뒤졌다.

"뭘 찾는 거지?"

방에 있던 류 의관이 물었다.

"얼룩을 빼는 데 무를 사용할까 싶어서요."

기침 멎는 약재료로 무가 아직 남아 있으리라. 채소로서가 아니라 생약으로서 쓸모가 있다.

"얼룩을 빼? 아아, 핏자국을 지우려나 보군."

류 의관은 납득했다. 무라는 말을 듣고 바로 알아듣다니 역시 대단하다.

"기왕 왔으니 이것도 좀 빨아 다오."

피 묻은 의관복이 와르르 추가로 날아왔다. 한두 벌이 아니었다. 대여섯 벌쯤 된다.

"……."

"불만이냐?"

"아뇨, 그럴 리가 있겠습니까."

다소 심술궂게 말하는 것이 이 엄한 의관의 특징이다. 젊은 시절에는 인기가 있었을 날카로운 생김새도, 나이를 먹으니 그냥 심술쟁이 영감님이 되어 버렸다.

하지만 옛날에 뤄먼이 신세를 졌다고 하니 이 정도는 참아 줄 수밖에 없다.

"대규모 수술이라도 있었나요?"

"뭐, 그렇지."

류 의관은 대충 대답하며 일지를 작성하고 있었다.

하지만 수술을 하느라 이만큼의 옷이 더럽혀졌다면 여러 명, 또는 어지간히 큰 수술이라도 한 모양이었다.

'앞가리개는 걸치고 했나 보네.'

피의 양 자체는 그리 많지 않지만 곳곳의 얼룩이 눈에 띄고.

'왠지 냄새가 심해.'

겨울인 데다 빨래터가 쉬었기 때문인지 모르겠으나 방치하지는 말아 줬으면 좋겠다.

마오마오는 빨래 바구니에 의관복을 넣고 강판에 무를 갈기 시작했다.

"쓸 거면 하나를 통째로 쓰거라. 남으면 거치적거리니까."

"…알겠습니다. 전부 다 얼룩을 빼라는 말씀이시군요."

상관의 명령이니 얌전히 듣긴 하겠지만, 이럴 줄 알았으면 입 다물고 무만 가지고 나갈 걸 그랬다는 후회가 들었다.

짐이 늘어나서 돌아온 모습을 보고 야오가 쓴웃음을 지었다.

'미안하네.'

마오마오는 백의를 물에 적신 뒤 얼룩 진 부분 밑에 천을 깔았다. 그리고 갈아 내린 무를 면으로 감싼 덩어리로 그 위를 톡톡 두드렸다.

"이러면 얼룩이 지워져?"

야오가 들여다보았다.

"네. 무에는 피를 분해하는 성분이 함유되어 있거든요. 피 말고 오줌이나 달걀 흘린 자국도 지워져요."

"흐응, 그렇구나."

마오마오는 감탄하는 야오에게 보여 줄 겸 아래에 깐 천을 확인했다. 백의에 묻었던 피가 녹아서 아래 천으로 옮겨 가 있었다. 시간이 지나 혈액이 응고된 부분이 얼마나 떨어질지는 모를 일이지만.

"방법을 알았으면 이제 도와주세요. 막 갈아 내렸을 때가 제일 효과가 좋기 때문에 빨리 끝내야 해요."

"아, 알았어."

옌옌도 가세하여, 셋이서 갈아 내린 무로 백의를 톡톡 두드리기 시작했다.

"끝났어."

"그럼, 바로 물빨래를 해야 해요. 무즙이 묻어 있으면 의미가 없으니까요."

"알았어."

야오는 시키면 바로 할 줄 아는 아이였다. 상대의 의견에 납득만 하면 매우 고분고분해지지만, 동시에 의심이 있으면 앞으로 나아가지 못한다.

빨래가 끝나고 붕대와 백의를 널고 있는데 젊은 의관이 지나갔다. 견습 의관 티엔요우였다.

"죄송한데요, 백의가 섞여 있었어요."

마오마오가 티엔요우를 불렀다. 옌옌은 티엔요우를 험하게 취급하고, 야오가 말을 걸면 일이 귀찮아진다. 소거법으로 마오마오가 말을 거는 수밖에 없었다.

"아… 응, 미안해. 빨아 줘."

가볍다면 가벼운 투였으나 평소보다 기운이 없었다.

"수술을 도우셨나요?"

"앗, 응. 뭐, 그랬지."

왠지 애매한 말투였다.

마오마오는 마음에 걸렸다.

피가 묻은 백의, 지친 얼굴의 티엔요우.

"피곤하신 것 같지만 앞으로는 빨아드리지 않을 거예요. 거기

널어놓았으니까 마르면 가져가 주세요."

"그래⋯."

티엔요우는 맥없는 대답을 남기고 어딘가 가 버렸다.

"정말 칠칠치 못하기는!"

야오가 화를 내면서 통을 정리했다. 백의는 널었으나 붕대는 이제부터 삶아서 소독해야 한다.

백의도 위생으로 볼 때 똑같이 삶는 편이 좋겠지만 소모품이 아니므로 천이 상한다. 인두로 다리는 게 적절하겠다고 생각했지만 그렇게까지 해 주고 싶지는 않았다.

할 수 없으니 마르면 의무실 침대 밑에 깔아 두자.

빨래만 하느라 피곤해진 마오마오는 한숨 돌리고 싶었다.

"삶는 김에 고구마라도 구울까요?"

"고구마!"

세 사람은 기숙사로 돌아올 때 라한에게 고구마를 잔뜩 얻어 왔다. 기숙사에 대량으로 가져다 놓고, 의무실에도 어느 정도 가지고 왔다.

'풍작이었나 보네.'

고구마는 쌀에 비해 수확량이 많지만 보존이 어렵다고 한다.

발사홍서를 만들 때 썼던 물엿도 고구마로 만들었다. 물엿으로 만들거나 칡가루처럼 녹말로 만드는 등 가공을 고려하고 있다고, 식당에 있던 고용인에게서 들었다.

'그냥 구워 먹는 게 제일 간단하고 맛있는데.'

고구마를 먹어야겠다고 생각하니 기운이 좀 났다. 야오의 눈이 반짝반짝 빛났다.

"마오마오, 빨리 와."

"네."

마오마오는 젖은 붕대를 짊어지고 야오와 옌옌의 뒤를 따라갔다.

붕대를 삶아서 소독하고 다 널었을 즈음에는 이미 해가 저물고 있었다.

"아무것도 못 했네."

빨랫감이 너무 많은 탓도 있었지만, 고구마를 굽느라 시간을 너무 많이 빼앗겼다. 셋이서 먹고 있었더니 다른 의관들도 자기들 몫까지 구워 달라고 다가온 것이다.

'뭔가 약이라도 조합하고 싶다.'

의무실에 있는 동안에 아무거나 약을 만들고 싶었다.

하지만 어두워지면 관녀들은 바로 돌아가야 한다. 붕대도 어느 정도 마르고 나면 실내에 가져다 놓아야지, 이슬을 맞으면 의미가 없다.

마오마오는 빨래 너는 곳 한구석에 널어 둔 백의를 쳐다보았다. 하나가 줄어든 것을 보니 누가 와서 자기 옷만 가져간 모양이었다.

'전부 다 가져가란 말이야.'

마오마오는 백의 뒷면을 확인했다. 누구 것인지 확인해 두려는 생각이었다.

"……."

류 의관의 백의가 있었다. 그것은 당연한 일이지만, 다른 의관복의 이름을 보고 마오마오는 고개를 갸웃거리고 싶어졌다.

'수술이라고 하지 않았나?'

대규모 수술에는 여러 명의 의관이 필요하다. 하지만 그중 숙련된 의관이 류 의관뿐인 이유는 대체 무엇일까.

다른 백의의 이름들은 마오마오가 기억하는 한 전부 견습 의관이었다.

"혹시…."

이 의관들이 해부를 한 것은 아닐까. 견습 의관들도 일에 익숙해져서, 슬슬 다음 단계로 나아가도 될 즈음이었다.

만일 그렇다면 마오마오도 참가시켜 달라고 해야 한다.

'아버지가 류 의관한테 전달해 줬을까?'

불안하게 생각하면서 마오마오는 백의를 들고 의국으로 돌아갔다.

의국에는 티엔요우 혼자서만 있었다. 무엇을 하는가 했더니 걷어 온 백의를 인두로 다리는 중이었다.

'자기 것만 챙겼냐.'

마오마오는 욕설이 튀어나오지 않도록 조심했다.

"백의는 이쪽에 놓아둘게요."

"응~ 알았어~"

티엔요우는 나른한 표정으로 인두질을 했다. 하기는 싫지만 옷에 구김이 생기면 류 의관이 야단을 치고, 집에서 인두 준비를 하기는 번거로우니 지금 해 두려는 모양이었다.

집중하고 있는지 마오마오 쪽은 돌아보지도 않았고, 무엇보다 돌아볼 만큼 관심도 없는 듯했다.

마오마오는 신경 쓰지 않고 류 의관의 책상 옆에 백의를 올려놓았다. 조금 축축하지만 어쩔 수 없었다.

'응?'

의관의 책상 위에는 아침에 쓰던 일지가 놓여 있었다. 마오마오는 그것을 집어 들고 팔락팔락 넘겨 보았다. 딱히 봐도 상관은 없는 물건이지만….

마오마오는 요 며칠간의 기록을 보았다.

'기록이 없어.'

만일 류 의관의 말을 믿는다면 수술이 이루어졌어야 했다. 의관을 여러 명이나 데리고 벌인 대규모 수술이라면 일지에 한마디라도 적어 두어야 한다.

'이상 없음.'

172

짧은 한마디만 적혀 있었다.

'역시 숨기고 있구나.'

마오마오는 티엔요우를 쳐다보았다.

"티엔요우 씨, 수술은 많이 힘드셨나요?"

"……힘들었지. 그건 정말 고생스러웠어."

한 박자 늦게 대답이 돌아왔다. 다림질에 몰두하고 있었기 때문인지, 아니면 당황해서 반응이 늦어졌는지 판단하기가 힘들었다.

"어떤 수술이었나요?"

마오마오는 백의를 개며 물었다.

"어떤 수술이든 딱히 좋아서 하는 사람은 별로 없잖아."

어느 쪽으로도 생각할 수 있는 반응이었다.

'입막음을 당했나?'

티엔요우는 옌옌을 대하는 태도 때문에 경박하고 분위기 파악 못 하는 바보로 보이지만, 적어도 의관 시험을 통과할 만큼은 머리가 좋다. 또한 다른 견습 의관에 비하면 말도 잘하는 편이었다. 얼버무리는 말 한두 마디 정도는 줄줄 늘어놓을 수 있을 정도였다.

'말을 거는 상대가 문제였나?'

하다못해 옌옌이라도 있었으면 좋았을걸, 하고 조금 후회하면서 마오마오는 다 갠 백의를 두드렸다.

'다른 견습 의관을 알아봐야겠다.'

마오마오는 어두워지기 시작한 밤을 바라보며 붕대도 걷어 와야겠다는 생각에 의국을 나섰다.

의관들이 주변에는 비밀로 하고 금기에 손을 대고 있다.

확신을 품었지만 며칠이 지나도 마오마오는 통 의관들의 비밀에 다가가지 못했다. 견습 의관에게 말을 걸어 보려 했지만 마오마오가 먼저 "해부를 하셨나요?"라고 물을 수는 없다. 그리고 티엔요우처럼 경박한 의관은 드물고 대부분은 내성적이다.

또한 마오마오에게 말을 걸면 괴짜 군사가 눈을 번득인다는 소문이 퍼져 있었기 때문에 단둘이서 이야기를 나눌 수도 없었다.

'야오랑 옌옌한테 협력을 요청할까?'

아니, 두 사람이 뤄먼에게 어떻게 대답했는지 확실히 알지 못하는 한 해서는 안 될 일이었다. 뤄먼은 본인들에게 할 생각이 없다면 잊어버리라고 했다.

무정하게도 시간만 흘러갔다.

'서도에는 언제쯤 가게 되려나.'

두 달 후라고 진시는 말했다.

마음이 조급해진다.

하지만 일상 업무를 소홀히 할 수는 없다. 오늘은 야오와 옌옌이 세탁이고, 마오마오가 의무실을 지키는 담당이었다.

'으응?'

의무실 한 구역이 텅 비어 있었다. 어느 견습 의관이 사용하던 공간으로, 예전에는 약연이나 학술서 등이 쌓여 있었는데 지금은 깔끔하게 정리되어 있었다.

"대청소라도 하셨나요?"

"그 녀석은 이동했다."

류 의관이 대답해 주었다.

"연수 기간이 끝났나요?"

"그런 거지."

류 의관은 장부를 정리했다.

사실 군부와 가까운 이 의무실은 의관에게 그야말로 최적의 근무지였다. 다친 사람이 많은 곳일수록 의관의 실력도 늘어난다.

견습 의관들은 우선 가장 인기 있는 근무지라고 할 수 있는 이곳에 배속된다. 그리고 몇 달 동안의 연수 기간을 끝내면 다른 부서로 이동한다. 실력이 있는 자일수록 바쁜 근무지에 배속되는 경우가 많다.

참고로 아버지, 즉 뤄먼이 군부의 의국에 배속되지 않은 이유는 괴짜 군사가 자꾸 눌러앉으려 들기 때문이다.

'저도 이동하고 싶은데요.'

마오마오가 의국에 배속된 후로 매일같이 쳐들어와 눌러앉던 외알 안경 아저씨가 진시와의 바둑 승부 덕분인지 자주 오지 않게 되어 마오마오는 기뻤다. 바둑이 끝난 후에도 이래저래 바쁜지 오지 않는다. 이유가 무엇이든 기쁘다.

'고마운 일이지, 고마운 일이야.'

이럴 때 정도는 감사하고 싶다.

청소는 끝났다. 부족했던 연고도 만들고, 침대 깔개 교체도 끝냈다.

"이제 할 일이 없으니 아궁이를 사용해도 괜찮을까요?"

"뭘 달이려는 게냐?"

"술을 농축시켜서 주정을 뽑아내고 싶습니다."

진시에게 쓸 분량을 준비해 두고 싶었다.

류 의관은 어처구니없다는 표정을 지었다.

"옛날에 뤄먼도 그런 말을 하면서 만든 적이 있었는데…."

그러면서 씁쓸한 표정으로 슬픈 과거 이야기를 늘어놓았다.

"그 녀석이 측간에 간 사이에 곰방대를 피우면서 방에 들어온 자가 있었지."

"으아악, 멍청한 사람이 있었네요."

상식적으로 생각할 때 제정신이 아니다. 마오마오가 가볍게 내뱉었더니 류 의관이 뚱한 표정을 지었다.

"아니, 뤄먼이 딱히 아무런 주의 사항도 말하지 않았단 말이다!"

당황하는 그 모습을 볼 때 누가 곰방대를 피웠는지는 명약관화했다. 마오마오도 입을 다물고 있어 줄 만큼의 눈치는 있었다.

게다가 현재 의무실 내부에는 흡연 금지 경고문이 붙어 있었다.

류 의관은 아버지와 오래 알고 지낸 사이이기 때문에 가끔 이런 이야기를 들을 수 있다는 게 반가웠다. 서방 이야기도 해 주면 좋겠다는 생각이 들었다.

'아예 류 의관한테 직접 이야기를 하면….'

마오마오는 그런 생각도 해 보았으나, 괜히 이야기했다가 역효과가 발생할지도 모른다. 조금 더 상황을 지켜보기로 했다.

"아궁이는 사용하지 않는 편이 나을 게다. 농땡이를 피우는 멍청이가 담배를 피우면서 다가올지도 모르니까. 그래, 옆방에서 화로를 쓰는 게 어떠냐?"

"화력이 부족한데요."

"그렇게 많이 필요하지도 않은데. 어차피 시간 때우기로 뭔가 만들어 볼까 생각하고 있을 뿐이겠지."

'정답이네.'

아무래도 눈치가 너무 빠르다. 역시 뤄먼과 함께 유학을 한 경험이 있는 사람이다.

"그리고 술 한 잔 정도는 마셔도 들키지 않을 거라고 생각하고 있을 텐데."

어째서 이렇게까지 눈치가 빠른 걸까.

마오마오는 큼직한 화로, 주전자에 관이 달린 모양의 증류기, 소독용 술, 그리고 차가운 물을 통에 담아 가져왔다.

"아, 그렇지. 이것도 가져가거라."

류 의관이 묵직하게 내려놓은 것은 가위와 약 봉투와 조제를 마친 가루약이었다.

"전부 백 개, 포장해 다오."

"…알겠습니다."

짬짬이 해 두라는 뜻이리라. 기본적으로 한가한 시간을 주지 않을 모양이었다.

마오마오는 화로에 숯을 더 집어넣고 증류기를 걸었다. 전에 비취궁에서 마오마오가 있는 재료로 대충 만들었던 증류기와는 다르게 제대로 된 물건이었다. 냄비에 주전자 주둥이를 거꾸로 붙여 놓은 모양의 물건이 두 개, 위아래로 붙어 있었다. 아래에 있는 냄비에 술을 담아서 불을 피워 증류시키면 위에서 냉각되어 주둥이로 증류된 주정이 나오는 구조였다.

'기숙사에도 하나 있으면 좋겠다.'

지나치게 특수한 모양이기 때문에 만들려면 비용이 많이 든다. 지금 사용하는 물건은 도기지만 금속제로 만든다 해도 가격이 상당할 터였다.

'오래돼서 못 쓰게 되면 주지 않을까?'

얄팍한 생각을 떠올리며 마오마오는 약을 약 봉투에 쌌다. 계절상 감기에 걸리는 관리가 많아서 약을 상비해 두어야 했다. 약도 음식과 마찬가지로 바로 먹지 않으면 상하지만, 금방 동이 날 것이다.

마오마오가 열심히 약을 포장하는 사이 옆방에 누군가가 온 듯했다. 마오마오가 부상자인가, 하고 류 의관이 있는 방으로 돌아가려 하는데,

"그대로 일하고 있어라."

류 의관이 마오마오를 말리고 문 앞에 섰다.

"손님이지만 차는 필요 없다. 준비하지 않아도 돼."

'귀찮은 손님인가?'

차를 내주기조차 아까운 상대일까.

마오마오는 신기하다고 생각하면서 시키는 대로 원래 하던 약 포장 작업으로 돌아…갔을 리가 없다.

'괴짜 군사라면 싫은걸.'

살며시 문에 귀를 댔다.

"너무 무리한 말씀 마십시오. 쓸 만한 의관을 한 명 더 늘려 달라니 말입니다."

류 의관치고는 상대에게 경의를 표하는 말투였다. 그렇다면 자신보다 높은 상대라는 뜻이 된다.

'누굴까?'

마오마오의 의문은 한순간에 해결되었다.

"무리라는 사실은 알지만 부탁하네. 실은 두 명이 더 필요한 상황이야."

문 하나를 사이에 두고도 그 아름다운 목소리는 알아들을 수 있었다. 후궁 시절에 비해 달콤함은 줄어든 대신 사람을 끌어들이는 무언가를 갖추었다.

'천녀가 아니라 신선이 되었네.'

말할 필요도 없이 진시의 목소리였다.

"말씀하신 대로 한창 견습 의관들을 훈련시키는 중입니다. 하지만 제몫을 다하기에는 아직 반 정도쯤이나 왔을까요. 몸은 있지만 기술이 부족하고, 기술은 있지만 마음이 부족합니다. 마음도 기술도 모두 키우려면 시간이 필요합니다."

'마음과 기술과 몸? 의관이 되기 위해 필요한 건가?'

"실기를 가르치는 일은 불가능한가?"

"하하하, 실기라니요? 실기의 실험대가 되는 환자의 입장이 되어 보시겠습니까? 의술은 사람을 구하기 위해 존재하지만, 그렇다고 항상 구할 수 있는 건 아닙니다. 때로는 실패하고, 환자와 유족에게서 폭언을 듣는 일도 있지요. 마음이 강한 자가 아니면 금세 절망해 버릴 것입니다."

진시는 의관을 원하지만 류 의관은 사람 손이 부족하다는 이유로 주저하고 있다. 젊은이의 육성을 기다리고 있지만 금방 키울 수는 없다.

'그건가? 서도에 갈 인원?'

결국 진시가 중심이 되어 움직이는 것 같았다. 높으신 분도 힘들겠다.

"마음이 강한 자라면 있는 것 같던데."

진시가 빈정거리듯 말했다.

혹시 의관 인원을 늘려야 한다는 말은 구실이고, 마오마오를 데려가게 해 달라고 재촉하고 있는지도 모른다.

'애당초 류 의관은 황족도 진찰할 테니까.'

앞으로 진시에게 불려갈 일이 사라지면 의심받을지도 모른다. 이 의관은 날카롭기 때문에 무섭다.

"선택한다면 속박이 적은 자가 좋겠군요. 쓸데없이 과보호하는 부모가 있다면 일이 귀찮아질 겁니다. 게다가 누구라도 자기가 좋아서 먼 곳으로 가려는 사람은 없을 테지요."

의미심장한 말투였다. 아니, 특정 인물을 거론하고 있었다. 거론당하고 있었다.

역시 서도에 갈 인원을 뽑는 이야기를 하고 있음이 분명했다.

의관을 늘리려 하는 데에는 마오마오를 그 인원에 끼워 넣으려는 목적 외에도, 지난번보다 대규모의 여행이 될 예정이라는 이유도 있는 듯했다.

'지난번에는 암행에 가까웠으니까.'

마오마오도 거의 아무것도 모르는 채로 끌려간 셈이다. 물론 그래도 인원은 상당히 많았지만, 진시가 황족이라는 점을 생각하면 꽤 적은 수라고 할 수 있었다.

장소도 장소다. 서도의 입지는 험난하다.

서쪽으로는 샤오. 북쪽으로는 북아련. 리국과 북아련 사이에는 커다란 산맥이 있다. 높이가 몇 리는 된다고 하는 산들을 넘는 일은 불가능에 가깝고, 북쪽에서 쳐들어오는 군세의 대부분은 북서쪽 산맥이 끊어진 장소에서 나타난다…는 사항이 관녀 시험 때의 문제에 있었다.

즉, 북아련이 쳐들어온다면 서도 북쪽에서부터다.

'할멈 덕분에 아직 기억하고 있어.'

역시, 하룻밤 벼락치기 따위의 미적지근한 짓을 허락하지 않는 사람답다.

마오마오는 엿듣는 데 온 정신이 팔려 있었다. 그래서 증류기의 내용물이 다 날아가고 이상한 연기가 나기 시작했다는 사실을 알아차리는 게 늦어졌다.

코를 벌름거리며 조심조심 뒤를 돌아본 마오마오는 연기를 보고 깜짝 놀랐다. 다급히 물을 끼얹어 화로의 불을 껐다.

대응은 신속했으나 옆방 사람들이 커다란 물소리를 놓칠 리가 없었다.

"뭐 하는 거지?"

어처구니없는 목소리의 주인은 아니나 다를까 진시였다.

마오마오는 멋쩍은 얼굴로 수건을 움켜쥐고 흘린 물을 닦았다.

"그게, 불을 지켜보다 잠시 졸고 말아서…."

"호오. 뺨에 문 자국이 뚜렷하게 나 있는데 말이지."

류 의관의 말에 마오마오는 움찔 놀라 오른뺨을 짚었다.

"……."

"……."

이야기를 엿듣고 있었다는 사실이 다 들통났다.

마오마오는 고개를 돌렸으나 류 의관의 시선을 벗어날 수는 없었다. 류 의관은 마오마오의 머리통을 움켜쥐고 꽉꽉 죄어 눌렀다.

'아야야야얏!'

마오마오는 머리를 부둥켜안고 주저앉아 버렸다.

솔직히 들어도 문제없는 내용이라고 판단하고 마오마오를 옆방에 뒀을 거라고 생각했지만, 그래도 엿듣기는 안 되는 모양이었다.

진시는 웃음을 터뜨릴 듯한 얼굴로 꾹 참고 있었다. 옆에는 바센 외에 호위로 보이는 무관이 두 명 따라와 있었다. 점잖은 체면이라는 것도 참 힘들겠다.

웃음이 가라앉았는지 진시가 유달리 진지해 보이는 태도로 헛기침을 했다.

"류 의관, 한 가지 질문해도 되겠는가?"

"무슨 질문이십니까?"

"견습 의관의 숙련도가 반 정도 왔다고 했는데, 신설된 의관 보조 관녀 쪽은 어떻지?"

"…무슨 말씀을 하시는 겁니까. 관녀는 결국 관녀일 뿐이죠."

"하지만 견습 의관과 의관 보조 관녀가 하는 일은 거의 다를 바 없다고 들었다. 즉, 마음과 기술과 몸이 갖춰져 있기만 하면 의관으로 승격시킬 수도 있지 않겠나?"

주위 사람들이 깜짝 놀란 표정으로 진시를 주목했다.

'관녀가 의관으로….'

사실은 말도 안 되는 일이다. 물론 류 의관이 왕제의 말을 그대로 받아들일 리도 없다. 진시는 대체 어떻게 의관이 될 수 있으리라고 생각하는 걸까. 하지만 여기서 그 점을 언급해 봤자 마오마오만 입장이 불리해질 뿐이다.

지금까지 진시를 알고 지내면서 마오마오는 진시가 어떤 생각을 갖고 있는지 대충 알게 되었다. 물론 진시의 생각을 읽지 못하는 부분도 있지만, 지금 무슨 말을 하려는지는 알 수 있었다.

지금 마오마오가 해야 하는 일은 대체 무엇일까.

"여기 한 명, 의관 보조 관녀가 있는데 어떠신지요?"

"호오, 마음은 얼마나 강한가?"

진시가 마오마오를 향해 씨익 웃었다. 미소를 짓는 게 아니라, 장난기 섞인 웃음이었다.

'이 자식!'

누가 저지른 짓 때문에 지금 뒤를 닦아 주고 있다고 생각하는 거야.

'진짜로 궁둥이 가죽을 벗겨 버릴까.'

마오마오는 투덜거리고 싶은 마음을 꾹 참았다.

"여기 있는 마오마오는 그저 뻔뻔할 뿐이죠. 무엇보다 여자입니다. 의관이 될 수 있을 리가 없습니다."

류 의관은 딱 잘라 거절했다.

'하긴 그건 그렇지만.'

마오마오도 의관이 되고 싶은 건 아니었다. 필요한 상황에 놓였기 때문에 그 기술을 원할 뿐이었다.

'나는 약사니까.'

뤄먼은 마오마오를 약사로 키웠다. 사람을 보다 많이 구할 수 있는 수단으로 의관의 기술은 갖고 싶지만, 본분은 어디까지나 약사였다.

그러나 약사로서의 긍지는 있다.

"약 조제는 웬만한 견습 의관보다 낫다고 하지 않으셨던가요? 류 의관님."

너 지금 무슨 소리를 하는 게냐, 하는 시선이 류 의관에게서 찌릿찌릿하게 느껴졌다.

변명하고 싶지만 할 수 없는 상황에 답답함을 느끼면서도, 마오마오는 스스로 이 상황을 헤쳐 나가는 수밖에 없다.

"이참에 의관이 아니라도 상관없어. 의관과 같은 기술을 가진 자라면 길거리 의사든 **약사**든 다 좋다. 특별하게 허가를 내리지. 그러니 적어도 앞으로 두 명은 더 준비해 줄 수 있겠는가?"

진시의 말은 의미심장했다. 후궁 시절 마오마오에게 몇 번이나 귀찮은 일을 가져왔을 때의 분위기와 비슷했다.

대부분 귀찮은 일이긴 하지만, 동시에 마오마오의 지적 호기심을 채워 주는 내용도 담겨 있었다. 두 번 다시 없을 기회였다. 여기서 류 의관을 꺾으면 새로운 지식을 얻을 수 있는 기회가 주어질 터였다.

기분 좋은 오싹오싹함과 기분 나쁜 식은땀, 그리고 상승하는 심박 수.

마오마오는 주먹을 꽉 부르쥐었다.

류 의관은 마오마오를 빤히 쳐다보고 있었다. 거절하라고 쓰여 있는 듯한 표정이었다.

'그럴 수는 없어.'

마오마오는 진시 앞에 한쪽 무릎을 꿇었다.

"여기 한 명, 약사가 있는데 어떠신지요?"

진시의 입꼬리가 살짝 치켜올라갔다.

"그렇다고 하는데 어떤가, 류 의관?"

"……."

류 의관은 마오마오를 노려보고 있었다. 일하는 능력을 평가할 때는 견습이든 보조든 평등하게 봐 줄 거라고 생각했는데. 역시 마오마오가 여자라는 사실이 문제일까.

"하지만 약사는 약사입니다. 생약 지식만으로 대처할 수 없는 일도 있겠지요."

"그 점을 해결하는 게 상급 의관인 그대의 일이지. 뭔가 기술을 좀 가르치도록."

마오마오의 시선에서는 보이지 않지만 류 의관은 지금 그야말로 끙끙거리는 표정을 짓고 있을 것이다.

"그럼, 잘 부탁한다."

진시는 가 버렸다.

바센은 가만히 있었지만 다소 미안한 얼굴로 류 의관을 보고 있었다.

"……."

진시가 가고 나자 류 의관은 마오마오를 빤히 쳐다보았다.

마오마오는 굳은 얼굴에 쓴웃음을 짓는 수밖에 없었다.

"…딱 한 번뿐이다. 머리 이리 대."

"네…."

마오마오는 쿵 하고 날아오는 주먹을 받아들였다. 상당히 아팠다. 녹청관 할멈의 주먹만큼 아팠다.

"이걸로 봐주마. 아… 뤄먼 그 녀석. 정말로 귀찮은 걸 떠넘기고 갔구먼!"

류 의관은 짜증을 내며 의자에 앉아 곰방대를 꺼냈다.

역시 뤄먼에게서 이야기를 들은 듯했다.

'어쩌면 모른 척 시치미 뚝 뗄 생각이었는지도 몰라.'

어떤 의미에서는 진시가 와 줘서 정말 행운이었다고 할 수도 있겠다.

류 의관은 날카로운 눈빛으로 연기를 내뿜었다.

"담배 피워도 되나요?"

마오마오가 경고문을 가리켰다.

"이번뿐이야! 내가 봐줄 만큼의 기량을 보여야 한다. 자, 옆방 청소해."

'와아, 화풀이한다.'

하지만 이 이상 무슨 말을 해 봤자 소용없을 것이다. 마오마오는 옆방으로 가서 물에 잠긴 화로와 부서진 증류기를 보고 머리를 부둥켜안았다.

증류기는 마오마오의 급료 반년 치였다.

9 화 : 고발

　진시는 별저에서 편지를 받아 들었다.

　목간도 아니고 종이도 아니었다. 양피지를 끈으로 묶고 밀랍으로 봉해 놓았다. 지방에 따라 편지를 보내는 문화가 다른데, 이것은 서방에 많은 양식이었다.

　"서도에서 왔습니다."

　가오슌이 뻔히 아는 일을 설명했다.

　"교쿠오 공이로군. 그쪽에도 종이는 보급되어 있을 텐데."

　종이의 재료인 목재가 적은 서방에서도 양피지에 비하면 종이가 저렴할 터였다.

　진시는 밀랍에 찍힌 인印을 보고 확인했다. 최근 자주 보아 익숙해진 인이었다. 진시의 옆구리에 찍힌 낙인과 꼭 닮은 문양이었다.

　진시는 끈을 잡아당겨 봉인을 풀려 했으나 영 풀기가 어려웠다. 끈의 소재가 너무 연약해서 그대로 찢어질 듯했다.

"가오슌, 가위는 없어?"

"여기 있습니다."

봉인을 푼 진시는 한숨을 내쉬었다. 옆에 있는 사람이 바센이었다면 바로 내용을 물었겠지만 가오슌은 절대 그런 일이 없다. 진시가 먼저 이야기하기를 기다리고 있다.

"읽을래?"

일부러 양피지를 흔들어 보였으나 가오슌은 고개를 가로저었다.

"어떤 내용이었습니까?"

"후궁에 딸을 들이는 안건, 역시 노렸던 대로 **나**와 엇갈려 입궁시키게 될 것 같아. 확인 연락치고는 집요한걸."

아직도 진시가 후궁을 관리하고 있다고 생각하는 걸까.

"실제로는 입궁 못 하고 당신의 귀환을 기다리는 꼴이 되겠지만요."

찾아온 아가씨에게는 미안하지만 어딘가 별저에서 기다리고 있어야 할 것이다. 교쿠요 황후가 거부한 이상 후궁에는 들어갈 수 없다.

타협안으로 제시된 왕제비 자리도, 진시는 물론 받아들일 생각이 없었다.

솔직히 아슬아슬한 상황이었기에 진시는 식은땀을 흘렸다.

옆구리에 낙인을 찍지 않았다면 왕제로서 얌전히 처를 들이라는 지시를 받았으리라.

"……."

진시는 관자놀이를 손가락으로 툭툭 쳤다.

역시 이상한 점이 한 가지 있다는 사실을 재인식했다.

교쿠요 황후는 진시의 낙인에 대해 알고 있다. 이 비밀은 황후에게도 무기가 되지만, 동시에 양날의 검이다. 황후의 인이 진시의 옆구리에 찍혔다는 사실을 들켜서는 안 된다. 황후 앞, 황제 앞에서 한 일이지만 제삼자가 보면 간통의 증거로밖에 보이지 않으리라. 심지어 특수 취향이 있다고 오해받을지도 모른다.

교쿠요 황후의 조카딸이라고는 하나 진시의 처로 삼는 일은 너무 위험하다.

교쿠요 황후 입장에서 보면 조카가 후궁에 들어오는 일을 관대하게 받아들이는 편이 폐해가 적다. 조카가 몇 번쯤 황제의 방문을 받더라도, 이제 와서 그런 일을 질투할 만큼 도량이 좁지도 않을 것이다.

그렇다면 조카의 존재 자체에 무슨 곡절이 있는 게 아닐까.

"가오슌, 교쿠요 황후는 교쿠오 공, 그리고 그 딸과 친밀해?"

"그 질문이라면 스이렌 님이 더 잘 알고 계실 겁니다."

진시는 초로의 시녀를 보았다.

"아뇨, 교쿠오 님의 딸은 교쿠요 황후 전하께서 서도에 계실 때는 없었을 테니 황후 전하와 면식이 없을 거예요."

스이렌이 다과로 전병을 진시 앞에 내려놓았다. 진시가 좋아해서가 아니라 곧 찾아올 마오마오의 몫으로 준비한 모양이었다. 별궁에 있을 때는 과자에 손을 대지 않지만, 선물로 싸 주면 좋아한다는 사실을 알고 있었다.

"…서도에 가라는 뜻이군."

진시를 내쫓기 위한 제안이라고밖에 생각할 수가 없었다. 진시는 황후가 입궁했을 때부터 알고 지낸 사이였지만, 어딘지 모르게 만만치 않은 구석이 있었다.

"본성은 선량하다고 믿고 싶은데…."

진시는 혼자 투덜거렸다. 선량하다는 말의 정의에 따라 달라지겠지만, 황후 나름대로의 생각이 있을 거라고 믿고 싶다.

그러나 입장상 전면적으로 신뢰할 수도 없다.

진시는 다시 한번 편지를 들여다보았다.

인은 진짜지만 편지는 대필인 듯했다. 허세가 가득한 문장에 비해 단순한 확인 사항밖에 적혀 있지 않아 맥이 풀리고 말았다. 일단은 편지함에 보관해 둬야 하기에 진시는 편지를 가오슌에게 건넸다. 끊어진 끈은 그대로 휴지통에 버리려다가….

진시는 끈이 종이를 비틀어 만든 물건이라는 사실을 알아차렸다. 어쩐지 연약하다 싶었던 이유는 거기에 있었다.

양피지를 사용하면서 그것을 묶는 끈이 종이라니 왠지 부조화스럽게 느껴졌다.

위화감을 느낀 진시는 종이 끈을 관찰해 보고 비틀린 것을 폈다. 한 장의 긴 종이를 접어서 정성스럽게 꼰 물건이었다.

펼쳐 보니 나열된 숫자가 적혀 있었다.

"달의 귀인이시여…."

가오슌은 이제 진시라고는 부르지 않는다. 부를 일이 없다.

"아무래도 서도를 조사해 보는 편이 좋겠어."

무슨 숫자인지는 모르지만 수상한 냄새가 났다. 인은 진짜였고 위조로 보이지는 않는다. 적어도 편지는 진짜일 것이다. 끈을 몰래 바꿔치기했거나, 아니면 인을 교쿠오 대신 찍은 인물이 있거나. 설마 교쿠오 본인이 한 일은 아닐까.

"도대체 무엇 때문에? …밀고인가?"

"그런 것치고는 너무 번거로운 방법 같지만, 달리 방법이 없었는지도 모르지요."

가오슌은 단언하지 않는다.

눈치를 챌 수도 있고 못 챌 수도 있는 미묘한 부분을 노렸다. 진시가 눈치채지 못했다면 어떻게 할 생각이었을까. 또는 이미 여러 번 보냈는데 진시가 알아차린 게 이번이 처음일지도 모른다.

"이 숫자에 대해서는 정체를 도저히 알 수가 없군. 잘 아는

자에게 물어보아야겠어."

적임자로 차고 넘치는 사람을 한 명 알고 있다.

가오슌이 미간에 주름을 잡았다. 익숙한 동작이지만 주름의 깊이가 깊었다.

"뭐 짚이는 데라도 있나?"

"아뇨, 전에도 비슷한 일이 있었던 것이 생각나서요."

"전에?"

가오슌이 양피지를 보았다.

"17년 전, 이戌 일족이 사라진 것도 한 통의 밀고에서부터였습니다."

이 일족은 교쿠엔이 세력을 잡기 전 서도를 다스리던 혈족이다. 서도는 과거에 술서주戌西州라고 불렸던 지역이지만 이름의 유래가 되는 이 일족은 여제, 선대 황태후의 손에 멸족당했다. 모반이 의심되어 처벌했다고 하는데 진시는 당시 세는나이로 네 살이었다. 기억하고 있을 리가 없다.

"이 일족을 멸족시킨 일은 후궁 사업과 함께 여제의 대표적인 폭정으로 거론되지."

여제란 선대 황태후를 말한다. 실제로 황제 지위에 오른 것은 아니고, 재상으로서 선제 대신 정사를 주관했기 때문에 그렇게 불린다.

"전 황태후 폐하는 여성이면서 정치에 적극적으로 임하셨지만 암군暗君은 아닙니다."

"알고 있다. 누가 암군인지는."

선제, 진시의 부친은 정치에 관심이 없었다. 진시가 기억하는 한 병 때문에 비틀비틀 기운이 없었고, 때로 넋이 나간 듯 궁에 찾아오는 일이 있었던 정도였다. 말년에는 그저 방에 틀어박혀서 그림만 그렸다.

여제의 정치는 고압적이었으나 대부분 백성을 위한 일이었다. 유능한 인재를 많이 선발하면서도 동시에 혈통을 중시하는 고관들을 싫어했다.

여제는 일견 쓸모없어 보이지만 사실은 의미 있는 행동을 하곤 했다. 후궁 확대와 마찬가지로 무슨 이유가 있을지도 모른다.

이 일족은 모반을 꾀하다 멸망당했다고 들었다. 하지만 구체적으로 어떤 모반인지는 들은 적 없었고, 무엇보다 밀고 이야기는 처음 들었다.

"이 일족은 어떤 모반을 꾸몄지?"

멸족이라는 말을 들으면 기억 속에서 새롭게 떠오르는 것은 시子 일족이었다. 진시는 기억을 떠올리며 오른뺨의 상처를 어루만졌다.

"그걸 알았다면 분명 달의 귀인께서도 알고 계셨을 겁니다."

애매한 말투였다. 그러니까 어떤 모반인지도 모른 채 일족을 멸망시켰다는 뜻일까.

"그런 일이 있어도 되는 건가?"

"안 되지요."

진시의 질문에 가오슌은 뜻밖에도 딱 잘라 대답했다. 진시는 잔혹한 질문을 했다고 생각했다. 가오슌은 그 즈음 벌써 진시를 돌보는 역할을 맡고 있었다. 정치에서는 이미 벗어난 몸이었다.

"선대 황태후 폐하도 사람이었습니다. 선대 주상의 정신이 흐트러진 게 그때쯤이었지요."

진시의 기억 속에는 망가진 선제밖에 없다.

"자세한 이야기를 듣고 싶으시겠지만, 이제 곧 샤오마오가 옵니다."

"아직도 그렇게 부르는 건가?"

진시가 눈을 가늘게 떴다.

"이제 와서 호칭을 바꾸면 샤오마오가 의아해할 겁니다."

지당한 말이었지만 왠지 수상쩍었다.

"그럼, 마메이도 샤오메이小美라고 부르는 게 어때?"

마메이가 가오슌의 딸이고, 아버지를 대하는 태도가 험악하다는 사실을 알면서 일부러 한 말이었다.

가오슌이 지친 표정을 지었다.

"옛날에는 그렇게 불렀습니다. 하지만 금지당했습니다. 죄송합니다."

"금지? 밖에서 부르다 야단맞았나?"

"아뇨, 다른 한 명을 무심코 다메이大美라고 부르는 바람에."

"다메이…."

가오슌의 딸은 마메이, 아내는 타오메이桃美라고 한다. 사실은 크게 신경 쓸 일도 없는 이야기인 것 같지만 가오슌은 공처가에 아내는 연상이다.

"나이가 몇 살 차이 나지?"

"여섯 살입니다."

가오슌이 손가락을 여섯 개 펴 보였다.

남자가 연상인 경우는 차고도 넘치지만 반대는 드물다. 가오슌에게 악의가 없었다 해도 그 자리가 대단히 불편해졌으리라는 사실은 쉽게 상상할 수 있었다.

"응, 알았어. 마메이의 이름은 그대로 부르도록 해."

"감사합니다."

가오슌이 고개를 깊이 숙였다.

진시는 편지를 자물쇠 달린 서랍 속에 집어넣었다.

복도에서 방울 소리가 들렸다. 손님이 오면 울리는 구조였다.

"고양이가 왔군."

마오마오가 며칠 만에 상처를 보러 와 주었다. 의무실에서 만난 직후였기 때문에 이래저래 불평을 듣게 될 모양이었다.

진시는 마음에 걸리는 일을 일단 뒤로 미루기로 했다. 얼굴에
가벼운 미소를 짓고, 다가오는 발소리를 기다렸다.

10화 : 실기 훈련

처음 준비된 대상은 닭이었다. 아직도 온기가 남아 있고, 완전히 경직되지 않았다. 깃털을 뜯어낸 곳은 가슴과 배 부분뿐이었고 피도 뽑지 않았다. 날카롭게 간 단도로 찌르니 피가 튀었다.

"내장을 깔끔하게 도려내라. 상처 하나 남기면 안 돼. 나중에 식사로 먹어야 하니까 험하게 다루면 안 된다."

'피를 깨끗이 빼내지 않으면 먹을 때 냄새 날 텐데.'

일부러 피를 뽑지 않은 이유는 기술 향상이 우선이기 때문이리라.

마오마오 외에 대여섯 명 정도가 있었다. 아는 얼굴을 확인해 보니 전부 견습 의관들이었다.

약을 사러 가야 하니 따라오라는 말에 따라간 곳은 닭을 키우는 농가의 한 구획이었다. 도성에서 다소 떨어진 위치에 있었다.

풀어 키우는 닭을 잡는 데서부터 시작하기 때문에 의관복을 입은 채로는 어렵다. 일동은 작업복 같은 지저분한 차림새에 가죽 앞가리개를 걸치고 작업을 시작했다. 야외에서 닭을 붙잡아 목을 조른 뒤 땅을 파고 세운 헛간 속에서 토막을 냈다.

누가 이 집단을 보고 엄선된 궁중 의관들이라고 생각할까.

"산 채로 토막 내라고는 하지 않았다. 감사하도록."

류 의관은 왠지 즐거워 보이기까지 했다. 잘난 척 지시를 내릴 만큼 내리고 나서 양계 농가와 거래를 시작했다. 계내금鷄內金*과 닭 간, 닭에서 나오는 생약의 가격을 흥정하고 있었다.

닭을 붙잡아 토막 내는 일만큼은 마오마오가 다른 견습 의관들보다 낫다고 자부하고 있었다. 하지만 처음으로 닭을 잡은 사람이 견습 의관 티엔요우였기에 왠지 분했다.

"본가에서 농업을 하고 계신가요?"

분해서 자신도 모르게 입 밖으로 튀어나왔다.

"아니. 이 연수가 세 번째여서 아무래도 익숙해질 수밖에 없지. 그나저나 정말 기분 좋은 일은 아니란 말이야."

역시 피가 묻은 의관복을 발견했을 때 이미 이 실기 연수가 시작되었던 듯했다.

※계내금 : 닭 모래주머니의 내피.

"그보다 냥냥娘娘."

마오마오는 눈썹을 움찔 치켜올렸다. 정말 불쾌한 호칭이었지만 한 번 주의를 주었더니 재미있어하면서 자꾸만 더 부른다.

비위에 거슬리긴 했지만 일단 아무 말 하지 않는 방향으로 가기로 했다.

"류 의관님을 어떻게 구워삶은 거야?"

티엔요우는 눈을 반짝반짝 빛내고 있었다. 실제 연령은 20대 중반쯤 되었겠지만 열 살 정도 되는 악동의 눈을 갖고 있는 남자였다.

보통 마오마오에게는 전혀 관심이 없고, 옌옌에게만 말을 걸곤 했는데.

'소문을 좋아하나 보네.'

옌옌에게도 이런저런 소문 이야기를 하는 모습을 보고 본래 귀가 밝은 것 같다고 생각하긴 했는데, 호기심도 있는 모양이었다. 하지만 그런 것치고는 마오마오에게 의관의 실기 훈련에 대한 이야기는 하지 않았다. 돌팔이 의관처럼 나불나불 떠들어 댈 수는 없었던 듯했다.

마오마오는 이야기할 생각도 없었고, 이야기해 봤자 얻어 낼 수 있는 정보도 얼마 안 될 터였다.

"쓸데없는 이야기보다 본인 닭이나 확인하시는 게 어때요? 쓸개를 찌부러뜨리면 안 돼요."

닭의 쓸개를 찌부러뜨리면 쓸개즙이 흘러나와 고기의 맛을 해친다. 또 동물의 쓸개는 약재료로 이용되기 때문에 잘못해서 찌부러뜨리면 류 의관의 주먹이 날아올 것이다.

티엔요우는 입이 가볍고 전체적으로 글러먹어 보이는 남자지만 손재주는 좋은지, 미끌미끌 미끄러지는 닭의 겉껍질을 재주 좋게 썰어 나갔다.

"어느 내장이 인간의 어느 부위에 해당하는지를 생각하면서 하도록."

물론 인간과 닭의 구조는 다르다.

여기가 최초의 입문 지점일 것이다.

돌아다니며 도망치는 닭 한 마리도 붙잡지 못하면 날뛰는 인간을 치료할 수가 없다.

산 닭의 모가지를 비틀 배짱이 없으면 인간의 살을 자를 수도 없다.

목을 비튼 닭을 잘라서 나누는 재주가 없다면 인간의 몸을 해부할 수도 없다.

입문 중의 입문이지만 맨 처음 단계에서 애를 먹는 견습 의관도 있었다.

"닭 다음에는 뭔가요?"

마오마오는 일부러 다음 단계로 나아간다는 전제하에 물어보았다.

"돼지. 크니까 이건 셋이서 한 마리. 소가 되면 다섯 명이야. 돼지, 소로 가면 인원수가 확 줄어들어. 익숙해지면 의관복을 입고 피가 묻지 않도록 하면서 작업하라는 지시를 듣지. 그리고 다음 단계로 가게 되는데….."

"아직 거기까지 못 가셨단 말인가요?"

"아니, 다시 처음부터 시작하라는 말을 들었어. 진지함이 부족하다더라고."

"이해되네요."

마오마오는 자신도 모르게 고개를 끄덕였다.

다른 견습 의관에 비하면 차분한 표정이었기에 자꾸만 티엔요우에게 말을 걸게 된다. 아니, 처음부터 다시 시작하게 된 티엔요우를 제외한 다른 사람들은 닭 피만 보고도 얼굴이 새파래졌다.

"그냥 처음부터 다시 하는 거라면 괜찮아. 그런데 적성이 전혀 없다고 판단되면 출셋길이 막혀."

'적성이 없다.'

해부도 할 줄 모르는 의관은 다른 부서로 이동된다고 한다. 의관으로서 출셋길이 끊어진 것이나 다름없다.

"견습 의관의 쥐꼬리만 한 급료로는 옌옌 씨를 호강시켜 줄 수 없으니까."

'힘내라, 옌옌.'

이 남자는 정말 끈질겨 보였다. 아직 포기하지 않았다.

닭을 자르니 피 냄새가 진동했다. 견디지 못한 견습 의관이 손수건으로 코와 입을 가렸으나, 돌아온 류 의관이 그것을 억지로 벗겼다.

"환자를 치료할 때 복면을 쓰는 것은 정답이다. 하지만 지금은 벗고 해."

복면을 빼앗긴 견습 의관은 얼굴이 새파랬다. 속이 울렁거리는지 헛간 밖으로 뛰쳐나가 버렸다.

"아~ 저게 벌써 몇 번째야. 이젠 적성이 없다고 판단되겠는걸."

마치 남의 일처럼 티엔요우가 말했다.

마오마오는 접시 위에 내장을 늘어놓았다. 심장, 간, 창자, 위….

'창자는 상하기 쉽지만 맛있지. 지금이라면 먹을 수 있겠는데.'

닭 창자는 가늘기 때문에 조심스럽게 닦아야 해서 다소 번거롭다.

'모래주머니를 꼬치에 끼워 굽고 소금을 촥촥 뿌리고 싶다.'

피만 잘 뺐다면 맛있었으리라.

'쓸개도 찌부러지지 않았어. 좋아.'

쓸개즙이 넘치면 그것만으로도 도로 아미타불이다.

내장을 조심스레 접시 위에 담아 갔다. 전부 놓았을 무렵 류 의관이 보러 왔다.

"그럼, 원래대로 되돌려 놓고 꿰매거라."

"네?"

기껏 요리하기 좋게 해체했는데.

"머릿속에 먹을 생각이 가득하다는 건 알겠지만 그 상태로 계속 하면 안 된다. 환자가 고기로 보일 게야."

"아무리 그래도 그건 아닙니다."

류 의관은 마오마오의 생각을 다 꿰뚫어 본 듯했다.

마오마오는 내장 위치까지 원래대로 되돌려 놓았다. 쓸개가 찌부러지지 않도록 특히 신경을 썼다.

"사용 방법을 아느냐?"

마오마오 앞에 류 의관이 쓱 내민 것은 천에 곱게 싸인 낚싯바늘 같은 물건과 실이었다.

"네, 대충은요."

실은 비단실인지 매끈매끈한 특유의 광택이 있었다. 마오마오는 낚싯바늘 구멍에 실을 꿰고, 손가락으로 꼭 잡고서 바느질을 시작했다.

'꿰매는 일 자체는 해 본 적 있으니까.'

평소에는 곧은 바늘밖에 쓴 적 없지만, 낚싯바늘 모양은 생각보다 사용하기 편했다. 익숙해지면 훨씬 쓰기 쉬워질 것 같았다.

'궁정 의관이 되면 좋은 도구를 쓸 수가 있구나.'

마오마오는 감탄하며 꿰매 나갔다. 배부른 소리를 하자면 손으로 잡는 부분이 짧아서 붙잡고 있기가 힘들다. 꽉 잡을 수 있는 도구가 있다면 더 쉽게 할 수 있을 텐데 말이다.

'족집게로는 잡을 수가 없고. 조금 더 잡기 편한 도구가 있으면 좋겠다.'

뭔가 새로운 도구를 개발해 주지 않을까 생각하며 마오마오는 작업을 마쳤다.

옆을 보니 이미 티엔요우가 일을 끝낸 표정을 짓고 있는 것이 분했다.

"어디, 보여 줘 봐라."

류 의관이 닭을 꿰맨 자리를 들여다보았다.

"…흥, 이제부터는 마음대로 해도 좋아. 약에 쓰는 부위는 모아야 하니까 그 외의 부분으로 해라."

재미없다는 표정으로 류 의관이 자리를 떴다. 아무래도 합격한 모양이었다.

"바늘은 깨끗이 씻어 두도록. 나중에 삶아 둬야 한다. 비싸니까 잃어버리지 마라."

모양 하며, 굵기 하며, 웬만큼 실력 좋은 직공이 아니면 만들 수 없는 바늘이었다. 마오마오는 몰래 슬쩍하기란 불가능하겠다고 생각하고 포기했다.

마오마오는 다 꿰맨 실을 끊고, 내장을 전부 해체해서 씻기로
했다.

닭 이후 돼지, 소를 해체하기 시작했을 무렵 마오마오에게 물
건이 도착했다.

"감사합니다."

마오마오는 기숙사 아주머니에게 짐을 받아 들었다. 일이 늦
게 끝나고, 저녁 식사도 마친 후였다. 일부러 가져다주려고 찾
아온 듯했다.

아주머니는 은근히 히죽히죽 웃고 있었다. 마오마오는 보낸
사람을 확인해 보았다. 누군가 했더니 가오슌이었다.

'착각하고 있는 게 분명해.'

가오슌의 이름을 이용해서 물건을 보낼 사람은 정해져 있다.
진시밖에 없다. 바센의 이름을 쓰는 방법도 있지만 들키면 귀
찮아질 것 같아서 가오슌으로 한 모양이었다.

마오마오는 며칠에 한 번 진시의 별저를 찾아간다. 연말연시
휴가가 끝난 뒤, 야오와 옌옌의 눈을 어떻게 속일까 생각했는
데 의외로 잘 풀렸다.

"마오마오, 혼자 앞서 나가고 있다고는 생각하지 마!"

야오가 늠름하게 선전포고를 했기 때문이었다. 아무래도 진
시를 찾아가는 일도 의관 실기 훈련이라고 생각하는 듯했다.

'반은 맞고 반은 틀렸어.'

멋대로 착각해 주는 건 고마운 일이다.

야오의 태도를 보니, 야오 역시 수라의 길을 걸을 결심을 한 모양이었다.

마오마오는 겉에 적혀 있는 가오슌의 이름을 보면서 그 아들을 떠올렸다.

'바센은 별저에서 안 보이네.'

저돌맹진猪突猛進하는 성격에 바보처럼 솔직한 멧돼지 무관이 괜히 상사의 이변을 눈치채지 않도록, 진시의 사생활에서 떼어 놓았나 보다.

'일할 때는 잘 따라다니던데.'

의국에는 따라왔다. 들키지 않게끔 하고 싶은 마음은 알겠지만, 어지간히 잘하지 못하면 아무리 바센이라도 불만이 쌓일 터였다.

그 부분은 가오슌이 잘해 주고 있다고 믿고 싶다.

마오마오는 방으로 돌아와 물건을 확인했다. 편지와 함께 천으로 싼 무언가가 들어 있었다. 희미하게 향냄새가 났다.

"여전히 고상하다니까."

꾸러미를 조심스럽게 풀어 보자 도자기 그릇이 있고 그 속에는 향이 들어 있었다.

마오마오는 얼굴을 들이밀고 킁킁 냄새를 맡았다.

‘백단을 기본으로 여러 가지를 섞었네.’

좋은 향이라는 사실은 알겠지만 조합 방식이 너무 조잡해서 싸구려처럼 느껴진다. 항상 최고급품만 쓰는 진시가 보낸 물건 치고는 지나치게 보잘것없다.

‘아니, 혹시….’

마오마오가 쓸 물건이기에 일부러 질을 낮춘 물건을 보냈을까. 예전에 향냄새로 상대의 지위를 알아볼 수 있다고 입이 닳도록 말한 기억이 있다.

그렇게 생각하니 관녀치고는 오히려 좀 분수에 맞지 않을 정도로 좋은 향이었다.

왜 진시가 향 따위를 보냈을까 생각하면서 마오마오는 자신의 옷소매 냄새를 맡았다. 희미하게 피 냄새가 남아 있었다.

‘냄새는 확실히 지우고 갔다고 생각했는데.’

최근 외근이라는 이름으로 가축 해체가 계속 이어지고 있었다. 물론 해체한 가축의 내장은 약재료로 쓰고 고기도 처리한다.

오늘은 운 좋게 사냥꾼이 곰을 잡았다는 말을 듣고 해체에 참가했다. 곰은 금세 피를 빼고 해체하지 않으면 지독한 냄새가 배기 때문에 쉽게 들어오지 않는다면서 류 의관이 굉장히 기뻐했다.

해체를 하기 위해 옷을 갈아입고 가죽 앞가리개도 걸쳤다. 일이 끝나면 궁정으로 돌아가기 전 목욕을 한다.

'동네 목욕탕도 가끔은 괜찮네.'

기숙사에는 욕조가 없기 때문에 목욕할 수 있다는 게 반가웠
다. 유곽에서 자란 마오마오에게 사치스럽게도 목욕이란 거의
매일 하는 일이었다. 후궁에서 살았을 때도 며칠에 한 번은 목
욕을 했다.

목욕을 좋아하는지 싫어하는지로 따지면 좋아하는 편일 것이
다. 목욕비를 내주기까지 한다. 대낮부터 목욕을 하는 일도 나
쁘지는 않다.

'앗, 머리….'

아무리 그래도 머리를 말릴 시간은 없었기 때문에 머리는 감
지 않고 목욕을 끝냈다.

진시는 진짜 의관이 되기 위해 무엇이 필요한지 알고는 있을
까.

'시체 해부까지 알고 있을지는 모르겠네.'

매번 진료를 받는 동안 냄새로 알아차린 걸까. 묘한 배려를
할 줄 아는 남자였다.

마오마오는 그렇게 생각하면서 향을 한 수저 작은 접시에 퍼
담고 조심스럽게 불을 붙였다. 그리고 그 위에 바구니를 씌우
고 매일 입고 가는 옷을 덮었다.

'이렇게 하면 되겠지?'

아주 조금, 눈치챌까 말까 한 정도의 적은 양으로 시험해 보

기로 했다.

내일 준비도 마쳤으므로 일찍 자기로 했다. 마오마오가 잠옷으로 갈아입으려 하는데 문을 두드리는 소리가 났다.

"들어오세요."

들어온 사람은 옌옌이었다. 손에는 춘권이 들려 있었다.

"저녁에 먹고 남은 건데, 먹겠어요?"

"잘 먹겠습니다."

마오마오가 옌옌의 요리를 거부할 리가 없다. 지금은 그렇게 배가 고프지 않지만 내일 아침에 먹어도 문제없을 것이다. 최근 진시의 별저에 드나들고 실기 훈련 때문에 멀리 나가는 일이 잦았기에 옌옌의 요리를 좀처럼 먹을 수가 없었다.

춘권 접시를 탁자 위에 올려놓던 옌옌이 눈 밝게도 향을 보았다.

"별일이 다 있군요. 향을 피우다니."

"월경이 와서요. 이번에 출혈량이 좀 많네요."

거짓말은 아니다. 때마침 한 달에 며칠 있는, 우울해지는 날이었다.

"야오 씨도 하고 있어서 흉내 내 봤어요."

실제로 하고 있는 사람은 옌옌이었지만.

"그랬군요."

옌옌이 더 깊이 추궁할 줄 알았는데 아무 말도 하지 않았다.

최근 마오마오의 외근이 잦다는 사실을 알아차렸으리라.

'뭔가 탐색하고 있던 건 아닌가?'

옌옌은 야오에게 별일만 없으면 마오마오의 소행에 대해 세세히 캐묻지는 않을 터였다.

마오마오는 받은 춘권 위에 살며시 천을 덮어 놓고 옷을 마저 갈아입었다.

다음 날 마오마오가 의국에 도착하자 야오가 불만스러운 표정으로 류 의관과 이야기를 나누고 있었다. 최근 야오와 근무가 계속 엇갈려 얼굴을 마주칠 기회가 별로 없었는데 아무래도 심기가 불편한 모양이었다.

'이상한 소리는 안 했으면 좋겠는데.'

마오마오는 불안한 마음으로 생약 선반을 정리하기 시작했다.

"저는 외근 일이 없나요?"

'올 게 왔네….'

야오의 눈은 진지했고, 험상궂은 얼굴의 류 의관에게도 지지 않겠다는 의지가 엿보였다.

"없다."

류 의관은 딱 잘라 말한 뒤 일지를 팔락팔락 넘겼다. 어제의 업무 란에는 평소와 마찬가지로 별다를 것 없는 내용이 적혀 있었다.

"마오마오, 너 요즘 외근 일이 많지 않아?"

야오는 마오마오에게도 말을 걸었다.

"많네요."

어설프게 시치미를 떼지는 않았다.

"어제는 어디서 뭘 했어?"

"곰 간을 채취했는데요."

지금 마오마오가 정리하고 있는 재료는 어제 손에 넣은 웅담이었다. 이미 가공되어 있는 물건을 사냥꾼에게서 얻어 왔다. 못난이 곶감 같은 생김새가 사랑스러운 생약이었다.

류 의관이 한순간 노려본 듯했지만 말리지는 않았다. 이런 내용이라면 말해도 상관없다는 사실을 마오마오는 이해했다.

"웅담은 귀중한 생약이기 때문에 그 가공법도 보고 왔어요. 그 외에도 소를 해체해서 담석이 있는지 확인했는데요, 유감스럽게도 아직까지는 발견하지 못했네요."

"소의 담석, 우황이라면 천 마리 중 하나밖에 나오지 않는다고 들었어. 거의 없다는 사실을 알면서도 일부러 보러 갈 필요가 있어?"

"네. 담석증 증상이 있는 소라면 담석을 갖고 있을 확률이 상당히 높아지거든요. 우황은 시장에 나오면 가격이 수십 배로 치솟는 경우가 있어서, 수상한 소를 발견했을 경우 해체 단계에 참가하는 건 딱히 이상한 일도 아니에요."

마오마오는 류 의관에게 야단맞지 않게끔, 하지만 거짓말은 하지 않도록 신경 써서 말했다.

야오에게는 미안하지만 여기서는 확실히 선을 그어야겠다.

'나는 살짝 치사한 방식을 썼지만.'

진시의 방패를 동원한 일 말이다. 야오가 부정한 행위라고 매도해도 어쩔 수 없지만 이야기할 생각은 없다. 자신에게 우선순위가 높은 일부터 해내는 일이 중요하다.

야오가 끙끙거리며 얼굴을 찡그렸다. 류 의관은 일지로 눈을 돌렸다. 대답으로 합격인 듯했다.

'알아, 나도 알아.'

야오가 정말로 하고 싶은 말이 무엇인지.

'왜 자기는 안 데려가 주는 걸까.'

그것이리라.

그리고 그에 대한 대답을 준비해 준 사람은 류 의관이었다.

"너도 외근을 나가고 싶으면 우선 식당에 가 보거라."

"시, 식당은 왜죠?"

"닭 한 마리를 잡아서 해체해 본 적도 없겠지? 곰 해체를 그냥 지켜보기만 할 것 같으냐? 그런 뜻이다. 마오마오는 이미 익숙해."

드물게도 류 의관에게서 칭찬을 받았지만 왠지 기쁘지가 않았다.

"그럼, 옌옌은 어떤가요? 마오마오보다 닭 해체에 능할 텐데요."

"처음부터 할 마음이 없는 자를 데리고 가 봤자 시간 낭비지. 옌옌이 너를 놔두고 혼자서만 갈 것 같으냐? 향상심 없는 자를 억지로 데리고 갈 생각은 없어. 마오마오만 데려가는 게 치사하다고 생각한다면 자기 스스로가 주변 사람들의 발목을 붙잡지 말아야 할 것이야."

류 의관은 여전히 엄격하게 말했다.

야오는 치맛자락을 꽉 움켜쥐고 분한 표정을 지으면서도 참았다. 부엌에서 식칼을 잡아 본 적이 없다는 말은 사실이기 때문이었다. 오늘 아침 먹은 춘권도 전부 옌옌이 만들어 주었으리라.

'그보다….'

야오 뒤에서 이를 빠득빠득 갈며 소독용 술병으로 손을 뻗으려 하는 옌옌이 무섭다. 무서워….

"옌옌."

야오가 살며시 손을 내밀어 말렸다.

항상 옌옌의 말에 휘둘리기만 하는 야오였지만, 여차할 때 자신을 과보호하는 시녀를 어떻게 다뤄야 하는지는 잘 알고 있다.

"알겠습니다. 식칼 다루는 법쯤은 바로 배워 오겠습니다."

"호오. 그럼, 산 닭을 잡는 데서부터 시작해야겠군."

"다, 닭을 잡는⋯."

하긴 그 정도도 해내지 못하면 따라가지 못할 것이다. 해체할 돼지를 죽이는 단계에서부터 콧물을 흘리며 엉엉 울던 견습 의관도 있었으니 말이다.

가축으로 그 정도라면 인간을 상대할 수 있을 리가 없다. 의관이라면 마취도 무엇도 전혀 되어 있지 않은 상태에서 팔다리를 자르는 일도 해야 할 때가 있으리라.

'전쟁터에서라면 당연하게 펼쳐지는 풍경이지.'

아버지가 숨겨 놓았던 해체도 같은 것이 없어도 인간의 내장 따위는 지긋지긋하게 볼 수 있는 현장이다. 해체도 따위를 금서라고 부르는 일도 어느 의미에서는 평화의 증거임이 분명하다.

"네가 산 채로 배를 가르고 내장을 꺼낼 수 있을까?"

류 의관이 비아냥거리듯 야오에게 말했다.

"할 수 있어요! 저는 그러기 위해 여기에 온 겁니다."

야오는 단언했다. 류 의관에 대한 반감 때문이 아니라, 진심으로 의관으로서의 기술을 원하는 모양이었다.

만일 야오가 숙부를 향한 반항심만으로 의료의 길을 나아가려 한다면 빨리 포기하게 만드는 편이 낫다.

독 시식 때문에 내장이 상했다고는 하나 야오는 아직 젊고 예쁘고 똑똑한 아가씨다. 혼처 자리 정도는 얼마든지 있을 것이다.

'아니, 이래서는 완전히 야오네 숙부랑 똑같잖아.'

야오와 옌옌은 숙부를 끔찍하게 싫어하지만 숙부도 어떤 의미에서는 야오의 행복을 생각해 주는 측면이 남아 있었다. 리국이라는 나라는 기본적으로 여자 혼자서 살아가기 힘든 풍습이 많이 있는 곳이다.

마오마오가 야오에게 이러쿵저러쿵 오지랖을 부릴 입장은 아니다. 야오가 하겠다고 결정했다면 아무 말도 할 수 없다.

하지만….

마오마오는 야오 뒤에 있는 옌옌을 보았다. 옌옌의 시선은 방금 전까지 야오를 무시하던 류 의관을 향하고 있었다.

야오가 행동을 개시하면 옌옌은 말없이 그 뒤를 따라갈 거라고, 마오마오는 생각했다.

그러나….

옌옌치고는 드물게, 망설임이 느껴지는 당혹스러움이 떠올라 있었다.

'어떻게 되는 걸까.'

마오마오는 자신이 개입할 일이 아니라는 생각에 새로 들여온 생약을 장부에 기입하면서 서랍에 넣었다.

그날 밤 야오는 바로 주방에 서 있었다. 조마조마한 표정으로 옌옌이 야오의 어설픈 손놀림을 지켜보고 있었다. 오랜만에 일찍 돌아온 마오마오는 두 사람을 바라보며 저녁 식사가 완성되기를 기다렸다.

"이걸, 이렇게!"

"아, 아가씨!"

야오는 마치 장작이라도 쪼개듯 식칼을 휘둘렀다. 고기만이 아니라 뼈까지도 자를 기세였다.

마오마오가 도우려 해도 쉽게 다가갈 수 있는 상황은 아니었다.

"위, 위험하니까 일단 더 작은 것부터….."

"괜찮아. 고기, 고기를 자를 거야!"

옌옌이 당황했다. 냉정한 옌옌이라면 야오를 요령껏 더 잘 가르칠 줄 알았는데 이래선 틀렸다.

마오마오는 모르는 척하고 방으로 가려 했으나 옌옌과 눈이 딱 마주치고 말았다. 옌옌은 어마어마한 눈빛으로 마오마오를 응시하며 검지로 살며시 탁자 위를 가리켰다. 이미 완성된 요리였다. 심지어 건소하인乾燒蝦仁*이었다.

마오마오는 침을 꿀꺽 삼켰다. 왜 먼저 만들어 버린 걸까. 따

※건소하인 : 칠리새우.

끈따끈 피어오르는 김이 점점 멀어져 간다. 토실토실하고 큼직한 새우에 각종 채소. 장을 이용했으니 맵지는 않겠지만, 과즙을 더해 식감도 좋고 부드러운 맛을 내는 것이 옌옌 요리의 특징이다.

밥과 함께 먹으면 얼마나 맛있을까. 탄력 있는 새우 살이 입안에서 터질 것이다.

즉, 옌옌이 무슨 말을 하려는가 하면.

'먹고 싶으면 도우라는 뜻인가.'

마오마오는 눈을 가늘게 뜬 채 손을 씻었다. 결국 새우의 매력에는 이길 수가 없었다.

일단 마오마오는 야오가 들고 있는 칼보다 조금 더 작은 식칼을 꺼냈다. 그리고 당근 하나를 도마 위에 올려놓았다.

"야오 씨, 우선 이것부터 써세요."

"당근을? 나는 고기를 썰고 싶은데."

"봉추棒槌도 못 써는 게냐, 하고 류 의관님이 말씀하실지도 몰라요."

봉추는 약용 인삼을 말한다.

"…알았어."

"그럼, 식칼도 이걸로 바꿔 드세요. 식칼도 종류에 따라 써는 방법이 있거든요. 야오 씨가 지금 들고 있는 식칼은 뼈를 자르는 데 사용되기 때문에 부드러운 고기나 채소를 자르는 데는 맞지 않아요. 환자의 팔을 자르는 연습이라면 상관없지만."

"……."

야오는 입술을 깨물고 식칼을 바꿨다. 옌옌이 안심했다.

배움에 열심인 야오라면 의식동원衣食同源에 대한 지식을 갖고 있을 것이다. 하지만 식칼의 종류까지는 모른다. 지식은 있어도 먹기만 하는 쪽이었으니 말이다.

"식칼 쥐는 방법도 달라요. 이렇게 잡으세요. 그리고 당근은 이렇게 잡는 거예요."

마오마오는 야오의 손을 하나하나 옮겨 주며 지시했다.

"당근이 움직이지 않도록 고정시키고 나면…. 휘두르지 말고 천천히 날을 밀어 넣으세요. 옌옌이 손질을 잘 해 뒀으니까 칼이 잘 들 거예요. 힘은 주지 않아도 돼요. 곪은 피부나 살을 잘라 낼 때, 멀쩡한 혈관까지 절단되고 말 거예요."

야오는 통 하고 당근 꼭지를 잘라 냈다.

"그대로 통썰기를 하세요. 굵기는 비슷비슷하게."

통, 통, 통. 요령만 알면 잘 해낼 수 있는 아이였다. 생김새는 이미 성인 여성이지만 사실은 세는나이 16세의 소녀다.

"다 됐어."

당근 썰기가 다 끝났다.

"그럼, 이걸 하세요."

마오마오가 무를 내밀었다.

"채소는 이제 그만 됐잖아."

"통썰기에 성공한 것뿐이잖아요? 고기를 써는 건 무 껍질을 깔끔하게 깎는 일에 성공하고 나면 하죠."

어느 쪽이 난이도가 높은가 하면 껍질 깎기가 더 힘들겠지만, 지금은 채소에 익숙하게 만들어 놓을 생각이었다. 고기를 썰 수 있게 되었다고 류 의관에게로 돌격하면 안 된다. 아니, 그 전에 닭부터 잡아야 하지만.

야오는 불만스러운 표정을 지으면서도 무를 집어 들었다.

"대뜸 통째로 껍질을 깎겠다는 생각은 하지 마세요. 일단 껍질을 벗기기 쉬운 크기로 자르는 게 먼저예요."

"알고 있어."

야오가 무 껍질을 깎는 사이 마오마오는 당근을 어떻게 할까 생각하며 바라보았다.

"마오마오."

옌옌이 야오가 난도질한 돼지고기와 말린 송이버섯을 가리켰다. 송이버섯은 고급품인데 어떻게 손에 넣었는지는 굳이 묻지 않았다.

그 외에 또 있는 것이라고는 조미료뿐이다.

'고노육古老肉[*]을 만들라는 말이네.'

※고노육 : 탕수육.

때마침 수중에 고구마 녹말이 있다. 고기에 묻혀 기름에 튀기면 딱 좋겠다.

마오마오는 새우가 식어 간다고 생각했지만 옌옌은 야오가 다치지 않도록 가만히 지켜보고 있었다. 할 수 없이 마오마오가 만들기로 했다.

"마오마오."

이번에는 야오가 말을 걸었다.

"난 의관이 되는 길을 포기하지 않을 거야."

"여성은 의관이 될 수 없어요."

마오마오는 거짓말을 하지 않는다. 지금의 세 사람에게 허락된 일은 그 지식을 얻는 데까지일 뿐이다. 직함도 뭣도 없으니 아무런 이득도 되지 않는다. 그저 자신의 지적 호기심을 충족시키고, 무슨 불의의 사태가 일어났을 경우 대처할 수 있는 능력을 얻을지도 모를 뿐이다.

"하지만 너는 이미 의관이 되기 위해 필요한 일들을 배우고 있잖아?"

"……."

대답할 수 없다. 거짓말을 하지 않는다면 아무 말 안 하는 수밖에 없다.

"나, 그 후로 이런저런 생각을 했어. 라칸 님 댁에서 찾았던 서적에 대해서."

썩 듣고 싶지 않은 이름이 나왔지만 여기서 얼굴을 찡그려 봤자 소용없는 일이었기에 마오마오는 가만히 들었다.

"사상은 받아들이기 어렵지만 아마 의술에 종사하는 사람으로서는 필요한 일일 거라고 이해했어. 뤄먼 님께도 이미 말씀드렸고. 그래서 조만간 가르쳐 주실 거라고 생각했는데, 실기를 공부하기 위해서는 그 외에 또 필요한 일이 있었구나."

똑똑한 아이는 동시에 성가시다. 아마 몰랐다면, 모르는 척했다면 더 평온한 길을 선택할 수 있었으리라.

마오마오가 그렇게 생각했을 정도이니 옌옌이라면 이미 수없이 생각했으리라. 야오가 행복해졌으면 좋겠다고.

하지만 의관과 같은 기술을 배운다면 야오의 인생에서 평온한 행복은 멀어진다.

"…야오 씨, 의사란 때로 사람을 토막 내는 일도 있는 직업이에요. 산모의 모체와 아이가 위험할 경우 아이를 우선한다면 산모의 태를 찢어야 하기도 해요. 자르지 말아 달라고 애원하는 환자의 팔다리를 마취도 하지 않고 잘라 내야 하는 일도 있어요. 빠져나오는 내장을 욱여넣으면서 뱃가죽을 꿰매는 일도 있고요."

"알고 있어."

"피비린내 나는 직업을 갖게 됨으로써 평생 함께할 반려자를 얻지 못할 수도 있어요. 피는 부정하다는 이유로 꺼려지죠. 어지간한 괴짜가 아닌 이상 다가오지 않을 거예요."

"겨우 피 가지고 겁먹는 간 작은 남자라면 내가 먼저 사양이
야. 그렇지, 옌옌?"

"아, 아가씨….."

평소 그토록 야오에게 남자가 다가오지 못하게 막던 옌옌도
복잡한 표정을 짓고 있었다.

'밝은 태양 아래의 길을 걸어야 하는 아가씨인데 말이야.'

아깝다는 생각은 들었지만 말릴 이유는 없었다. 하다못해 야
오가 걷는 길이 조금이라도 밝았으면 좋겠다고 기도하는 수밖
에 없다.

"앗, 끊어졌다. 무 껍질 깎는 거, 사실은 어려운 일이야?"

야오가 입을 삐죽이며 두툼한 무 껍질을 보여 주었다.

"어렵죠."

"옌옌은 모란꽃도 만들어서 장식하는데."

"옌옌 씨가 특별한 거예요."

마오마오는 솔직하게 말하며 고구마 녹말을 묻힌 고기를 넉
넉한 기름에 튀기듯 볶았다.

야오는 드문드문 끊어진 무 껍질을 보고 입을 삐죽이고 있었
다.

새우를 먹으려면 아직 시간이 조금 더 걸릴 것 같다.

날씨가 많이 온화해지고 머윗대가 쇠어서 못 먹게 되었을 무렵 마오마오 및 견습 의관들은 음침한 장소로 안내되었다.

"드디어 실전인가?"

티엔요우가 가벼운 어조로 내뱉었다. 여유가 있는 사람은 티엔요우 하나뿐이고, 주위의 다른 견습 의관들은 새파란 얼굴이었다. 가끔 마오마오를 보면서 '네가 왜 여기에 있는 거야?' 하고 의아한 표정을 짓긴 했지만 입 밖에 내지는 않았다. 가축 해체 때부터 계속 받아 왔던 시선이기 때문에 이제 와서 신경 쓸 마오마오도 아니었다.

"누구 덕에 특별 대우를 받고 있는 걸까."

단 한 사람, 티엔요우를 제외하면.

경박해 보이는 사내였지만 배짱은 두둑했다. 가축 해체 때도 가장 차분했던 사람은 티엔요우였으리라. 좌학座學*은 다른 견습 의관들보다 처지지만 실기에 관해서는 차분한 만큼 다른 사람들보다 나았다. 아니, 잘했다.

"특별 대우인가요?"

"그럼, 부럽지."

수다스러운 이 남자는 누군가에게 말을 걸지 않으면 진정이 되지 않는 듯했다. 실기 훈련 중 긴장해서 날카로워진 다른 견습 의관들에 비해 마오마오에게 말을 거는 일이 잦았다.

"기왕 특별 대우를 해 줄 거라면 저도 그 하얀 의관복을 입고 싶은데요."

"그건 무리가 아닐까, 냥냥."

'아니, 마오마오거든요.'

일부러 틀린 이름을 부르는 걸까.

마오마오는 고쳐 주기도 귀찮아서 그냥 내버려 두고 있다.

하지만 티엔요우의 말도 이해는 된다.

'특별 대우라. 그런 소리를 들어도 할 수 없지.'

원래는 마오마오가 이렇게 의관들 속에 섞여서 어두컴컴한 복도를 걸을 일은 없다. 어디로 가고 있냐면, 사형에 처해진 죄인들이 안치된 방이었다. 의관들이 줄줄이 시체 안치소로 향하는 모습을 들키지 않도록 이들은 특별한 통로를 걸어가고 있었다.

※좌학 : 강의.

사실 마오마오가 이곳을 지나가는 건 두 번째였다. 첫 번째는 스이레이의 시체를 확인하러 갔을 때다. 스이레이는 현재 전직 비였던 아둬 밑에 있다.

'스이레이도 외과 수술을 배웠다면 좋았을 텐데.'

스이레이와는 전에 서도에 가는 도중, 함께 부상자 치료를 한 적이 있었다. 인간의 팔을 절단해도 아무렇지 않게 처치를 했던 스이레이라면 분명 잘 해낼 수 있을 것이다.

'태생이 무리겠지.'

비공식적이긴 하지만 스이레이는 선제의 손녀에 해당한다. 동시에 멸족당한 시 일족의 딸이기도 하여, 목숨은 붙어 있지만 어둠 속에서 살아가야만 하는 운명을 벗어날 수는 없다.

'아까운 일이야.'

하지만 마오마오가 할 수 있는 일은 아무것도 없다. 세상은 뜻대로 되지 않는다.

차라리 죽는 편이 나았을까 하면, 그것 또한 부정하게 된다.

스이레이를 살리기 위해 일생일대의 대연극을 펼친 소녀가 있었다는 사실을 잊어서는 안 된다.

"누구 뒷배로 들어왔어?"

티엔요우가 단도직입적으로 물었다.

"혈연 채용이라는 말인가요?"

마오마오는 일부러 의관 보조 관녀가 되었을 당시 의심받았던 일을 거론해 보았다.

"내 감으로는 그것 말고 다른 뭔가가 있어."

티엔요우가 단언했다.

'이 자식….'

껄렁껄렁해 보이지만 사실 빈틈이 없다.

괜히 진시 쪽을 캐내기 시작하면 귀찮아진다.

"옌옌한테 이를 거예요."

"옌옌은 여기 없으니까 이를 수가 없지 않아?"

완전히 얼버무리지는 못했지만 시간 벌이는 되어 준 모양이었다. 목적지에 도착했다.

"이쪽이다."

류 의관이 어두컴컴한 안쪽 문을 가리켰다. 끼기긱, 하고 무거운 문을 열자 습기가 더욱 강렬하게 느껴졌다.

'주정 냄새가 나네.'

술을 좋아하는 마오마오에게는 취향에 맞는 냄새였지만 도저히 술을 마시고 싶다는 생각은 들지 않았다. 방 한가운데에는 침대가 하나, 그 위에는 벌거벗은 남자가 누워 있었다. 그 목에는 밧줄 자국이 뚜렷했다.

교수형을 당한 죄인의 시체였다.

술 냄새가 나는 이유는 죄인의 몸을 닦았기 때문이리라.

"앞가리개를 걸치되, 최대한 더럽히지 않도록 해라."

마오마오는 건네받은 앞가리개를 걸쳤다. 하얀 삼각건도 받았다. 머리를 감싸는 게 아니라, 눈 아래를 덮는 용도였다.

"내가 자르마. 어느 부위인지 확인하고, 똑똑히 눈에 새겨 놓도록."

류 의관의 손에는 절개용 단도가 들려 있었다.

"절대로 잊어버려서는 안 된다."

협박하는 듯한 말투였다.

기록하는 일은 사전에 금지되었다. 아니, 지금 이렇게 류 의관이 가르쳐 주는 일 자체가 원래는 있어서는 안 될 일이었다. 이 자리에서 외워 가는 수밖에 없다.

'윤리냐, 의술의 발전이냐.'

공공연히 드러내지 않는다는 지점이 의관들의 타협점인 모양이었다.

잘 드는 단도가 시체의 불룩한 배로 쑥 들어갔다. 피가 분수처럼 뿜어 나오지는 않았으나 그렇다고 살이 단단하지도 않았다. 사후경직이 끝난 시체로 고른 모양이었다.

살이 천천히 벌어지고 드러난 내장은 갓 죽인 가축의 것에 비하면 상당히 보기 편했다. 하지만 진짜 인간의 시체라서 그런지 생생한 느낌이 어마어마했다. 다른 동물로 익숙해진 사람들 중에서도 한두 명 입을 틀어막고 있었다.

"이것은 심장이다. 실수로라도 절대 이곳으로 이어지는 커다란 혈관을 끊으면 안 된다."

"위장, 소장, 대장. 소화 기관이다. 장은 이미 여러 번 향장[*]
으로 가공했겠지."

가축을 유효하게 활용하라며 만들게 했다. 맛있는 향장이 완
성되었지만, 견습 의관들 중 몇 명은 앞으로 향장을 절대 못 먹
게 될 듯했다.

"생식 기관. 다음에 여자 사형수가 나오면 바로 부르마. 말할
필요도 없지만 모양이 다르다."

새삼스럽게 남성의 생식기를 보았다고 놀랄 마오마오도 아니
었다.

"이자가 생전에 무슨 병을 앓았는지 알겠느냐?"

류 의관이 질문을 던졌다.

'무슨 병이었느냐니….'

시체는 사후 며칠이 지난 상태였다. 이제 와서 피부색을 보고
는 판별하기 어렵다. 곳곳에 반점이 생긴 것 같기는 하지만. 내
장도 직접 보는 건 처음이었다.

굳이 따지자면.

"간일까요?"

아무도 대답하지 않았기에 마오마오가 입을 열었다. 너무 나

※향장 : 소시지.

서는 건 좋지 않지만, 질문에 대답하지 않으면 이야기가 진행되지 않는다.

"왜지?"

"다른 동물에 비해 간의 색과 형태가 나쁜 것 같습니다. 또한 피부가 반점처럼 누렇게 떠 있습니다. 황달이라면 간이 나쁠 가능성이 높지 않을까 싶습니다."

야오와 같은 증상이었다.

"합격점을 주마. 이자는 술을 너무 많이 마시고 날뛰었다. 가게에서 소동을 일으키고, 다른 손님과도 실랑이를 벌이다 죽이고 말았지. 그리고 말리려던 자기 모친까지도 살해했다. 본래 소행이 나빴고, 다음 기회는 없을 거라며 석방된 지 얼마 안 된 상황에서 말이다."

교수형을 당할 만도 하다.

"건강한 간과 비교해 보면 알기 쉽겠지만 이것은 염증을 일으킨 상태다. 술이 원인이라고 생각하지만, 때로는 피로 감염되기도 하지. 그러니 손을 다쳐서는 안 된다. 상처로 독이 들어가 병이 될 것이야."

한마디 한마디가 전부 협박 같은 말투였기에 티엔요우조차 농담 한마디 하지 못했다. 아니, 티엔요우는 눈을 커다랗게 뜨고 장기를 보고 있었다. 실전에서는 묘하게 진지해지는가 보다.

마오마오는 엄격한 의관의 목소리를 놓치지 않도록, 해부되어 가는 시체를 잡아먹을 기세로 들여다보았다.

특별 수업이 끝난 후 옷을 갈아입고 간 곳은 목욕탕이었다.
그 옆에는 절이 있어, 처음에는 몸을 씻어 정결하게 하기 위해
성직자가 시작한 욕탕이라고 예측할 수 있었으나 지금은 빠짐
없이 돈을 받고 있었다.

혼욕이 아니고 남녀로 구분된 탕이 있었고, 대낮의 한가한 시
간이었기에 여유는 있지만 탈의실이 그렇게 넓지는 않았다. 선
반이 줄줄이 늘어서 있으나 들어갈 수 있는 인원은 기껏해야 열
다섯 명쯤 되어 보였다. 도성에는 이런 목욕탕이 몇 군데 있는
데 이곳은 화려하지는 않아도 청소가 깔끔하게 되어 있다는 점
이 좋았다.

"휴우."

물은 다소 뜨겁지만 손님이 별로 없어 마오마오는 그야말로
지고의 행복을 누렸다.

오늘은 이대로 집에 돌아가도 된다고 했기에 마오마오는 제
대로 머리도 감았다. 머리카락에 밴 음침한 기운까지 깨끗이
씻어 냈다.

멍하니 욕조에 들어앉아 아무 생각도 하지 않고 보낼 수 있는
시간은 소중하다.

'기록하지 못한 건 아쉽지만.'

글로 남기면 그야말로 금서가 되어 버릴 것이다.

이번에는 견학이 다였으나 다음에는 마오마오도 스스로 해부를 하게 된다.

인체, 시체라는 것을 코앞에 두고도 생각보다 꽤 냉정을 유지할 수 있었다고 마오마오는 생각했다.

'상대가 한 번도 본 적 없는 자업자득 사형수이기 때문일까.'

이것이 만약 아는 사람이라면 할 수 있을까. 혹은 사람이 아니라 그냥 예전에 사람이었던 육체로 처리할 수 있을까.

마오마오는 뤄먼이 감추고 있던 금서를 떠올렸다. 마지막 장은 뤄먼의 스승이라고 들었다. 하지만 그려진 그림을 볼 때 노령으로는 보이지 않았다.

'대체 어떤 기분으로 그렸을까?'

스승은 뤄먼에게 어떤 사람이었을까.

다시 한번 휴우, 하고 한숨을 내쉬고 있는데 젊은 여자들이 욕조로 들어왔다.

"저기, 진짜 응시할 거야?"

"응. 해 둬야지."

무슨 이야기일까, 하고 마오마오는 귀를 기울였다.

"하지만 최근에는 없었지 않아? 후궁 궁녀 모집."

"그래서야. 인원이 줄어든 지금을 노려야지."

'후궁 궁녀 모집?'

마오마오는 으음, 하고 얼굴을 찌푸렸다. 분명 진시가 그렇게 말했다. 교쿠오의 딸, 교쿠요 황후의 조카가 입궁하게 된다고. 하지만 실제로는 후궁에 들어오지 못하고 발이 묶여 있다.

'일단 궁녀 모집을 하긴 하는구나.'

서도에서 데려온 시녀로만 주위를 채워 둘 수도 없고, 아무리 그래도 권력자의 딸이다.

"동궁이니 뭐니 얘기들 하고는 있지만 지금 주상의 자식 중 아들은 둘뿐이야. 아직 노릴 여지가 있어. 아들은 몇 명이 있어도 좋잖아?"

상당히 야망이 큰 아가씨였다. 궁녀로 입궁하여 황제의 승은을 입는 걸 노리고, 여차하면 국모까지 될 생각도 있는 듯했다.

'꿈은 크게 꾸는 게 좋지.'

아마 예상과는 다른 결과가 기다리고 있겠지만.

마오마오가 고개를 끄덕이자, 젖은 앞머리에서 물방울이 뚝 떨어졌다.

'그러고 보니….'

새로운 비가 들어오기 전, 그와 엇갈려 서도로 갈 예정이라고 했는데 정확한 일시는 정해져 있을까. 무엇보다 자신 외에 또 누가 가게 될지 확실히 파악해 두고 싶었다.

'다음에 물어봐야겠다.'

마오마오는 첨벙, 하고 욕조에서 일어나 탈의실로 향했다.

12화 : 숫자의 비밀

서류 작업을 일단락 지은 진시는 크게 기지개를 켰다.

집무실에는 아무도 없다. 아니, 한 사람 있지만 칸막이 너머에서 서류를 정리하는 소리만 들린다. 대인공포증이 있는 바료였다.

이제 일은 끝났지만 진시는 바료에게 묻고 싶은 게 있었다.

"바료, 하나 물어도 될까?"

"무슨 일이시죠?"

칸막이 너머에서 가느다란 목소리가 들렸다.

"처음에 어떻게 만났지?"

"네? 처음요?"

"취라고 말하면 알겠느냐."

무슨 말인가 하면 바료는 이래 봬도 아내가 있는 몸이다. 심지어 아내는 최근 진시 주위에서 시녀 노릇을 하고 있는 취에였다.

진시는 시녀를 채용할 때 자신에게 추파를 던지지 않을 만한 사람을 조건으로 두고 있었다. 취에도 그 조건에 정확히 들어맞지만….

"그 사람은 인간이라는 느낌이 들지 않습니다."

바료는 또 오해를 살 만한 말투로 대답했다.

"아니, 아무리 그래도 아내가 아니냐? 자식도 있지 않아?"

하긴 워낙 특이한 아내이다 보니 바료와 궁합이 잘 맞을지는 모를 일이었다. 그래서 무심코 흥미 본위로 첫 만남에 대해 물어보았는데….

"…마메이 누님과 어머니가 공모했습니다. 바센과 저를 비교해 보고, 확실하게 후사를 남길 방법을 선택했다고 합니다."

"……."

"그쪽에서도 양육을 전면적으로 맡아 준다면 상관없다며 승낙했고, 그렇게 혼사가 결정되었습니다. 보름에 한 번 정도밖에 얼굴을 보지 않고, 대화도 거의 안 하지만 사이는 나쁘지 않다고 생각합니다."

"음, 알았다."

마馬 형제는 양극단에 있다. 하긴 특이 체질인 바센에 비하면 허약 체질인 바료가 그나마 나을지도 모른다.

그나저나 정말 그림에 그린 듯한 정략결혼이다.

"언제까지 살아 있을지 모르니 빨리 아이를 만들라고, 과거 시험보다도 우선시하라더군요."

과거에 합격한 것이 재작년이라고 하니, 시간 순서상 아이가 생기고 나서 시험을 보러 간 모양이었다.

"특이한 자이지만, 스이렌은 야단을 치면서도 일을 맡기더군."

마오마오가 진시 밑에서 일할 때와 비슷한 분위기였다.

"미ㅌ 일족의 혈통을 잇는 자입니다. 방계이긴 하지만."

납득이 되는 대답이었다. 마 일족이 황족의 호위를 주로 맡는 데 반해, 미 일족은 황제 직속의 첩보 기관이었다.

마와 미 일족은 각각 앞뒤에서 황족을 지킨다. 연결고리를 굳건히 하기 위해 때로는 정략결혼으로 서로의 자식을 맺어 주는 경우도 있었다.

"힘들겠군, 너도."

"아뇨, 외모로 보나 입장으로 보나 진시 님만큼 복잡하지는 않습니다. 게다가 밤에는 입 다물고 누워 있으면 아내가 어떻게든 해 줄 거라고 누님이 그러더군요."

"⋯⋯."

지나가듯 진시에게 무례한 말을 내뱉은 데다, 심지어 들어서는 안 될 말까지 들어 버린 것 같은 기분이었다.

이렇게 담백하게 정략결혼을 받아들일 수만 있다면 세상만사가 훨씬 편할 텐데.

잡담을 하고 있는데 복도에서 발소리가 들려왔다. 진시의 집무실 앞 복도는 일부러 발소리가 크게 울려 퍼지도록 만들어져 있다.

"마침 누님이 돌아온 듯합니다. …만일 취에를 다루는 방법을 모르신다면 누님에게 물어봐 주십시오."

여자 신발 소리였다. 귀찮은 일을 줄이기 위해 관녀는 최대한 멀리하고 있었으므로 자연스럽게 마메이라는 사실을 알 수 있었다.

"아니, 취에는 이제 아무래도 좋아."

그냥 남들이 처음에 어떻게 만났는지 궁금했을 뿐이었다. 그러나 참고가 될 것 같지는 않았다.

문을 두드리는 소리와 함께 예상했던 대로 마메이가 들어왔다. 손에는 편지와 다기가 들려 있었다.

"다녀왔습니다… 두 사람 다, 무슨 일인가요?"

이쪽을 빤히 쳐다보는 진시와 바료를 보고 마메이는 고개를 갸웃거렸다.

새삼스럽게 취에에 대해 물을 생각도 없고, 잘못 물었다가는 오히려 엉뚱한 곳에서 놀림을 받을 듯했다. 바료, 바센 형제뿐만 아니라 진시도 이 누님에게는 고개를 들지 못한다.

어떻게 얼버무릴 만한 내용이 없을지 진시는 생각했다.

"뭔가 얼버무리려 하고 계시는 것 아닌가요?"

마메이가 날카로운 눈매를 가늘게 떴다.

"아니, 전에 부탁했던 것의 대답이 아직인가 싶어서."

무엇을 부탁했냐면 지난번 교쿠오의 편지에 묶여 있던 끈 문제였다. 수수께끼의 숫자가 나열되어 있는 의미를 진시도 알수 없어, 전문가에게 맡겼다.

"라한 님 말씀이시군요. 마침 편지를 받아 왔습니다."

숫자 하면 라한. 너무 안이한 발상일지 모르지만 틀리지는 않은 듯했다.

편지를 펼치니 숫자의 정체에 대해 적혀 있었다.

"봐도 될까요?"

마메이가 다가왔기에 진시는 편지를 책상 위에 올려놓았다. 궁금했는지 바료도 칸막이 건너편에서 나왔다.

"이것은 장부인가요?"

"그런 것 같군."

라한은 장부 사본을 보냈다. 농작물에 매겨지는 조세 장부였다. 서도에서 징수한 조세의 수 할이 중앙으로 움직인다.

아마 같은 지방으로 보이는 장부가 몇 년 치 있었고, 거기에 끈이 되어 꼬깃꼬깃해진 종이가 붙어 있었다.

"여기일까요?"

작년 상반기분일까. 서도는 작황이 궁핍하지만 그래도 전혀 농사를 짓지 않는 건 아니다. 밀과 포도, 목화와 사탕무 등이 있다. 농작물 외에도 양모가 있는 것이 특징이다.

마메이가 가리키는 곳은 종이끈 속의 수수께끼의 숫자 나열과 일치했다. 두 자리에서 네 자리의 수열은 수확량을 가리키고 있었다. 수확량에 세율을 곱하면 바로 세액이 나온다.

"어? 여기만 다른데요."

마메이의 손가락이 밀 부분에서 멈춰 있었다. 밀 부분만 장부의 숫자가 유달리 컸다.

"숫자가 다른 점을 보니 장부 조작에 대한 고발일까요? 하지만…."

"…어떻게 된 일이지?"

만일 장부의 숫자가 훨씬 작았다면 진시도 이해가 된다. 만일 그 숫자가 부정행위 적발이라면 장부의 숫자가 작아야 한다.

"제출된 숫자가 더 큰데."

즉, 실제 수확량보다 부풀린 숫자를 넣었다는 말이 된다. 그러면 필연적으로 더 많은 세금을 내야 한다.

"일부러 많은 세금을 내고 있다는 뜻인가?"

의미를 알 수가 없었다. 반대로 손해를 보는 일이다.

대체 뭘 하고 싶은지 모르겠지만 적어도 라한은 날아든 숫자가 농작물의 세금이라고 판단한 모양이었다.

"보다 많은 세금을 내 주는 건 고맙지만, 아무래도 수상하네요."

"…조작된 건 밀뿐인가요?"

바료가 몇 년분의 장부를 비교했다.

"다른 작물을 보면 작년분은 다른 해보다 수확량이 적습니다."

"밀고인지 뭔지를 믿는다면 밀이 특히 적군."

진시는 눈을 가늘게 떴다. 황해 문제는 서도에도 대책을 세우라고 통지를 보냈다. 만일 그 사실을 감추려 한다면 이런 조작을 할 수도 있을 것이다.

"밀 수확은 언제지?"

"겨울밀인지 봄밀인지에 따라 다르지만 상반기분이라면 겨울밀이니 초여름에 수확합니다."

진시가 이미 서도를 떠났고, 황후의 부친인 교쿠엔도 도성으로 향한 후였다.

"이런 걸로 용케 찾아냈군요."

마메이는 라한이 낸 결과에 감탄했다. 하긴 아무리 직장이라고는 해도 대량의 장부 속에서 해당하는 숫자를 찾아내는 일은 보통 작업이 아니었으리라.

"그 점에 대해서는 편지의 마지막 장에 적혀 있습니다."

바료가 편지를 뒤적거렸다.

「서도에서 보내온 장부에 아는 사람의 인印이 찍혀 있어서 기억하고 있었습니다.」

"아는 사람의 인?"

본 적 있는 이름이 있었다.

진시는 문득 작년에 서도로 갔던 사람들을 떠올렸다. 마오마오와 아둬, 라한 등 상당한 괴짜들 속에서 혼자 천연덕스러운 표정을 짓고 있던 인물이 생각났다.

"리쿠손 공이라 하면 칸 태위님의 부관이었죠."

"그러게. 몇 번 들어 본 적이 있어."

괴짜 군사의 부관이며 서도의 연회에서 마오마오와 춤을 추었던 리쿠손이라는 남자다.

현재 교쿠엔의 부탁으로 교쿠오의 보좌 노릇을 하고 있었다.

"마메이, 칸 태위의 전 부관이었던 리쿠손에 대해 뭐 들은 바가 있나?"

진시는 리쿠손의 직위 정도밖에 모른다. 그 인물 됨됨이도 알지 못한다. 그저 마음에 들지 않는 일면을 봐 버렸기 때문에 아무래도 부정적인 인상이 강했다.

"리쿠손 님 말씀이신가요? 글쎄요, 제가 아는 건 어디까지나 전해 들은 이야기뿐인데."

마메이는 차 준비를 하며 이야기했다.

"라칸 님의 직속 부하가 되기 전에는 문관이었다고 하는데, 과거에 합격한 게 아니라 연줄로 들어왔다고 들었습니다. 집안은 상인 가문이었다더군요. 태도가 점잖아서 관녀들 사이에서 조금 인기가 있었죠."

마메이의 정보원은 그곳이었던가 보다.

"누구 연줄이지?"

"거기까지는 모르겠네요. 바로 조사해 볼까요?"

"딱히 서두를 일은 아니야. 하지만 서도에 가기 전까지는 조사해 줘."

현명한 마메이는 차와 다과를 진시 앞에 내려놓고 가벼운 붓놀림으로 편지를 쓰기 시작했다. 바로 리쿠손에 대해 조사하려는 모양이었다. 편지를 다 쓰고 난 마메이는 그것을 재빨리 말려서 품에 넣었다.

"저어… 직접 라한 공에게 물어보면 되지 않을까요?"

외람된 말씀이지만, 이라는 태도로 바료가 제안했다.

진시는 입술을 비틀었다.

"라한 공에게는 매번 빚을 지고 있어. 이번 문제도 그렇고."

"그렇군요."

"또 빚을 지게 된다 해도, 처음부터 정보를 모르는 채로 시작하기보다는 어느 정도 알아 두고서 모르는 정보에 대한 정보료만 지불하는 편이 낫지 않겠어?"

"그, 그렇군요."

라한은 선한 사람이라고 할 수는 없겠지만 그래도 부정행위는 아름답지 않다며 싫어하는 인간이다. 그렇다고 계속 약점을 잡히는 건 진시의 입장상 좋은 일이 아니다.

"나머지 서류는 여기 놓아두겠습니다."

차와 함께 서류를 내려놓은 것을 보니 일을 계속 하라는 뜻이다.

"알겠다. 그럼, 대신 이걸 좀 살펴봐 줘."

진시는 진시대로 마메이에게 서류를 건넸다.

마메이의 치켜올라간 눈이 동그래졌다. 몇 번을 거듭 확인하는 듯 눈동자가 좌우로 움직였다.

"이거, 진심이신가요? 그렇지 않아도 진시 님이 서도에 직접 가실 필요도 없는데."

"굳이 말하지 마라. 위험한 건 충분히 알고 있으니까."

무엇보다 적은 타국이나 자연재해뿐만이 아니다.

"만일 멀리 떨어진 서쪽 땅에서 생명의 위협을 당하게 되면 어쩌시려고요?"

마메이에게 가장 불안한 요소는 거기에 있는 모양이었다.

"그 때문에 의관과 무관을 정예로 끌고 갈 예정이야."

"류 의관에게 쓸 만한 의관을 늘려 달라고 말씀하셨던 일 말이군요. 그럼, 호위는 어떻게 하시겠어요?"

"무관은…."

"저는 무관에 대해 말하고 있는 겁니다! 괜찮으시겠냐고요, 이 인선으로?"

진시는 머리를 헝클어뜨렸다. 마메이가 품위가 없다고 말하는 듯한 표정을 짓고 있었다.

"…인선이고 뭐고, 내게 거부권은 없어."

"아무리 그래도!!"

마메이 옆에서 바료가 서류를 들여다보았다.

"굉장하네요. 라칸 님이 가시는 건가요?"

"그래, 라칸 공도 같이 가게 되었다."

"네에에?"

마메이의 얼굴이 말도 안 될 정도로 구겨졌다. 아무리 마메이라 해도 이렇게까지 노골적으로 싫은 표정을 짓는 일은 그리 많지 않았다.

"무슨 생각이시죠? 폭주할 거예요. 엄청난 문제라고요. 빈틈을 보였다가 칼에 찔리면 어떻게 하실 건데요!"

"나도 알아, 나도 안다고."

"호위를 붙인다 해도 무관이라면 하나같이 라칸 님의 입김이 닿은 자들뿐이잖아요! 사고로 위장하고 목숨을 노릴지도 모른다고요!"

"내가 그렇게 라칸 공에게 미움을 받고 있었나?"

지난번 바둑 승부 이후로 조금은 인정받은 줄 알았다.

"애당초 누가 고삐를 잡는 건가요? 설령 라한 님을 데려간다 해도 도저히 무리입니다. 아니, 의관이라고 하면 뤼먼 님이 계시긴 하지만."

역시 마메이다. 잘 알고 있다.

"뤄먼 공은 안 돼. 연령으로 봐도 이제 긴 여행은 힘들 테니. 무엇보다 다리가 불편하지. 데려간다 해도 최종 수단으로 둘 거야."

아니, 처음부터 정해져 있다. 진시가 저지른 일 때문에 서도에 갈 수밖에 없는 사람이.

"그럼, 누구를… 아니, 설마."

눈치가 빠른 덕분에 설명하는 수고를 덜었다. 라한과 뤄먼이 안 된다면 나머지는 뻔하다.

어떤 의미에서는 최고이자 최악의 조합이었다.

"…마오마오 씨인가요?"

움찔움찔 얼굴에 경련을 일으키며 마메이가 말했다.

진시는 쓴웃음을 지으며 마메이에게서 시선을 돌렸다.

약사의 혼잣말

13화 : 교쿠오라는 사내

리쿠손은 양피지 위로 가볍게 깃펜을 놀렸다. 속기에 적합한 필기체로 서명을 벌써 몇 번이나 했는지 모른다. 가끔 맨 처음 서명과 비교하며 모양이 달라지지 않았는지 확인했다.

도성에 있을 때는 도장만 찍으면 되었기에 지금처럼 손이 아플 일은 없었다. 틈틈이 손목을 흔들며 리쿠손은 서면을 확인했다.

"리쿠손 님, 이쪽도 부탁드립니다."

문관이 새로운 서류를 들고 왔다. 여기에 오는 것이 통산 다섯 번째인 관리로, 사투리가 심하지 않은 것으로 미루어 볼 때 화앙주 출신인 것 같았다. 귓불이 커서 복을 불러올 듯한 모양이었다. 보통 오른팔로만 짐을 드는 일이 많은지 몸이 오른쪽 어깨 아래쪽으로 기울어져 있었다.

"고맙다. 그럼, 이걸 가져가도록."

"알겠습니다."

넘겨받은 서류는 잡무나 다름없었다. 적어도 이곳 영주는 잡무라고 생각하고 있다.

술서주 인구의 대부분은 동서를 잇는 교역로에 있는 도시에 집중되어 있다.

여기서 말하는 잡무란 그 교역로에서 멀리 떨어진 토지에 사는 주민들의 요청 사항이었다. 도시라기보다는 마을, 군락에 가깝다.

주민 대부분이 농업 종사자다. 방목, 또는 포도 등 건조한 기후에 강한 작물 재배가 대부분이었다. 관개용 수로를 만들어 달라거나, 밤도둑이 빈발하여 가축을 도둑맞았다거나 하는 이야기였다.

최근에는 밀 수확 상황이 현저히 나빠져, 시찰을 와 달라는 진정서가 벌써 여러 번 와 있었다.

"하하하."

자신도 모르게 소리 내어 웃음을 터뜨리는 바람에 나가려던 문관이 의아한 표정으로 쳐다보았다.

왕도에서 서도로 불려온 지 벌써 반년 이상이 지났다. 왕도의 정사에 밝은 인물이 필요하다는 구실로 오게 된 리쿠손이었지만 넘어오는 일들은 하나같이 **잡무**뿐이었다. 처음과 달라진 점이라면 익숙해지는 바람에 처리하는 양이 늘어났다는 점뿐일까.

"별로 신용을 못 받고 있나 보군."

리쿠손은 주어진 집무실에서 혼자 투덜거렸다. 그리고 건초염에 걸릴 것 같은 오른손을 움직이며 서류를 확인했다.

리쿠손도 매일 방대한 서류를 보다 보면 이곳의 동향을 알게된다. 사람 얼굴을 기억하는 것 외에도 자신에게는 어느 정도특기가 있다고 생각하고 싶다.

"제대로 보고하고 있는데 말이지."

일을 넘겨주는 사람은 교쿠오였다. 알아차린 일을 보고하지않으면 무슨 일이 발생했을 때 꼬리 자르기를 당할 가능성도있다.

일부러 그 때문에 자신을 부른 것이 아닌가, 하고 리쿠손은추측하고 있다.

교쿠오. 현재 서도의 임시 주인은 그 사람이었다. 중앙에 간교쿠엔이 돌아오지 않으면 맡아들인 교쿠오가 대를 잇는다. 교쿠엔의 자식은 그 외에도 여럿 있지만 교쿠오만큼 기개가 있는자는 없는 모양이었다.

"실례합니다."

또 다음 문관이 서류를 가져왔다. 이번에는 추가 서류가 아니라 리쿠손이 위로 올려 보냈던 서류의 반려였다. 교쿠오 직속문관이며 과거에 두 번 정도 얼굴을 마주한 적이 있었다. 첫 번째는 작년에 서도를 여행했을 때, 두 번째는 교쿠오에게 인사하러 갔을 때 스쳐 지나갔다.

"돌려 드리겠습니다."

서류에는 아무것도 적혀 있지 않았다. 서명도 도장도 없었다.

"불허라는 뜻이군요."

"네. 틀림없이 필요한 일이긴 합니다만, 더 중요한 일이 여럿 있지요. 우선순위를 매겨서 처리해야 합니다."

문관은 딱 잘라 단호하게 말했다.

리쿠손은 입꼬리를 올리며 반려된 서류를 서랍에 넣었다.

"그리고 한 가지 더 있습니다."

"뭐죠?"

"교쿠오 님께서 부르십니다. 지금 바로가 아니라, 오전 집무가 끝나고 다과회를 갖자는 말씀이신데 어떻게 하시겠습니까?"

의문문이었지만 여기서 거절할 여지는 없었다.

"알겠습니다. 오후 종이 치기 전 중앙정원의 정자로 가면 될까요?"

"네."

문관은 천연덕스러운 표정으로 나갔다.

교쿠오가 항상 다과회를 갖는 장소였다. 수원* 바로 옆이고,

※수원 : 오아시스.

무엇보다 시원하다. 다과회를 열기 전 아침부터 벌레 쫓는 향을 피워 놓기 때문에 잘 알고 있었다.

교쿠오라는 사내는 무능하지 않다. 유력자의 자제인 만큼 제대로 된 교육을 받았다. 원래 상인이었던 교쿠엔의 영향인지, 서도를 발전시키겠다는 기개를 품고 있다는 사실은 리쿠손에게도 느껴졌다.

교쿠오의 눈에는 젊은 시절부터 변함없는, 야심을 닮은 향상심이 담겨 있었다.

그 때문인지 위태로움마저 느껴질 때도 있다.

"…이것도 내 관할인가?"

집무실에 틀어박히는 일이 많기 때문에 타인과 이야기할 기회가 줄어들었다. 혼잣말하는 습관이 생겨도 할 수 없는 일이었다.

"다른 사람하고 더 이야기를 하고 싶은데."

사람의 얼굴을 기억한다는 특기는 동시에 흥미이기도 했다. 한 번 얼굴을 보면 잊어버리지 않는다는 건, 같은 사람만 계속 보고 있으면 질린다는 말도 된다.

눈앞에 튀어나온 것은 비단과 보석 등 장식품의 청구서였다. 교역지라서인지 도성에서 살 때보다 훨씬 가격이 저렴하다는 점은 분명하지만 그래도 단위가 다르다. 어디에 썼는지는 쉽게 예상할 수 있었다.

막 서쪽에 왔을 무렵, 리쿠손은 한 여성과 스쳐 지나갔다. 나이는 15, 6세 정도. 교쿠요 황후를 꼭 닮은 분위기의 소녀였다.

안내해 준 관리의 이야기에 따르면 교쿠오의 딸이라고 했다.

안 닮았지만요, 하고 중얼거리긴 했지만 그래도 그 이상 언급하지 않은 만큼 관리는 현명했는지도 모른다.

"정말로 향상심이 대단하다니까."

지금 그 소녀는 없다. 왕도로 여행을 떠난 게 며칠 전이었을까.

리쿠손은 입가를 살짝 끌어올린 뒤 또다시 가볍게 펜을 놀리기 시작했다.

새카만 수염을 기른 사내는 그을린 피부를 제외하면 그리 서도 주민으로는 보이지 않는 생김새와 체격을 지니고 있었다. 이목구비가 다소 뚜렷한 느낌은 있지만 어디까지나 리국 사람의 전형적인 생김새였다. 머리카락은 직모였고 비교적 얼굴형이 둥글었으며 체형은 서도의 평균적인 사람들보다 호리호리한 편이었으나, 근육은 야무지게 붙어 있었다.

누구를 말하고 있느냐 하면, 바로 리쿠손의 눈앞에 있는 교쿠오라는 사내다.

아버지인 교쿠엔이 마음씨 좋은 상인 할아버지로 보인다면 그 아들은 무장에 가깝다.

연령은 마흔을 약간 지난 정도지만 술살이 찌기 쉬운 서도 주민들 사이에서 열 살은 어려 보였다. 쾌활하게 웃는 하얀 이로 좋은 인상을 주고 있으리라.

곧게 뻗은 덧니를 보고 리쿠손은 살며시 시선을 돌렸다.

"초대해 주셔서 감사합니다."

리쿠손은 천천히 고개를 숙였다.

"아니, 격식 차릴 필요는 없네. 앉게."

하인이 등나무 의자를 빼 주었다. 리쿠손이 앉자 탁자 위에 과일 음료가 놓였다.

"차가 나았을까?"

"아뇨, 책상에 앉아 일하다 보면 단것이 당깁니다."

지하수로 차갑게 식혔는지 유리잔 표면에는 물방울이 맺혀 있었다.

"경계하고 있군. 무슨 꿍꿍이가 있을 거라고 생각하나 보지?"

"하하하, 아무래도 긴장하게 되는군요."

리쿠손은 웃으면서 과일 음료를 마셨다.

"왕도에서 파견 보냈다는 것이 고작 저 같은 자여서, 혹시나 실망하지 않으셨을지 자꾸만 불안해집니다."

"하하하, 아버님의 인선은 틀리지 않았겠지. 무엇보다 그 라칸 공 밑에서 일하던 사람이 무능할 리가 있겠나?"

라칸 공이라.

리쿠손은 유리잔을 내려놓았다. 탁자 한가운데에 색색의 과일들이 놓여 있었다.

"그런데….."

교쿠오는 자리에서 일어나 뒤를 돌아보았다. 그 시선 너머에
는 상인 한 무리가 보였다.

"저 중 낯익은 사람이 있나?"

"…세 명 있습니다. 두 명은 매년 도성을 찾아오는 대상을 이
끄는 인물입니다. 나머지 한 명은 해로를 중심으로 교역을 하
는 자입니다."

하인이 다가와 리쿠손 앞에 필기도구를 내려놓았다. 리쿠손
은 이름을 적어서 건넸다.

"이름을 기억하고 있는 건 두 명뿐입니다. 나머지는 처음 보
는 얼굴들입니다."

"알겠다. 비추어 알아보지."

누구 수상한 사람이 없는지 확인하려는 의도거나, 아니면 리
쿠손의 특기를 시험해 보고 싶을 뿐인지도 모른다.

잠시 후 돌아온 문관이 교쿠오에게 귓속말을 했다.

"흠."

만족스러운 답변이었는지 교쿠오가 수염을 쓸어내렸다.

"역시 대단하군. 정답이야."

"…우연히 낯익은 사람이 있었을 뿐입니다."

리쿠손은 천천히 고개를 숙이며 겸손하게 말했다.

"신기한 일이야. 사람의 얼굴 같은 건 하루에 수십, 수백 명을 보는데 기억을 한다고? 혹시 도성에서 이능異能을 지녔다는 소문이 있는 라 일족과 혈연관계라도 있나? 그래서 라칸 공을 모셨던 건 아닌가?"

"그, 그건⋯."

리쿠손은 오늘 처음으로 진심에서 우러난 웃음을 지었다. 어쩌면 서도에 와서 제일 재미있었던 이야기였는지도 모르겠다.

설마 라 일족과 혈연관계가 있을지 모른다고 생각하다니, 그 어떤 떠돌이 예인의 농담보다 재미있다.

"그 일족에는 상식 밖의 인간들이 즐비합니다. 제 경우는 글쎄요. 이제 습관 같은 것이나 다름없다고나 할까요?"

"습관?"

"네. 사람의 얼굴을 잊어버려서는 안 된다고, 어머니가 가르치셨기에."

"그러고 보니 상인 가문 출신이라고 했지?"

"네. 손님의 얼굴을 잊어버리면 장사에 지장이 생깁니다. 그러면 살아갈 수 없을 거라고 생각하라고 하시더군요."

리쿠손은 웃은 덕분에 긴장이 풀렸는지 말이 쉽게 나왔다.

"엄한 어머니셨군."

"뭐, 그렇죠."

리쿠손은 한숨 돌리려 과일 음료를 마셨다. 군사님도 과일 음료를 즐겨 드셨지, 하고 생각하고 있는데 교쿠오가 놀라운 말을 했다.

"라칸 공도 그 맛을 마음에 들어 할까?"

"라칸 님이 술을 못 드신다는 사실을 알고 계셨습니까?"

"유명한 이야기지."

유명하다는 건 리쿠손도 안다. 그 사람이 지나간 자리는 마치 태풍이 훑고 간 뒤처럼 폐허가 된다. 폭풍이 사그라지고 나면 그 뒤처리는 리쿠손의 몫이었다.

"서도에 올 때는 이것을 포함한 과일 음료를 준비해야겠어."

"서도에 올 때?"

리쿠손은 자신도 모르게 되뇌고 말았다. 미지근한 땀이 흘러내렸다.

"저런, 또 긴장했나 보군. 으음, 금시초문이었나 보지? 그럼, 좋은 걸 알려 주겠네."

오히려 이 이야기가 본론이었다는 듯.

"라칸 님이 서도에 올 거야. 놀랍게도 왕제 전하와 함께."

마치 황족이 덤이라는 듯 교쿠오는 말했다.

리쿠손은 겉으로만 입꼬리를 끌어올리며 마음속으로 깊은 한숨을 내쉬었다.

질문, 인간 30만 명의 식량은 1년 동안 얼마나 필요한가.

답변, 품목에 따라 다르다.

실없는 답변을 듣고 리쿠손은 분노를 뛰어넘어 어처구니가 없었다.

갑자기 불려 나가고 난 이후, 리쿠손은 다과회에서 여러 사람과 이야기를 나눌 수 있었다. 모두 유통에 밝은 자들이었기에 더 그럴싸한 대답을 해 줄 줄 알았는데 말이다.

"확고하게 단정할 수는 없습니다. 서도 주변은 화앙주와는 식생이 다르죠. 쌀은 중앙보다 고급품입니다."

이유를 들으면 이해가 된다. 하지만 그것도 이미 몇 번이나 들은 말이었다.

쌀이 안 된다면 밀, 밀이 안 된다면 보리, 대신할 수 있는 식량을 맞춰 보고 각각 어느 정도 확보할 수 있는지, 그 산출 결과가 필요했다.

벌써 여러 번 산출해 보았다. 하지만 전문가가 아닌 리쿠손의 생각으로는 답이 나오지 않았다.

그러나 서도 고관들 중 솔직히 그렇게까지 리쿠손을 위해 힘써 줄 사람은 없다. 결국은 외부인이라면서 소외되고 있는 걸까, 또는 상층부에서 막히고 있는 걸까, 그게 아니면 바빠서 거기까지 손이 가지 않는 걸까.

"달의 귀인은 항상 이런 기분이셨구나."

리쿠손은 한숨을 내쉬며 자신도 모르게 중얼거렸다.

라칸의 방해를 수없이 받은 그 귀인은 젊은 나이임에도 굉장히 애를 쓰고 있었다. 하지만 그저 애쓰기만 하는 것으로는 평가받지 못한다. 누구보다 높은 평가를 따내지 못하면 인정받을 수 없는 것이 황족이라는 존재다.

터벅터벅 집무실로 돌아오니 전령이 방 앞에서 기다리고 있었다.

"화앙주에서 편지가 왔습니다."

리쿠손은 상자를 받아 들었다. 솔직히 편지라고 말하기는 어려운 물건이었다. 상자는 끈으로 묶여 있고, 장식 같은 매듭이 달려 있었다. 도성에서는 자주 이런 문서를 받곤 했다. 끈을 매듭짓는 방법에는 일정한 법칙이 있었고, 풀리면 쉽게 원래대로 돌려 놓을 수 없게 되어 있었다.

푸는 방법에는 요령이 있지만 솔직히 지금의 리쿠손에게는 기력이 별로 남아 있지 않았다. 리쿠손은 단도로 끈을 자르고 상자를 열었다.

문서 다발 맨 위에 '목사추目糸隹'라고 적혀 있었다. '라羅'를 파자破字했을 뿐인, 장난 수준의 암호이며 라한이 주로 문서를 주고받을 때 즐겨 썼다.

라한은 라칸의 조카였기에 그 관계상 함께 행동하는 일이 많았다. 리쿠손도 동료라기보다는 친구에 가깝다고 생각했으나, 결국 일 이야기밖에 안 했다는 생각에 반성했다.

"역시 대단하군."

숫자에 강한 라한은 리쿠손이 원하던 자료를 명확히 보내 주었다.

쌀의 경우 논 한 마지기에 1석*을 수확할 수 있고, 그것이 쌀 1인분 소비량이라고 생각할 수 있다. 물론 쌀의 비율은 다른 식재료를 넣으면 바뀐다. 그것이 밀로, 콩으로, 고구마로 바뀌었을 경우 얼마만큼의 양이 되는지가 자세히 적혀 있었다. 게다가 보존의 좋고 나쁨, 유통 난이도, 현재 시가까지 적혀 있었다.

"고구마를 적극 추천할 줄 알았는데 아니었군."

라한의 친부가 고구마를 재배하고 있지만, 고구마는 쌀과 보리에 비해 보존하기 어렵고 오래가지 않는다. 보존 방법, 가공 방법을 생각하는 중인 모양이었다.

숫자가 줄줄이 나열되어 있어 리쿠손은 어질어질해질 것 같았다. 라한 입장에서는 제대로 정리해서 적어 준 결과겠지만 본래 숫자를 보고 매사를 파악하는 능력을 지닌 사람은 드물다. 리쿠손은 필요에 따라서는 할 수 있게 되었지만 일반적으로 숫자 따위는 가게에서 물건을 살 수 있는 정도로만 알면 된다는 인식이 있다.

리쿠손은 멍한 눈으로 편지를 빙자한 자료를 팔락팔락 넘겼

※1석 : 약 150킬로그램.

다.

거의 자료뿐인 가운데 딱 한마디, '조만간 재미있는 일이 벌어질 거야'라고 적혀 있었다.

"아마 알고 있는 일 같은데."

라칸이 찾아오는 일을 말하는 듯했다.

라한 입장에서는 리쿠손을 놀라게 해 주기 위해 일부러 애태우는 식으로 썼는지도 모른다. 하지만 안타깝게도 교쿠오가 한 발 앞서 알려 주고 말았다.

리쿠손은 웃음을 지은 뒤 편지를 원래대로 상자에 넣었다. 그리고 방금 전 자른 끈을 집어 들었다.

"으음…."

자기 손으로 자르긴 했지만 자르지 말 걸 그랬다고 후회했다. 새로운 끈이 없는지 서랍을 뒤져 본 리쿠손은 삼베 끈을 꺼내 들고 상자를 묶었다.

어떤 매듭이었는지 기억해 두면 누군가가 열어 보았다가 원래대로 되돌려 놓는다 해도 금방 알 수 있다.

상자를 선반 아래에 놓여 있던 고리짝 속에 집어넣은 뒤 리쿠손은 크게 기지개를 켰다.

"잠깐 산책이나 다녀올까."

역시 혼잣말이 많아졌다. 서류 업무 때문에 정신이 소모되어 일을 그만둔 문관이 있다는 이야기를 들었는데 리쿠손 또한 같은 상황인지도 모른다.

방금 전 다과회를 다녀왔다가 금방 또 산책을 나가다니, 일을 농땡이 피우는 것 같아 보이지만 평소에 열심히 하고 있으니 봐줬으면 좋겠다.

"조만간 외근이라도 보내 달라고 해야겠어."

현장을 모르면 상인은 아무것도 팔지 못한다. 어머니가 했던 말이었다. 한참이나 오래전에 들었던 말이지만 아직 기억하고 있다.

진정서 핑계를 대고 농촌 시찰이나 시켜 달라고 할까.

어떻게 설명해서 시찰을 나갈지 생각하며 리쿠손은 중앙정원을 가볍게 한 바퀴 돌았다.

그러자 어딘가에서 소란스러운 목소리가 들렸다.

진로를 바꿔 목소리가 들리는 쪽으로 향하니 덩치 큰 남자들이 큰 소리로 고함을 지르고 있었다.

싸움이 났나 하는 생각이 들었다. 남자들의 중심에서 두 남자가 서로 드잡이질을 하고 있었다. 아니, 아니었다. 솔교撲跤[*]를 하고 있었다.

소란스러운 남자들은 즐겁게 웃고 있었다. 다들 무관이라고 리쿠손은 기억하고 있었다. 머리에 두른 두건 색은 모두 똑같

※솔교 : 씨름.

은 파란색이었다. 허리띠 색을 보면 계급은 제각기 달랐다.

리쿠손은 고개를 내밀려다 몸을 움츠렸다. 시합이 벌어진 끝에 승리한 사람은 확실하게 기억하고 있는 얼굴이었다. 교쿠오였다.

방금 전까지 차를 마시던 사람이 이번에는 솔교를 하고 있다.

부하와 서로 마주 보고 웃으며 땀을 흘리는 그 모습은 도저히 서도를 통솔하는 우두머리로는 보이지 않았다. 주위를 둘러싼 자들에게 교쿠오는 소탈하게 아랫사람을 아껴 주는 영주일 것이다.

리쿠손은 마른침을 꿀꺽 삼켰다.

교쿠오가 점수를 따기 위해 부하들과 솔교를 하고 있다고 생각할 수는 없었고, 무엇보다 본인도 즐거워 보였다.

교쿠오에게 들켜서는 곤란하다. 함께 솔교를 하자고 권하기까지 한다면 몸이 견디지 못할 것이다. 한숨 돌리려 산책을 나왔다는 떳떳치 못한 입장도 있으니 거절할 수 없으리라.

리쿠손은 발걸음을 돌려 집무실로 돌아가려 했다. 기분 전환을 하기보다는 일에 몰두하는 편이 나을 듯했다. 리쿠손이 서도에 온 이유는 교쿠오의 업무에서 부족한 부분을 보완하기 위해서이니 말이다.

리쿠손의 부담은 크지만 교쿠오라고 일을 안 하는 것은 아니다. 지금의 저 즐거운 소동도 사람의 마음을 사로잡는다는 점에서는 효과를 발휘할 테니 말이다.

옛날에 보았던 무대극이 떠올랐다. 무장이 부하들과 밤새 술을 마시는 모습이었다. 언제 죽을지 모르는 전장에서, 아주 짧은 한때를 즐기며.

교쿠오는 그때 주인공이었던 무장과 매우 닮았다.

세상에는 주인공과 조연이 있다. 리쿠손은 자신이 조연 쪽의 인간이라고 생각했다.

전란이 일어난 세상에서는 공훈도 올리지 못하고 죽고, 평화로운 세상에서는 계속 잡무만 도맡아 하는 역할이라고 말이다.

교쿠오는 다르다. 이야기 속의 중심인물로 배치된 남자다.

자신과는 다르다.

리쿠손은 다시 한번 크게 한숨을 내쉬었다.

"저 사람은 서도에 필요한 인물이겠지."

평화로운 세상 속에서도 주인공이 될 수 있는 사내였다.

약사의 혼잣말

14화 ⋮ 선발

'의외로 할 만하네.'

라는 감상이 입 밖으로 나올 것만 같아 마오마오는 살그머니 입을 막았다.

꼼꼼히 손을 씻고 의복을 갈아입었다. 이제 남은 일은 목욕탕에 가는 것뿐이다.

처음 인간의 몸을 해부했다. 교수형을 당한 강도범 남자의 시체로, 몸 곳곳에 칼을 맞은 상처가 있었다. 설마 죽어서 토막 나는 신세가 될 줄 알았다면 다른 인생을 살아야겠다고 생각했을지도 모른다.

'몸도 깨끗하게 씻어야겠다.'

냄새가 남아 있지는 않은지, 마오마오는 손 냄새를 맡았다. 갈아입을 옷에도 은은하게 향을 피워 두었기 때문에 문제없을 거라고 생각하지만….

"냥냥."

이건 누군가가 자신을 불러 세웠다고 간주해도 되는 걸까. 이렇게 부르는 사람은 한 명밖에 없다. 돌아보니 티엔요우가 있었다.

"……."

대답을 하면 틀린 이름을 긍정하는 꼴이 된다. 그렇다고 그냥 무시할 수도 없었다.

'이래 놓고 시시껄렁한 이야기라면 빨리 돌아가자.'

하지만 불러 세울 만한 이유가 있었다.

"지금 류 의관님이 하실 이야기가 있다는데."

"목욕은?"

"나·중·에·하·래."

티엔요우는 일부러 뜸을 들이는 것처럼 말했지만 스스로도 목욕을 할 수 없다는 점에 불만이 있는 모양인지, 옷을 코에 들이대고 킁킁 냄새를 맡고 있었다.

자기 한 명뿐이 아니라면 불평할 수도 없었기에 마오마오는 티엔요우를 따라가기로 했다.

하지만 다른 견습 의관들은 재빨리 돌아갔다.

"다른 분들은?"

"모르겠어? 추가 시험이야."

추가 시험이라는 말을 듣고 마오마오는 납득했다. 다른 견습 의관들은 동물 해부까지는 잘했지만 인간이 되니 역시나 손이 떨렸다.

아무렇지 않게 절개한 사람은 마오마오와 티엔요우뿐이었다.

'그러니까 이 자식도 그렇다는 말이지. 앞으로 몇 번은 더 실기를 할 수 있을 줄 알았는데.'

마오마오는 또다시 손 냄새를 맡았다.

티엔요우의 뒤를 따라 도착한 방에는 류 의관 및 아버지 뤄먼과 그 외 몇 명의 의관들이 있었다. 크고 긴 회의용 탁자에 의자들이 늘어서 있고, 상석을 중심으로 앉아 있었다.

'상급 의관들뿐인가?'

다들 실력이 확실하고 배울 것도 많은 사람들이었다.

의관들에게도 직급이 있지만 대충 상급, 중급, 견습이라고 불리는 경우가 많다.

그 중에 명백히 어색한 사람을 한 명 발견한 마오마오는 자신도 모르게 눈을 비비고 말았다.

그 사람은 파닥파닥 손을 흔들고 있었다. 통통한 윤곽에 상냥한 눈빛. 환관인데도 어째서인지 미꾸라지 수염이 있는 남자.

"의관님…."

물론 여기서 말하는 의관이라는 말에는 '후궁'이라는 수식어가 붙는다.

돌팔이 의관이었다.

'왜 이런 곳에. 아니, 인선으로 보면 틀리지는 않았지만.'

아무리 그래도 후궁에서 혼자 의료를 도맡아 하고 있었다면 지위로만 따져 봐도 상급 의관이라는 직함이 붙는다.

그러나 아무래도 영 어색한 존재였다.

무언가 하나쯤은 빼어난 능력을 갖고 있는 다른 의관들 속에서, 돌팔이 의관은 넋이 나간 아기 돼지처럼 오도카니 앉아 있었다.

'그러고 보니….'

돌팔이 의관은 시체를 만지는 일조차 겁내는 성격이었다.

'도대체 어떻게 견습 의관에서 의관으로 승격한 거지?'

수수께끼였다. 궁정 7대 불가사의가 아닐까.

마오마오가 생각에 잠겨 있는데 손뼉을 짝짝 치는 소리가 들렸다.

"다 모인 것 같군."

류 의관의 목소리에 웅성거리던 방 안이 조용해졌다.

주위에는 어느샌가 중급 의관 몇 명이 와 있었다. 그들은 사실 돌팔이 의관보다 훨씬 더 이 자리에 있는 게 어색한 마오마오를 쳐다보고 있었다.

용모가 빼어나지 않다 해도, 온통 남자들뿐인 의관들 속에 여자가 한 명 섞여 있으면 싫어도 눈에 띈다.

"그럼, 이야기를 시작하지. 빈 의자에 편한 대로 앉도록."

'앉으라고 해도….'

상급 의관들은 앉아 있다.

중급 의관들이 움직이기 시작했다.

견습인 티엔요우는 가만히 서 있었다.

마오마오도 모두가 다 앉기를 기다렸다.

편한 대로 앉으라고는 해도 결국은 서열 순이다. 긴급 사태라면 모를까 이런 상황에서는 흐름에 따라 앉는 편이 알력을 빚지 않고 지나갈 수 있다.

티엔요우는 가장 말석에 앉고, 마오마오는 마지막으로 빈자리에 앉았다.

'이것도 애매하단 말이야.'

상급 의관 옆에 앉으려 하는 사람이 없었던 모양인지 딱 하나 빈자리는 돌팔이 의관 옆이었다. 마오마오는 생글생글 웃는 돌팔이 의관 옆에 앉았다.

"오오, 오랜만이구나. 먹겠니?"

돌팔이 의관은 탁자 밑으로 살며시 사탕을 쥐여 주었다.

'옆집 아줌마인가?'

"지금은 좀…."

마오마오는 정중히 거절했다. 입 속으로 사탕을 데굴데굴 굴리며 이야기를 들을 수도 없는 노릇이었다. 무엇보다 류 의관이 노려보고 있었다. 돌팔이는 들켰다는 사실을 모른다.

자, 그런데 어째서 불려 왔는가에 대해 류 의관이 이야기를 진행해 주었다. 일단 입 속에서 사탕을 데굴데굴 굴리고 있는 돌팔이는 무시하기로 한 모양이었다.

"불러낸 이유는 이 중에서 서도로 갈 사람을 좀 고르기 위해서다."

전에 진시가 류 의관에게 했던 말이었다.

원정을 떠날 때 의관을 데려가고 싶다. 앞으로 두 명은 더 필요하다. 그런 이야기였다.

'앞으로 두 명이 더 필요하다면 처음에는 몇 명 있었던 거지?'

마오마오는 그 자리에 있었고, 적극적으로 입후보했다. 하지만 과연 선발이 될지 안 될지는 모르는 일이다.

그러나 선발되지 않으면 곤란하다. 정말로 곤란해진다.

"서도에 가고 싶은 자가 있는가?"

마오마오는 주위를 둘러보고 손을 들려 했으나, 먼저 힘차게 손을 드는 자가 있었다.

"그 전에 질문이 있습니다."

질문이라는 말에 마오마오는 손을 들 수도 없어 얌전히 물러났다.

"전제 조건이 너무 애매합니다. 무엇 때문에 서도에 가야 한다는 겁니까? 그러니까 좌천이라는 뜻인가요?"

중급 의관 중에서는 유능하다는 말을 듣는 자였다. 이름은 기억나지 않는다.

'아… 그건 그러네.'

진시가 서도에 간다는 말이 전제가 되어 있었기 때문에 마오마오는 자연스럽게 원정이라고 생각하고 있었다. 하지만 사정을 모르는 사람들 눈으로는 좌천이나 다름없어 보일 것이다.

'아니, 혹시 진짜 좌천인가?'

좌천, 아니, 그 말투로 볼 때 진시가 직접 가는 모양이니 그건 아닐 거라고 생각하지만.

그러나 주위에서 보면 황제도 교쿠요 황후도 진시가 원정 나가기를 바라는 것으로 보이리라. 동궁이 태어남으로써 친동생이라 해도 방해꾼이 되었다고 여겨질지도 모른다.

"뭐…? 좌천이야?"

돌팔이 의관은 당황하며 작은 소리로 마오마오에게 물었다.

'얘기 못 들었나?'

상급 의관이라면 설명을 들었을 텐데. 아니, 돌팔이라서 제외당했나. 아니면 사탕을 먹느라 얘기를 놓쳤나.

류 의관은 일부러 그러는 것처럼 헛기침을 했다. 마오마오는 말을 거는 돌팔이 의관을 무시하는 수밖에 없었다.

"좌천은 아니다. 하지만 장소가 장소인 만큼 장기 체류가 된다. 아무리 짧게 잡아도 석 달은 도성을 떠나 있어야 해."

"…전쟁이 시작된다는 말씀이십니까?"

이 중급 의관은 머리는 좋지만 말투가 너무 직설적이다.

그 때문인지 주위가 술렁거렸다. 돌팔이 의관도 겁을 먹으며 마오마오에게 몸을 붙였다. 마오마오는 주위 시선이 따가웠다.

"구엔 씨, 좀."

뤄먼이 돌팔이 의관을 콕콕 찔렀다.

'돌팔이 의관, 이름이 구엔이었구나.'

후궁에 있을 때는 '의관'이라고만 불렀기에 이름을 들을 기회가 없었다. 어쩌면 들었을지도 모르지만 솔직히 마오마오는 사람 이름 외우는 데 재주가 없으니 어쩔 수 없다.

'그 무관이라면 잊어버리지 않을 텐데.'

또 리쿠손이 떠올랐다. 분명 서도로 갔다고 들었으니, 리쿠손이야말로 정말로 좌천된 입장이리라.

마오마오는 돌팔이 의관에게서 해방되고, 대신 뤄먼이 붙잡혔다.

"정말이야, 뤄먼 씨?"

"저기, 지금은 일단 이야기를 좀 들읍시다, 구엔 씨."

류 의관은 이제 어이가 없다는 듯 돌팔이 의관 쪽을 보지도 않았다. 분위기 파악 못 하는 게 일종의 재능이라는 생각마저 들었다.

'왜 해고를 안 당하고 있지?'

정말 신기한 일이었다.

"전쟁일지 아닐지는 모른다. 우리가 할 일은 환자와 부상자를 치료하는 것이지. 그냥 시키는 대로만 할 뿐이야. 게다가 이번 원정은 규모가 크다."

주위 반응은 별로 좋지 않았다. 여기서 입후보할 사람은 없을 터였다.

'누가 중심이 되어 가는지 안다면 태도가 달라질지도 모르는데.'

진시는 황족이다. 의관이 되면 직접 이야기를 나눌 기회가 있을지도 모른다.

'하지만 진시가 간다고 해도, 아직 발표를….'

신분을 생각하면 거의 직전까지 숨겨 둘 모양이었다.

그러니 스스로 손을 드는 자는 없었다.

마오마오는 안심하고 손을 들려 했지만 류 의관이 노려보았다.

'왜 저러는 거지?'

여기서 마오마오가 입후보하면 안 된다는 뜻일까. 역시 마오마오에게는 과분한 자리라는 말일까.

"아무도 손을 드는 자가 없군. 그럴 줄 알고 이미 후보를 세명 정해 놓았다. 한 명이 더 필요하기 때문에 거기에 입후보할 자를 모집하는 중이다. 마지막 한 자리, 원하는 사람은 없는가?"

도발하고 있지만 다들 반응이 없었다. 상급 의관들은 이미 이야기를 들었는지 고개를 절레절레 젓고 싶은 표정들이었다.

"저요~"

한 명이 손을 들었다. 누군가 했더니 티엔요우였다.

"아무도 없다면 괜찮을까요? 아직 견습입니다만."

평소와 다를 바 없는 경박한 목소리였다. 동물을 해부할 때도, 인간을 해부할 때도 변함이 없었다.

옌옌이 그만큼이나 쌀쌀맞게 대해도 풀이 죽지 않는 걸 보면 어지간히 뻔뻔한 인간이라고 생각했는데 아무래도 그게 아니었던가 보다.

최근 티엔요우와 대화를 나누는 일이 잦아지면서 점점 알게 되었다.

티엔요우는 감정의 변화 폭이 남들보다 현저히 작은 듯했다. 옆에서 보면 말도 청산유수인 데다 화술도 좋아 감정적으로 보이지만.

옌옌에게 자꾸 말을 붙이는 이유도 제일 싸늘하고 흥미로운 반응을 보이기 때문인지도 모른다.

'비뚤어졌네.'

사람은 누구나 뒤틀린 부분이 있기 때문에 깊이 알아볼 일도 아니다.

"또 없나?"

아무도 손을 들지 않았다.

상급 의관들이 휴우, 하고 한숨을 내쉬었다.

'진시가 오는 이상 저 중 누군가는 들어가겠지.'

류 의관은 책임자이기 때문에 불가능하다. 서방으로 간다면 지식이 많고 서방의 말도 이해하는 뤄먼이 좋겠지만, 마오마오는 고개를 가로저었다.

'나이로 보나 체력으로 보나 힘들 거야.'

환관이 되는 바람에 그렇지 않아도 실제 나이보다 더 늙어 보인다. 게다가 한쪽 무릎뼈가 빠진 이상 장거리 여행에는 맞지 않는다.

이미 세 명이 선발되어 있다면 마오마오는 어떨까.

'처음부터 들어가 있다고 믿을 수밖에 없겠네.'

그나저나 아까운 일이다. 서도를 변경이라고 생각하는 사람은 많지만 그렇지는 않다. 실제로 서도는 서방 문화가 흘러들어 오기 때문에 상당히 발전된 도시다. 게다가 의술 면에서도 새로운 기술이 들어오기 쉽다.

'아버지는 안 가려나?'

무리겠지, 안 될 거야, 라고 생각하면서도 자꾸만 그런 마음이 든다. 뤄먼은 아직도 돌팔이 의관이 자꾸 찔러대는 바람에 귀찮지만 멀리 떨어지지는 않고 있었다.

"그 외에는 아무도 없나?"

류 의관이 묻자 우등생 중급 의관이 또 손을 들었다.

"가고 싶은가?"

"질문입니다."

그리고 중급 의관은 마오마오를 보았다.

"왜 저기에 의관 보조 관녀가 있죠?"

누구나 다 묻고 싶은 질문이었으리라. 하지만 여기서 묻는 건 분위기 파악 못 하는 짓 같은 느낌이다.

"이 자리에 특별히 있다는 건, 설마 의관으로 포함되어 있다는 뜻입니까?"

'포함되어 있다면 좋겠네.'

여기서 대답을 들을 수 있다면 참 좋겠지만 주위 분위기가 무겁다. 상급 의관들은 이미 이야기를 들었는지 별다른 반응을 보이지 않았지만 중급 의관들의 시선이 따가웠다. 티엔요우는 딱히 표정을 바꾸지 않고 주위를 보고 있었다.

"의관에는 포함되어 있지 않지만 따라가게 되어 있다."

마오마오는 안심했다. 타당한 취급이라고 생각한다. 아무튼 따라갈 수만 있다면 다행이었다.

"긴 여행이 된다면 관녀를 데려가는 건 바람직하지 못하다고 생각하는데요."

중급 의관은 계속 물고 늘어졌다.

"확실히 체력은 남자에 비하면 떨어지지만 이 녀석은 아까 실기 시험을 통과했다. 적어도 의관의 기술을 가지고 있지. 또한 약 지식에 관해서는 아마 너보다 뛰어날 게다. 여행지에서 약이 떨어졌을 때 학술서도 읽지 않고 그 자리에 있는 재료만으로 대처할 수 있는 능력은 매우 중요해."

류 의관은 엄격하지만 봐야 할 부분은 제대로 봐 주는 사람이다.

중급 의관들은 아직 불만스러운 눈치였다. 개중에는 "그 시험을?" "그래도 되는 거야?" 하고 믿을 수 없다는 눈빛으로 쳐다보는 자도 있었다.

"그래도 여자를 의관과 똑같이 취급하면서 데려가는 게 마음에 안 드나? 이번에는 대규모 원정이야. 다른 직무에서도 관녀를 데려가게 된다. 일손이 늘어나는 건 문제없는 일일 텐데?"

"그래도 의관 전용 관녀가 따라가는 건 이번이 처음입니다. 무엇보다 실기 시험을 보게 하시다니, 아무리 류 의관님이라고 해도…."

'흐음.'

이 녀석은 티엔요우와 반대의 성격이다. 다소 시샘은 하더라도 마오마오를 걱정해 주는 모양이었다. 분위기 파악 못 하는 발언도 마오마오를 생각해서 하는 말이라면 고맙긴 하지만 민폐다.

"내가 정한 일이 아니다."

류 의관은 살짝 부루퉁한 말투로 내뱉었다. 그리고 그다음으로 무시무시한 발언을 내뱉었다.

"이번에 칸 태위가 가게 되었다."

중급 의관들이 술렁거렸다.

마오마오는 온몸의 털이 거꾸로 솟구치는 것을 느꼈다. 뤄먼을 보니 너무나 슬픈 표정으로 이쪽을 응시하고 있었다.

옌옌은 아니지만 마오마오는 이를 빠득빠득 갈고 싶은 기분이 들었다.

"너희가 감당할 수 있겠느냐?"

체념이 담긴 목소리로 류 의관이 물으니 아무도 반론하지 못했다. 기밀 정보를 말해도 좋을지 난감하긴 하지만 인선으로 볼 때 충분히 이해가 되는 상대였다.

하지만 마오마오는 그렇게까지 깊이 생각할 여유가 없었다. 순간적으로 머릿속이 끓어올랐다.

'그 자식!! 다 알고서!!'

마오마오는 오랜만에 진시를 물웅덩이 속에서 허옇게 뜬 지렁이 보는 듯한 눈으로 노려보고 싶은 기분이 들었다.

게다가 추가로.

"출발은 닷새 후다. 준비를 하도록 휴가를 줄 테니 주위에 인사를 하든 뭘 하든 하고 오도록."

마오마오는 벌린 입을 다물 수가 없었다.

출발은 닷새 후.

갑작스러운 이야기였기에 마오마오는 몹시 서둘러 준비해야 하는 처지에 놓였다. 물건을 사는 김에 여기저기 돌아다니며 이야기를 해 둬야 했다.

'아니, 멀리 가게 된 걸 이렇게 나불나불 떠들고 다녀도 되는 건가?'

라고 생각했지만 이미 통지가 나돈 것을 보니 문제없어 보였다.

'할멈한테는 반드시 말해 둬야지.'

그렇지 않으면 돌아왔을 때 또 배에 주먹을 얻어맞을 것이다.

그런 연유로 녹청관을 찾아왔는데.

"흐응, 그러냐. 선물은 용연향龍涎香이면 된다."

'아니, 무리인데.'

그 이름대로 용의 침涎으로 만드는 향이지만 사실은 아니라고 한다. 매우 비싸다. 약으로도 사용되며 심장에 효과가 있다.

"야, 또 가는 거야? 대체 뭔데! 관녀라는 건 원래 그렇게 원정 다니는 자리냐고!!"

누가 소리를 지르나 했더니 견습 약사 사젠이었다. 눈물이 그렁그렁해서는 호소하고 있다.

"미안, 알아서 좀 해 줘. 코쿠요도 있고, 무슨 일 있으면 아버지한테 연락하면 돼."

마오마오는 자신의 서명이 된 종이를 건네고 끝냈다.

사젠은 손님이 오는 바람에 할 수 없이 약방으로 돌아갔다.

'본인이 생각하는 것보다 훨씬 더 잘하고 있는데 말이지.'

굉장히 걱정이 많다. 자신을 과소평가하는 부분은 원래 성격인지도 모른다.

"어머, 서쪽으로 간다니 피부 그을릴 게 걱정이네."

녹청관 언니 바이링은 태평한 반응을 보였다. 오늘은 유난히 피부에 윤기가 돌았다.

'어제는 괜찮은 손님을 받았나?'

상당히 과잉된 색욕의 소유자인 이 언니에게 괜찮은 손님이란 씀씀이가 후한 사람만이 아니다. 분명 어젯밤에는 쓸 만한 근육을 지닌 절륜한 남자가 손님이었으리라.

"자, 이건 필수야. 매일 일어나면 발라. 자기 전에는 꼭 세수를 해서 지우고."

묵직한 도자기 그릇을 내려놓은 사람은 메이메이였다. 속에 들어 있는 것은 피부에 좋은 연고이리라.

"세수를 할 수 있을지 어떨지 모르겠는데."

서도까지의 여정은 길다. 육로든 해로든 물이 부족할 듯하다.

"그런 장소에 마오마오를 끌고 가다니, 도대체 어디 사는 바보야?"

'당신도 알고 있는 그 복면의 귀인입니다.'

왠지 다소 가시 돋친 말투를 내뱉은 사람은 죠카였다.

녹청관의 세 아가씨가 모두 모였다.

"너무 걱정돼. 마오마오, 지금이라도 그만두면 안 될까?"

바이링 언니가 꼭 껴안았다. 어젯밤에 꽤나 즐거운 운동을 했는지 체온이 아직도 뜨거웠다.

"우리가 필사적으로 번 돈이 높으신 분들 여행에 쓰이는구나."

죠카는 침이라도 퉤 뱉을 기세로 말했다.

"무슨 소리야. 그 높으신 분들 덕분에 우리 장사가 성립되는 거잖아. 열심히 일해서 쥐어짜 보자고."

메이메이는 명랑하게 웃었다. 하지만 말하는 내용은 무시무시했다.

"게다가 걱정은 걱정이지만…."

메이메이는 살며시 창밖을 내다보았다.

"마오마오에게 위해를 가하려 하는 상대가 있을 때 용서하지 않을 사람이 함께 가잖아?"

메이메이는 수심 어린 표정으로 마오마오에게 시선을 돌렸다.

"메이메이 언니. 돌려 말하고는 있지만 사실 그게 제일 큰 걱정거리거든."

괴짜 군사가 가는 일이다.

어떤 이유로 가게 되었는지는 모른다. 적어도 어떤 인물인지 알고 있었다면 서도 측에서도 거절했으리라.

'거절 못 하는 이유가 있나? 설마 초대한 건 아니겠지.'

괴짜 군사라면 몇 달쯤은 일을 하지 않아도 부하들이 잘해 줄 테니 문제없을 것이다.

무엇보다 무서운 건, 가는 도중에 문제를 일으키지 않을까 하는 부분이었다.

상상만 해도 골치가 아프다.

'그것까지 고려하고 나를 이용한 건가?'

이가 빠득빠득 갈렸다. 원래 뭐든 다 이용하는 인간이었으니 잊고 있던 마오마오 잘못이다.

반대로 말하면 사람을 다루는 방식은 후궁 시절과 변함이 없었기에 어느 정도 안심이 되는 면도 있었다.

위에 서는 자가 정에 휩쓸려서는 안 된다.

진시의 행동은 때로 감정적인 부분도 있지만 마오마오는 그 속에 이성이 남아 있다고 믿고 있다. 믿고 싶다.

'아니, 무리야.'

마오마오는 바로 부정했다. 그렇지 않고서야 낙인 소동 같은 것을 일으킬 리가 없다.

하지만 뭐든지 다 진시 탓으로 돌릴 수도 없다.

애당초 인선은 진시가 고른 것도 아니고, 할 수 없이 한 일이었는지도 모른다.

어쨌든 마오마오에게는 민폐에 불과하지만.

마오마오는 메이메이에게 받은 연고를 집어넣었다.

"야, 주근깨."

뒤에서 건방진 목소리가 들렸다.

"뭐야, 쵸우?"

마오마오는 귀찮은 얼굴로 돌아보았다.

"바~~~~보~~~~"

건방진 악동은 그 말만을 남기고 뛰어갔다. 마비가 남은 몸이라 다리를 질질 끌고는 있지만 기운이 남아돈다는 사실은 알 수 있었다.

부하인 즈린도 혀를 날름 내밀고 쵸우의 뒤를 따라갔다.

"뭐야, 저건?"

"마오마오, 그러니까 쵸우는 쓸쓸해하고 있는 거야."

"흐응. 즈린도 여전히 쵸우 뒤를 졸졸 따라다니고 있나 보네."

"저건 최근에 재발한 거고."

메이메이가 난처한 표정으로 말했다.

"재발?"

"저 아이, 언니가 있잖아? 네가 즈린이랑 같이 데려온 아이. 여동 수업을 받다가 올해 초에 손님을 들이기 시작했거든."

"그랬구나."

녹청관에는 여자들이 정신없이 드나들기 때문에 일일이 확인해 보지 않았다.

"아직 이르지 않아?"

마오마오는 비쩍 마른 소녀를 어렴풋이 떠올렸다.

"나이는 열다섯이야. 밥을 먹이니까 제법 살도 붙어서, 눈 깜짝할 사이 단골들이 눈독을 들이더라니까. 본판이 좋았던 거지. 여기 오기 전에 어지간히 제대로 된 걸 못 먹고 살았나 봐."

본인도 향상심이 있어, 빨리 첫 무대에 나서고 싶어 했다고 한다.

동생으로서는 복잡한 기분이었으리라.

"기예는 아직 멀었지만 가능성이 있어 보여, 그 애."

"그런가? 좀 뾰족한 데가 있는 게 문제 같던데."

죠카가 말하자 바이링이 크게 웃었다.

"'죠카女華'라는 이름으로 자칭하는 너한테 그런 소리 듣고 싶진 않을걸…"

애당초 부모가 지은 이름이 아니다. 할멈이 옛일을 버리게 하기 위해 이름을 지어 주는 경우도 있지만, 죠카는 창조 여신의 이름을 살짝 비튼 이름을 자신에게 붙였다. 게다가 화華라는 요란한 한자까지 가져다 썼다.

"어머니가 우리 아버지는 고귀한 신분의 사람이었다고 했어. 그러니까 나도 쓸 권리가 있지."

라는 주장이었다.

'화華 자를 쓰는 사람은….'

황족밖에 없다. 그렇다면 아버지라고 하기에 선대 황제 말고는 연령이 맞는 사람이 없지만, 물론 그것은 말도 안 되는 일이라는 사실을 마오마오는 알고 있다.

죠카 언니는 속은 어머니를 보고 어떻게 생각했을까. 죠카의 남성 혐오는 거기서 왔을지도 모른다는 생각이 든다.

할멈도 할멈이다. 그런 예민한 이름을 쓰게 내버려 두다니 말이다.

'무섭다, 무서워.'

녹청관은 마오마오가 없어도 잘 돌아간다. 강한 여자들만이 모인 장소이고, 남자도 제법 만만찮으니 괜찮을 것이다.

마오마오는 휴우, 하고 한숨을 내쉬고 다음 준비를 시작했다.

물품 구매를 마치고 기숙사로 돌아갈 즈음에는 이미 해가 기울어 있었다.

'여기서부터가 제일 큰 문제일지도 모르겠네.'

마오마오는 크게 심호흡을 하고 기숙사로 들어갔다.

식칼 소리가 통통통 들려왔다.

'하고 있구나.'

마오마오는 부엌을 들여다보았다.

야오가 옌옌의 지도를 받으며 닭고기를 썰고 있었다.

그 손길은 아직 어설프긴 하지만 지난번처럼 뼈까지 자를 듯한 기세는 이제 사라지고, 자연스럽게 요리를 하는 모습으로 보였다.

"……."

"……."

닭고기에 집중한 야오는 마오마오의 존재를 알아차리지 못했다. 옌옌이 눈치를 채고 마오마오에게 눈짓으로 무어라 호소했다.

'지금 집중하고 있으니까 방해하지 말라는 뜻인가?'

마오마오가 자기 방으로 향하는데 복도 맞은편에서 기숙사 아주머니가 다가왔다.

"마오마오, 몇 달 멀리 다녀온다면서? 방은 그냥 내버려 둘 건데, 청소는 해 두는 편이 좋겠니?"

아주머니의 목소리는 멀리까지 잘 들린다. 당연히 부엌에도 들렸는지 "아얏!" "아가씨!" 하고 마치 약속이나 한 것처럼 대화가 들려왔다.

문 틈새로 살며시 고개를 내밀어 확인해 보니 예상대로의 광경이 펼쳐져 있었다.

"아아, 아가씨. 안 돼요. 손가락을 입에 물지 마세요. 생닭고기는 위험해요. 바로 처치해 드릴게요."

아무리 식용이라 해도 생고기에는 독이나 벌레가 있을 가능성이 있다.

"옌옌, 너무 지나친 것 같은데요."

마오마오는 옌옌이 야오의 손을 붕대로 둘둘 감다 못해 칭칭 옭아매고 있을 무렵 말을 걸었다.

물론 말을 건 것은 좋았지만 야오는 부루퉁한 얼굴이었다. 무슨 말을 하고 싶은 표정이라는 사실은 알 수 있었지만 마오마오도 인간관계에 그리 능한 편은 아니다. 뭐라고 말을 걸어야 좋을지 모르겠다.

아직 식칼 다루는 법을 배우고 있는 시점이니 류 의관이 불러다 특별 수업을 시켜 주지는 않았으리라.

"…죄송합니다. 잠시 자리를 비우게 됐어요."

"알겠어요."

옌옌은 다소 쓸쓸한 표정을 지었지만 그것도 한순간뿐이고, '이제 야오 님과 단둘이야'라는 의미가 담긴 뭐라 형언하기 힘든 얼굴이 되었다. 야오가 고개를 숙이고 있어 보지 못해 다행이다.

야오도 알고는 있을 것이다. 야오는 머리가 좋다. 머리로는 이해하고 있지만, 감정이 따라잡지 못할 뿐이다.

'아직 열여섯이니까.'

마오마오보다 네 살이나 어리다.

마오마오가 할 수 없이 자기 방으로 향하려는데 바닥을 쿵, 하고 구르는 소리가 들렸다.

"마오마오!"

"네?"

푸흥, 멧돼지가 콧김을 내뿜는 것처럼 거친 호흡이었다. 야오가 자리에서 일어나 무슨 결심을 한 표정을 지었다.

"아가씨."

옌옌은 어디서 꺼냈는지 '야오' '힘내라'라고 적혀 있는 부채를 두 개 들고 있었다. 이 시녀는 묘하게 쓸데없는 재주가 있다.

야오는 다시 한번 크게 숨을 내쉬더니 마오마오 앞에 섰다.

"자요, 아가씨."

옌옌이 야오에게 무슨 책자 같은 것을 살며시 건넸다.

"응."

야오는 그 책자를 마오마오에게 떠넘겼다.

"뭐, 뭔가요?"

"뭐, 뭐냐니."

제대로 말을 하지 못하는 야오를 옌옌이 지원했다.

"요 며칠 동안 그 서고에 있던 책들을 베껴 적었어요. 교본에 없는 사례를 최대한 모았으니까 마오마오도 모르는 내용이 있을 거예요."

"네?"

'뭐야, 그거. 갖고 싶어.'

"바, 받아도 되는 건가요?"

"주, 주겠다고 하고 있잖아!"

야오가 화난 듯 대꾸했지만 그런 말을 한 적은 없다.

그러나 받을 수 있다면 받아야 한다. 마오마오는 재빨리 팔랑팔랑 넘겨 확인했다.

"오오, 오오오오오오!"

"잠깐, 지금 보지 마! 마, 말해 두겠는데, 나는 딱히 별로 대단한 일은 안 했어. 옌옌이 꼭 해 달라고 해서, 아주 조금! 아주 조금 옮겨 적어 줬을 뿐이야!"

어쩌지, 이 아이. 새침하게 굴면서도 수줍어하고 있다.

공교롭게도 야오와 옌옌의 글씨 특징은 잘 알고 있지만, 누가 썼는지 굳이 지적하지 않을 만큼의 배려심은 마오마오에게도 있다.

"감사합니다."

마오마오는 정중히 고개를 숙였다. 겸사겸사 손도 잡아 버렸다.

솔직히 콧물이 흐를 정도로 기뻤다.

"…흥. 여행 도중에 시간 때우기 용도로나 쓰라고."

야오는 뺨을 붉히면서 작은 목소리로 응수했다.

뒤에서 옌옌이 잡고 있는 손을 뚫어져라 쳐다보고 있었다.

"그럼, 답례로 선물 사 올게요."

"별로 필요 없어!"

토라진 채 야오는 다시 도마 앞으로 가서 섰다.

"다친 상태로는 아무것도 썰 수 없으니까, 일단 상처 처치부터 하죠."

옌옌에게만 상처 처치를 맡겼다가는 붕대로 둘둘 말린 목내이가 될 것 같다.

야오는 얌전히 마오마오에게 치료를 맡겼지만 옌옌이 조금 무서웠다.

16화 : 배 여행

출발하는 날, 마오마오는 짐을 한 아름 짊어지고 마차에 올랐
다.

'감회가 새로운 것 같기도 하고, 평소랑 다를 바 없는 것 같기
도 하고.'

평소와 똑같은 태도의 옌옌과 살짝 토라진 야오가 배웅해 주
었다. 마오마오는 조금 쓸쓸한 기분도 들었지만 어차피 조만간
돌아올 예정이다.

의료 기구 종류는 전부 별도로 준비해서 쑤셔 넣었다. 그 외
에 필요한 물건들은 날라다 준다고 하니, 지금 가지고 있는 짐
은 갈아입을 옷과 야오와 옌옌이 베껴 써 준 책뿐이었다. 마오
마오는 탈것에 멀미를 하지 않는 체질이기 때문에 한가할 때는
책을 읽으며 시간을 보낼 생각이었다.

'의관은 네 명 간다고 들었는데.'

결국 누가 가는지는 듣지 못했다. 무슨 꿍꿍이가 있어서 숨겨 두는 게 아닐까 하는 생각이 든다.

마차에 타자마자 한 명은 누구인지 알 수 있었는데….

"오~ 저게 우리가 탈 배인가?"

마차에서 고개를 내민 사람은 티엔요우였다. 결국 입후보한 사람이 티엔요우밖에 없었기에 대충은 예상할 수 있었다.

'이런 신입을 데려가다니…. 아니, 나도 남 얘기를 할 처지는 아니구나.'

의관 수에는 들어가지 않았지만 마오마오도 선발되었다. 의관 네 명에 의관 보조가 한 명. 류 의관은 인원이 부족하다고 했으니, 상당히 고민한 결과가 이것인 모양이었다.

마오마오는 어디까지나 보조의 입장이다. 그것을 명심해 두면서, 동시에 본론도 잊지 않았다.

왕제 진시와 괴짜 군사까지 가게 되는 바람에 이번 여행은 지난번보다 훨씬 규모가 커졌다. 커다란 범선 세 척이 늘어서 있었다. 해로로 갈 모양인데 지금까지 본 것 중에서 가장 으리으리한 배였다. 돛대가 각각 4, 5개씩 달려 있고 대포도 보인다. 모양으로 볼 때는 서방의 기술을 크게 받아들였지만 묘하게 화려한 빨강과 녹색, 금색의 색조가 리국의 배라는 사실을 주장하고 있었다.

선내의 넓이는 모르지만 대략 수백 명은 탈 수 있을 듯했다.

쑤셔 넣으면 천 명은 들어갈지도 모른다.

"육로보다 빠를까요?"

마오마오는 자신도 모르게 말했다. 거리로 따지면 해로가 훨씬 멀리 돌아갈 것이 분명하다. 하지만 해류를 타면 밤낮을 가리지 않고 이동할 수 있다는 점은 큰 장점이다.

전에 서도에서 돌아올 때도 배를 타긴 했지만 이번에는 강이 아니라 바다다.

"짐이 많아서 그런 거다. 높으신 분들의 체재 일수도 길고, 무엇보다 선물이 많지."

문득 중후한 목소리가 들렸다. 누군가 했더니 상급 의관 중 한 명이었다. 수염을 기르고, 다소 야성미가 풍기는 얼굴이었다. 내근직인데도 피부가 햇볕에 그을려 거무스름했다. 머리색이 약간 옅은 것을 보면 이국인과의 혼혈일지도 모른다.

기억에는 남아 있었지만 배속된 의국이 다르기 때문에 이름은 생각나지 않는다.

선발된 네 의관들 중 한 명이었다.

"…그렇군요."

평소였다면 대충 얼버무렸겠지만 앞으로는 이름을 외워 둬야만 한다. 나중에 알아봐야겠다.

"일단 이번 여행 중에는 내가 지휘하게 되니, 잘 부탁한다."

꽤나 소탈한 성격이라고 마오마오는 생각했다. 류 의관이 선택했다면 기술뿐만 아니라 정신적인 면까지도 고려한 인선일 것이다. 분위기로 미루어 볼 때 서도 출신인지도 모른다.

"나머지 두 의관은 이미 배 안에 있다. 나는 선두의 배, 티엔요우는 맨 뒤의 배, 냥냥은 한가운데 배. 한가운데 배에는 상급 의관이 한 명 더 탈 거야."

"……."

이름이 틀렸다고 정정해 줘야 할까. 아니, 하지만 서로 상대의 이름을 기억하지 못하는 입장에서 할 말은 아니니 아무 말도 할 수가 없다.

"저기, 질문이 있는데요."

"뭐지?"

"제가 탈 배에는 누가 타게 되나요?"

마오마오는 얼굴을 잔뜩 일그러뜨리며 말했다.

"한가운데 배에는 가장 높은 분이 타시지. 젊은 쪽. 배의 규모로 볼 때 상상이 되지 않아?"

한가운데 배가 가장 크고 화려했다.

"젊은 쪽…."

안심해야 할 일일까. 그러니까 괴짜 군사가 아니고 진시가 탄다는 모양이었다.

'예상은 하고 있었지만.'

하지만 그렇게 되면 함께 탈 의관이 누구일지가 문제다. 만일 진시가 마오마오만 불러낸다면 묘한 의심을 받게 된다.

"칸 태위는 뭐, 뤄먼 씨의 이야기에 의하면 배 안에서 흔들리는 동안에는 비교적 얌전하게 지낸다고 하니 멀미약과 영양 보급용 과일 음료만 주면 된다는군."

"그렇군요."

뱃멀미를 한다니, 라한과 거의 같은 체질인 모양이었다. 술뿐만 아니라 배에도 약한가 보다.

"배 설명은 들었나?"

"네. 의무실이 구비되어 있고 필요한 도구는 준비해 놓았다고 들었습니다. 그리고 숙식도 기본적으로 의무실에서 한다고요."

"그래. 뭐, 냥냥은 시녀들 방에서 숙식해도 되는데."

"의무실로 부탁드립니다."

진시가 있으니 시녀도 데려왔겠지만….

'스이렌도 따라왔을까?'

스이렌은 초로의 여성이다. 장거리 여행은 힘들 것이다. 그렇지 않으면 바센의 누나 마메이밖에 떠오르지 않는다.

'아이가 있다고 들은 것 같기도 하고, 못 들은 것 같기도 하고.'

어머니라면 아이를 두고 긴 여행을 하기는 어렵다. 어느 쪽일까, 하고 생각했으나 어느 쪽이든 어차피 다른 시녀가 있음은 분명하다. 인선에 신경은 썼겠지만 만일을 대비해 거리를 두는 편이 낫다.

"자세한 사항은 다른 한 명의 상급 의관에게 묻도록."

'아니, 그러니까 그게 누구냐고.'

괴짜 군사의 정보는 공개되어 있는데 왜 의관은 비밀주의로 가는 걸까. 신기하다는 생각이 들었다.

"아~ 선배였어요?"

티엔요우가 배에 올라타며 목소리를 높였다.

"뭐야, 불만이라도 있어?"

누군가 했더니 지난번에 유난히 트집을 잡던 그 중급 의관이었다. 우등생처럼 보였는데 끌려 왔나 보다. 물론 이름은 모른다.

'아니었네.'

또 한 명은 누굴까, 하고 생각하면서 마오마오는 배에 탔다.

배 안에서는 선원들이 바쁘게 돌아다니고 있었다.

'저게 높으신 분의 방인가?'

화려한 방이 갑판에 튀어나와 있었다. 통풍도 잘될 것 같고, 장식이 정교했다. 그곳만 떼어서 보면 황족의 별궁과 큰 차이가 없을 터였다.

'제일 아늑해 보이면서도 제일 표적이 되기 쉬운걸.'

마오마오는 계단을 내려가 배 내부로 들어갔다. 축축한 공기가 피부에 스며들었다. 통풍에 신경을 썼는지 벽으로 칸막이가 되어 있지 않고, 그냥 체면치레 정도로만 구획이 지어져 있었다.

'관리들은 보통 이런 데서 새우잠을 자겠지.'

식사도 함께 한다. 선원은 따로 고용했으니 달리 할 일도 없고 심심할 것이다. 오락거리가 없는 배 위이니 바둑이나 장기가 더욱 유행할 듯했다.

포대도 설치되어 있어 전함으로서의 역할도 수행할 수 있다.

제대로 된 벽으로 몇 군데 칸막이가 되어 있는 공간은 시녀나 그 외 높으신 분들의 방인 듯했다. 남녀 비율을 따져 보면 압도적으로 남자가 많다. 남녀가 함께 새우잠을 자다 불상사가 일어나는 일을 방지하기 위한 배려라는 사실을 알 수 있었다.

'왠지 두근두근하네.'

어차피 이제부터 매일같이 질리도록 지내게 될 장소가 되겠지만 무심코 탐험해 보고 싶어지는 것이 인지상정이다. 벽 곳곳에는 밧줄과 목제 부구浮具가 걸려 있었다.

배는 3단 구조였고 높으신 분의 방까지 합치면 총 4단 구조로 이루어져 있는 모양이었다.

한 층 아래는 거의 같은 구조였지만 의무실과 주방이 있었다. 의무실은 맨 마지막에 둘러보기로 하고 주방을 확인했다. 물통이 여러 개 놓여 있고 아궁이도 있었다. 연기를 원활히 배출할 수 있도록 신경 쓴 모양이었다.

'배에서 불을 쓰는 건 무서운데.'

주변이 잘 타지 않는 소재로 만들어져 있지만 그래도 신중해질 수밖에 없다.

배에 타는 인원을 생각하면 작은 주방이었다. 거의 높으신 분들의 식사를 만들다 끝날 듯했다.

마오마오 같은 말단은 미지근한 국물이나 먹을 수 있으면 다행인 수준이었다.

먹을 것을 먹으면 내보낼 것은 내보내야 한다.

변소는 어디 있나 했더니 이물에 칸막이가 쳐져 있는 모습이 보였다. 아마 바다로 직접 첨벙 떨어뜨리는 구조인 모양이었다. 잘못해서 본인이 떨어지는 일은 없도록 조심해야겠다.

가장 아래층은 짐이 실려 있었다. 포탄과 물, 식량, 서도로 가져가는 선물일까. 고구마도 야무지게 실려 있는 모습을 발견하고 마오마오는 어이가 없었다. 누가 팔아먹었는지는 명확했다.

'보존이 잘될까?'

나무 상자 속을 슬그머니 들여다보았다. 일단 습기 대책으로 고구마를 왕겨 속에 묻어 두긴 했다.

대략 돌아보고 난 마오마오는 의무실로 들어갔다. 환자가 생겼을 때 격리시킬 수 있도록 빈틈없이 벽을 쳐 놓았다. 문을 여니 둥글둥글한 체형의 의무실 주인이 의자에 앉아 있었다.

"……."

순간 아버지 뤄먼인 줄 알았지만….

"아니, 아가씨."

낯익은 태평한 목소리가 들려왔다. 원래 후궁에 있어야 할 사람이 앉아 있었다. 돌팔이 의관이었다.

"…의관님이세요?"

왜 말꼬리에 의문 부호가 붙었냐면, 돌팔이 의관의 상징이라 할 수 있는 미꾸라지 수염이 없었기 때문이었다. 매끈매끈, 정말로 매끈매끈했다.

"와앗, 보지 말아 줘. 창피하잖아."

얼굴이 새빨개진 돌팔이 의관이 입을 삐죽였다. 행동만 보면 앞머리를 너무 짧게 자른 묘령의 소녀 그 자체였다.

"어떻게 된 거예요? 그 자랑스러워하시던 수염을 깎다니."

"으윽, 수염을 깎으라는 지시를 받았지 뭐야. 원래 환관한테 수염이 있는 것 자체가 이상하다고."

"뭐, 이상하긴 하죠."

환관은 남자의 상징을 잘라 냈기 때문에 남성으로서의 신체적 특징이 사라진다. 수염도 체모도 옅어지지만 물론 예외도 있다. 사람에 따라서는 남자의 상징이 되는 부분이 몸속에 일부 남아 있는 일도 있다고 한다.

돌팔이는 환관이지만 수염이 아직 난다는 사실에 자긍심을 갖고 있었는지, 툭하면 빈약한 수염을 쓰다듬곤 했다.

"그런데 왜 의관님이?"

"후궁에는 현재 딱히 신경 써 드려야 할 비전하가 안 계시거든. 상급 비는 리화 비전하뿐이고, 그렇다면 뤄먼 씨 혼자서도 충분히 돌볼 수 있다고 하잖아. 새로운 비전하가 올지 안 올지 모른다는 얘기를 듣긴 했는데 결국은 안 오게 된 모양이고."

교쿠요 황후의 조카 이야기일까. 역시 입궁하지 않았나 보다.

'아… 좌천이구나.'

류 의관은 정말 빈틈이 없다.

서도에 갈 의관이 부족하다고 하기에, 진시에게 부탁받은 인원수를 준비했다. 한 명은 제대로 쓸 만한 상급 의관이라 치고, 상급 의관이 한 명쯤 더 있지 않으면 체면이 서지 않는다.

그런 연유로 형식적으로나마 상급 의관 칭호를 갖고 있는 돌팔이 의관을 써먹게 되었다는 뜻이다.

그리고 마오마오에게 의관 지식을 쑤셔 넣은 것도 돌팔이 의관과 친근하다는 점을 고려한 조치였는지도 모른다. 아니면 반대로 마오마오가 가니 돌팔이 의관을 데려가게 한 건가?

"후후훗, 배 여행은 처음이라 가슴이 두근두근해지네. 뭐가 어떻게 될지 모르겠지만 아가씨와 함께라면 즐겁게 지낼 수 있을 것 같아."

돌팔이 의관의 굉장한 점은 이 성격에 있다.

그리고 왠지 모르지만 무슨 일이 있어도 살아남을 것 같은 행운의 소유자라는 느낌이 든다. 정체 모를 무언가의 사랑을 받고 있는지도 모른다.

"그럼, 바로 차나 한 잔 마셔야겠네. 물을 끓여야겠어."

"아궁이를 마음대로 쓰면 야단맞을 거예요."

"으응? 그럼, 화로에."

"여기서 숯불을 피우면 질식할걸요."

환기가 잘 안 되기 때문에 불완전 연소가 일어난다. 창이 있긴 하지만 작다. 방 자체도 어두컴컴하다.

돌팔이 의관의 눈썹이 축 처졌다.

"혹시 배 여행은 원래 이렇게 불편한 거야?"

"두말할 필요가 있겠어요?"

돌팔이 의관은 실망해서 배에 붙어 있던 침대에 얼굴을 푹 파묻었다.

"으음…. 침대도 딱딱하네."

"할 수 없으니 포기하세요. 오히려 새우잠을 자지 않아도 되니 그나마 다행이죠. 앗, 여기 서랍장, 짐칸으로 쓸게요."

마오마오는 갈아입을 옷을 서랍장에 넣고 야오에게 받아 온 책 사본을 펼쳤다. 그리고 창으로 햇빛이 비쳐 드는 자리를 찾아 침대를 의자 삼아 앉았다.

"어…? 아가씨, 책 읽으려고?"

"출발까지 시간이 있을 것 같아서요. 그때는 누가 부르러 오겠죠?"

"끄응."

돌팔이 의관은 아쉬운 듯 뺨을 부풀리면서도 휴대용 바둑판을 슬그머니 꺼냈다.

"좋아, 나도 묘수풀이 바둑 둘 거야."

꺼낸 책이 괴짜 군사의 바둑 책임은 말할 필요도 없었다.

배는 출발식 비슷한 것을 마치고 출항했다. 높으신 분들, 특히 진시는 무슨 제사 같은 것을 주관했지만 마오마오는 멍하니 보기만 했을 뿐이었다. 가끔 괴짜 군사가 두리번두리번 주위를 둘러보고 있었기에 중간에 선실로 내려가 숨었다.

배 여행은 쾌적하다고 할 수는 없지만 그래도 상상했던 것보다는 괜찮았다. 적어도 지난번의 강을 내려가는 여행보다는 훨씬 나았다.

'옛날에 들은 애기로는 벌레가 득실득실한 빵을 먹어야 했다던데.'

그래서 날생선을 일부러 놔둔 후 벌레를 꾀어 낸 다음에 먹었다고 한다.

메뚜기든 뱀이든 다 먹는 마오마오도 벌레 먹은 빵을 굳이 좋아하며 먹고 싶지는 않았다.

'뭐, 그 정도로 긴 여행도 아니니까.'

마오마오에게는 길지만 배 위에서 몇 달씩 지낼 예정도 아니었다. 기껏해야 보름 정도이고, 도중에 몇 번 항구에 들른다고 한다. 배 여행의 첫 식사로는 댓잎에 싸서 찐 고기 주먹밥과 생선 탕국, 귤이 나왔다. 첫날이라 그런지 다소 호화로웠다.

"과일까지 챙겨 주다니 고맙네."

돌팔이 의관은 얼굴에 한가득 미소를 지은 채 귤껍질을 벗겨 입에 넣었다.

마오마오는 이미 다 먹고 양치질을 하고 있었다.

마오마오는 귤이 나온 이유를 대략 알 것 같았다.

"배 여행에서는 채소가 부족하다고 해요."

"그러게 말이야. 오래 보관하질 못하니까."

"영양이 편중돼서 병에 걸리기 쉽죠."

"맞아, 맞아. 편중되지 않도록 먹어야지."

돌팔이 의관은 이야기를 알아들은 건지 못 알아들은 건지 알 수가 없다.

"그나저나 우리는 참 편하구먼. 환자가 안 오네."

'아니, 후궁에 있을 때도 내내 그랬잖아요.'

마음속으로 한마디 하면서 마오마오는 입 안을 물로 헹궈 창밖으로 내뱉었다. 천박하다고 야단맞을 만한 짓이지만 바깥이 바다니 이러는 게 편하다.

"아무도 다치거나 병이 나지 않는다면 사실 그게 최고지."

마오마오는 의무실 선반을 조심스럽게 들여다보았다. 배 안이라고 하기에는 약의 양이 상당했다. 기본적인 병 처방에 쓰는 약초가 갖춰져 있고, 배 특유의 병을 치료하는 약 종류가 많았다. 그리고 외과 처치에 쓰는 외용약外用藥도 있었다.

마오마오는 돌팔이 의관을 빤히 쳐다보았다.

"하나 여쭤어 봐도 될까요?"

내내 궁금했던 부분이었다.

"의관님은 전에 시체 보는 게 싫다고 하셨는데, 시험에는 어떻게 합격하셨나요?"

"시험? 아, 의관 시험에는 제대로 합격했어."

돌팔이 의관은 흐흥, 하고 코웃음을 치며 가슴을 두드렸다.

마오마오는 눈을 가늘게 뜨고 째려보았다.

"저기, 시험이란 건 필기시험 말씀이신가요?"

"응, 맞아. 후궁 의관이 없어서 환관들을 대상으로 의관 시험을 치렀거든. 그중에서 합격자가 나 하나밖에 없었지."

돌팔이는 흐흐흥, 하고 더욱 자랑스러운 태도를 취했다. 환관은 문관, 무관이 되지 못한 자들이 포기하고 찾아오는 자리라고 한다. 또한 이민족에 의해 거세된 노예도 많이 있었다. 솔직히 시험을 본 환관들이 떨어진 이유는 이해가 되었다. 원래 똑똑하지 못한 자들이 많다.

의관은 환관이 되어서까지 후궁에서 일하려 하지 않는다. 그래서 환관을 의관으로 만들려 했던 모양이지만 그 생각은 빗나

가고 말았다.

"그 후 실기 시험은요?"

"응? 실기? 글쎄…. 뭐가 있었던 것 같기도 하고, 없었던 것 같기도 하고…. 그러고 보니 닭 해부를 했던 적이 있었지."

"그래서요?"

"그땐 정말 곤란했어. 닭을 목 졸라 죽이려다가 이마에 일격을 당하고 기절해 버렸거든."

"……."

왜일까, 너무 쉽게 상상이 된다.

"돼지를 해부하는 곳에도 불려갔는데 돼지가 동그란 눈으로 이쪽을 쳐다보고 있으니 도저히 해부를 할 수가 없었어."

말 안 해도 알겠다.

지나치게 상상이 잘돼서 무섭다.

"…그랬군요."

아마 상관들은 이쯤에서 돌팔이 의관을 진짜 의관으로 만드는 걸 포기한 모양이었다. 하지만 후궁에서 비들을 돌봐야 하기 때문에 할 수 없이 직책만 준 느낌이다.

"그 후 환관에서 의관이 된 사람은 없었나요?"

여러 번 시험을 보게 했다면 그나마 더 쓸 만한 사람이 의관이 되었을지도 모르는데.

"그게 말이야, 황태후 전하가 후궁 궁녀들을 모아 놓은 곳이 있잖아?"

"있었지요."

선대 황제의 승은을 입은 궁녀들을 모아 놓은 장소다. 후궁을 나가지 못하는 그 궁녀들을 보호해 주기 위해 만든 장소라고 하지만, 결국 시 일족의 반란에 이용되고 말았다.

"의관이 없었을 때 그곳이 진료소 같은 역할을 하고 있었거든. 내가 의국에 들어갔더니 그 사람들이 나를 눈엣가시처럼 여겼고, 환관 중에서 새로운 의관을 뽑는 일에도 결사반대해서…."

"아…."

이해가 되었다. 진료소에 있던 궁녀들은 어설픈 돌팔이 의관보다 의료 종사자로서의 지식을 훨씬 더 잘 갖추고 있었다.

"새로운 후궁 의관은 필요 없다면서 반대하는 바람에 결국 새로운 의관을 환관 중에서 뽑자는 이야기는 유야무야되고 말았어."

그런 연유로 유일한 후궁 의관이 바로 이 돌팔이였다는 이야기다.

'운 하나만으로 살아남았네, 이 사람.'

다음에 상금 걸린 제비를 뽑아 보라고 할까, 하는 생각이 든다.

"션뤼 씨였던가, 그 사람이 중심이 돼서…."

돌팔이가 아련한 눈빛을 지었다.

션뤼는 궁녀들이 모인 진료소에 있던 중년 여성이었다. 시 일족, 시스이 일행에게 가담하여 후궁에서의 탈주를 도왔다고 들었다. 심지어 추궁을 당하자 자해를 시도했다고 하는데, 그 이후의 보고는 듣지 못했다.

'죽었든 안 죽었든 처형은 면하지 못했겠지.'

마오마오에게는 말할 필요가 없다고 생각했던 모양이다.

돌팔이도 이를 다 닦고 나서 진료 도구를 준비하기 시작했다.

"자, 하루 한 차례 왕진을 가야지. 밥 먹은 다음에 가게 되어 있어."

높으신 분들의 왕진 이야기였다.

"히야… 오랜만의 진시 님, 아니, 달의 귀인이라 그런지 굉장히 긴장되네."

마오마오는 오랜만에 '진시'라는 이름을 자신의 입이 아닌 다른 곳에서 들었다. 이젠 달의 귀인이 되어 버린 지, 아니 달의 귀인으로 돌아간 지 1년 이상이 지났다.

"그러게요."

환관으로 대했을 때도 어차피 얼굴은 새빨갛게 붉혔으면서.

'으음….'

어째서인지 마오마오도 함께 따라가게 되었는데, 왠지 좀 미묘한 기분이었다.

진시의 방 내부는 다른 선실과 비교할 수 없을 만큼 호화로웠다.

'통풍도 잘되고, 방도 넓어. 밝아.'

물론 어디까지나 배 위라는 조건이 붙어 있긴 하지만, 이렇게까지 훌륭하다면 지내기도 쾌적하겠다고 마오마오는 안내받은 방을 보며 생각했다.

"자, 이쪽이에요."

차분한 여성의 목소리가 들렸다.

'연령상 배 여행은 힘들 텐데.'

하지만 달리 아무도 없었겠지, 하는 느낌이 드는 인선이었다. 초로의 시녀 스이렌이 있었다.

차분한 표정으로 돌팔이 의관을 방에 들여보내던 스이렌은 마오마오와 눈이 마주치자 한순간 입가를 씩, 하고 비틀었다.

'고생 많으십니다.'

그 외에도 시녀가 두 명 정도 있었다.

시녀들은 돌팔이에게 잠시 시선을 준 뒤, 마오마오를 관찰하듯 쳐다보았다.

'역시, 제대로 사람을 골라 왔네.'

어디까지나 눈치를 보는 정도였고, 현재 상황을 파악하려는 분위기였다. 느닷없이 적의를 드러내지 않는 것만으로도 상당히 호감을 가질 수 있었다.

한 명은 40대쯤 되었을까. 나이로 볼 때 진시의 유모였던 사람들 중 하나였는지도 모른다.

또 한 명은 본 적 있었다. 최근 진시의 별궁에 자주 있던 취에라는 시녀였다.

'이 사람도 이러니저러니 해도 유능한가 보네.'

가끔 이상한 행동을 하는 점은 변함없는 듯했다.

왕제의 시녀로서는 상당히 수수한 면면들일지도 모르지만 매우 진시다웠다. 만일 옌옌이 계속 진시 직속이었다면 배 여행에 따라오게 되었을지도 모르겠네, 하고 생각하며 마오마오는 안으로 들어갔다.

"시, 시례한니다."

돌팔이는 벌써부터 말을 더듬었다.

병풍 너머에서는 진시가 의자에 앉아 기다리고 있었다. 복장은 제사용 의복을 갈아입어, 비교적 움직이기 편한 차림새였다.

"오랜만이군, 의관 공. 그럼, 부탁해."

진시가 슥 팔을 내밀었다. 방 안에는 향냄새가 감돌았지만 무엇보다 진시에게서 가장 짙은 냄새가 나는 듯했다.

돌팔이 의관 앞이라 그런지 후궁에 있을 때의 반짝반짝 빛나던 모습이 활짝 만개해 있었다.

'이러면 돌팔이 의관이 아니라도 긴장하겠네.'

"흐에에."

미꾸라지 수염이 있었다면 흔들렸을 정도로 당황하는 모습을 마오마오는 옆에서 지켜보았다.

왕진이라고는 해도 맥을 짚고 이야기를 듣는 게 전부인 모양이었다.

'돌팔이한테는 별로 기대 안 하나 보네.'

어쩌면 이 때문에 일부러 돌팔이를 붙여 놓은 걸까, 하고 생각하니 굉장히 불쌍하게 느껴졌다. 돌팔이라면 진시의 이변을 알아차리지 못할 테고, 하물며 옷을 들추면서까지 몸을 들여다볼 배짱도 없었다.

스이렌은 이래저래 익숙하니 돌팔이가 왕진을 오지 않아도 건강 관리 정도는 문제없이 해 줄 터였다.

일단 마오마오도 이상한 곳이 없는지 구석구석 살폈다. 아무리 생각 없는 돌팔이라 해도 느닷없이 진시의 옆구리를 들추는 접촉은 하지 않을 터였다.

"따, 딱히 문제는 어씁니다."

돌팔이는 끝까지 말을 더듬었다.

"미안하군. 앞으로는 매일 부탁해."

"흐에에."

돌팔이는 가지고 올 수 있는 만큼 잔뜩 가져와서는 거의 쓰지도 않은 도구를 정리했다.

진시는 아직도 돌팔이 의관을 보고 있었다. 돌팔이 의관이 고개를 드니 그 반짝임이 한층 더 강렬해졌다.

'뭐야, 이거.'

진시의 배경에 장미가 날아다녔다.

"의관 공, 수염을 깎았군. 잘 어울리네."

돌팔이 의관은 심장이 쿵 내려앉은 모양이었다. 주위로 둥실둥실 무언가가 보였다.

"본래 후궁 의관인 의관 공에게 배 여행을 하게 해서 미안하게 생각하네. 하지만 중요한 역할이야. 끝까지 따라와 주면 고맙겠어."

"무, 물론입니다."

돌팔이 의관은 눈물을 글썽였다. 완전히 진시를 믿는 얼굴이었다.

마오마오의 눈에는 자꾸만 촌극으로 보였다. 스이렌을 포함한 시녀들의 눈빛도 차게 식어 있었다. 하지만 여기서 중요한 건 돌팔이 의관이 믿고 있다는 점이었다.

"의관 공이 환관이라는 사실은 주위 사람들도 알고 있지. 환관이라는 입장 때문에 무슨 불이익이 생긴다면 말해 주기 바라네."

"네, 네."

돌팔이 의관은 눈물이라도 쏟을 듯한 기세였다. 얼굴도 발그레해지고, 등 뒤로 꽃을 짊어지기라도 할 듯한 기세였다.

"그리고…."

진시는 수심을 띤 눈빛으로 돌팔이 의관을 흘끔 쳐다보았다.

마오마오는 실눈을 뜨고 그저 이 촌극이 빨리 끝났으면 좋겠다고 생각하고 있었다.

"의관 공의 이름은 구엔이라 했지?"

"아, 네."

'그런 이름이었지….'

"이 배에 의관 공은 한 명뿐. 경의를 표하여, 이름이 아니라 '의관 공'이라 불러도 되겠는가?"

"여, 영광이옵니다."

돌팔이에게 이의는 없다. 오히려 그렇게 불러 달라고 부탁하고 싶을 것이다.

'아무리 봐도 꿍꿍이가 느껴져.'

"저기, 부탁이 하나 있는데요."

돌팔이가 도구를 다 정리했을 무렵 스이렌이 말을 걸었다.

"우리도 매일 검진해 줄 수 있을까요? 의관님의 일을 늘릴 수는 없으니, 거기 있는 조수 아이에게 부탁할게요."

'아… 그런 거구나….'

마오마오는 돌팔이 의관을 흘끔 쳐다보았다.

"의관님은 바쁘실 테니 먼저 돌아가 주세요."

"알겠습니다."

돌팔이 의관은 스이렌 앞에서는 말을 더듬지 않았다.

"그럼, 아가씨, 뒷일을 부탁할게."

마오마오는 돌팔이 의관에게서 의료 도구가 든 가방을 받아들었다.

"알겠습니다."

마오마오는 성의 없이 대답했다.

그리고 돌팔이 의관을 배웅했다. 발소리가 완전히 사라지자 뒤를 돌아보니 진시가 침울한 분위기를 뿜어내고 있었다.

마오마오가 코웃음을 칠 뻔한 순간 스이렌이 재빨리 찰싹 때렸다.

"뭐 마실 것을 준비해 드릴까요?"

취에는 어디까지나 겉치레로 묻는 태도였다.

"차는 필요 없습니다."

"그럼, 물러갈게요."

미인이라고 하기는 어려운 얼굴이지만, 반대로 마음이 차분해진다고 하면 실례일까.

'세상엔 미인이 너무 많아.'

스이렌도 원래는 상당한 미인이었을 테고, 지금도 그 흔적이 충분히 남아 있다.

다른 한 명, 40대의 시녀도 날카로운 생김새이긴 하지만 제법 미인이다.

"스이렌 님은 나중에 해도 괜찮다고 하시니, 나부터 먼저 봐 줄 수 있을까?"

마흔 줄의 시녀가 조심스럽게 손을 내밀었다.

'응?'

왠지 어디서 본 것 같은 느낌이 들었다.

조금만 더 젊으면….

"어머, 내 얼굴에 뭐가 묻어 있니?"

어딘가 모르게 맹금류를 연상시키는 얼굴. 역시 본 적이 있다.

"마오마오. 타오메이는 바센 형제의 어머니란다."

"어머니?"

바센의 어머니라면….

"누나인 마메이의 얼굴을 본 적이 있니?"

누굴 닮았나 했더니 그 마메이였다. 전에 구움 과자를 가져 다주었던 여성이다. 마메이가 앞으로 20년쯤 나이를 더 먹으면 이 타오메이라는 시녀와 완전히 똑같아질 듯했다.

"저어…."

이 경우 신세 많이 지고 있다고 말해야 할까. 아니, 바센에게 는 신세를 진 적 없다. 마메이에게도 신세를 지지 않았다.

아니, 잠깐. 신세를 진 인물이 한 명 있었다.

"가오슌 님께 항상 신세를 지고 있습니다."

그 성실한 남자다. 바센 형제의 모친이라면 가오슌의 아내이기도 하다.

'앗, 큰일 났다.'

전에 가오슌에게 유곽의 유녀를 권한 적이 있었다. 그때 공처가라는 이야기를 들었다.

마오마오는 자신의 소행이 들키지는 않았을 거라고 생각했지만 왠지 머쓱한 기분이 들었다.

"그렇구나. 그럼, 잘됐네. 그 사람도 이번 여행에 와 있어."

"가오슌 님도요?"

마오마오는 진시 쪽을 흘끔 쳐다보았다. 아직까지 주위에 가오슌은 없다. 배 주위에도 없었던 것 같았는데. 입구에 호위는 있었지만 방 안에는 여성들뿐이라 조금 걱정이 된다.

"그럼, 바센 님은요?"

"그 아이는 이번에 다른 경로를 통해 서도로 가고 있단다. 육로로 말이야."

'다른 경로라니, 토라지지 않았을까?'

그렇지 않아도 요즘 진시가 멀리하고 있는데, 아무리 둔한 바센이라도 눈치채지 못할 리가 없다.

"다른 임무가 있다고 하더구나."

타오메이는 후후훗, 하고 입가를 가리며 웃었다. 왠지 재미있어하는 표정을 짓고 있었다.

'임무라는 건 또 뭐야?'

묻고 싶은 기분도 들었지만 지금은 일이 먼저다.

"팔을 보여 주십시오."

"그래."

마오마오는 타오메이의 팔을 걷고 맥을 짚었다. 정상적인 맥이었다. 건강에는 딱히 문제가 없어 보였지만 한 가지 마음에 걸리는 점이 있었다. 타오메이의 좌우 눈 색이 왠지 달랐다.

"⋯⋯."

"왜 그러니?"

"아뇨."

좌우 눈의 움직임이 어긋난 것처럼 보였다. 마오마오는 문득 왼손을 빙빙 돌려 보았다. 다음으로 오른손을 빙빙 돌리자 타오메이의 시선이 움직였다.

'오른쪽 눈을 실명한 건가?'

태생적으로 좌우 눈의 색이 다른 경우도 있는가 하면, 후천적으로 눈 색이 바뀌는 경우도 있다. 후자의 경우 실명이 원인일 때가 많다.

"앗, 지금 나를 시험한 거니?"

타오메이는 마오마오의 반응을 눈치챈 듯, 오른 눈을 가렸다. 가오슌의 아내인 만큼 상당히 눈치가 빨랐다.

"실례했습니다. 생활에 지장은 없으신가요?"

"별로 신경 쓰지 않아도 돼. 이미 오래전에 보이지 않게 되었기 때문에 익숙해졌단다."

"알겠습니다. 그럼, 딱히 몸에 이상은 없으신가요?"

"문제없어."

"눈과 혀를 보겠습니다."

아래 눈꺼풀을 내리고 눈을 들여다보았다. 오른 눈은 확실히 실명한 상태였다. 색이 희고 탁했다. 눈이 백탁병을 일으키는 일은 노화 때문인 경우가 많았다. 하지만 상당히 오래전에 실명했다면 상처가 원인이라고 생각할 수 있었다.

"배 여행에서는 발밑이 흔들리니 조심하세요."

"알고 있어."

당연한 말을 하고 만 마오마오는 조금 반성했다.

"그보다 달의 귀인의 시녀들은 하나같이 화려함이 부족하다는 생각 안 드니?"

타오메이는 긍정하기 힘든 질문을 던졌다.

"사실 내 딸 마메이가 와 줬다면 나 같은 아줌마가 나설 필요도 없었을 텐데. 아무리 그래도 가족 전체가 총동원되는 건 좀 그러니까."

"어머? 타오메이가 아줌마면 나는 건어물인가?"

스이렌이 재빨리 한마디 했다.

"손자가 셋이나 되는데 젊은 척할 수도 없잖아요?"

스이렌의 지적을 정면으로 튕겨 내는 모습에서 만만치 않은 내공이 느껴졌다.

마오마오에게는 파직파직 불꽃이 튀는 것처럼 보였다.

진시 주변에는 극히 일부의 단련된 여성밖에 남지 않는 모양이었다.

마오마오는 빨리 왕진을 끝내고 싶어 다음 젊은 시녀에게로 향했다.

"취에라고 합니다."

"네, 알고 있어요."

"친근하게 취에 씨라고 불러 주세요."

취에는 다부진 표정으로 말했다.

"…네."

역시 독특한 분위기를 지닌 여성이었다. 가오슌의 며느리라면 타오메이에게도 마찬가지다. 고집 세 보이는 시어머니와 자유로운 태도의 며느리. 잘 지낼 수 있을까.

경단 같은 코와 작은 눈, 피부도 가무스름하니 참새雀 같다는 말을 들었을 경우 그것이 바로 자기 이름이라고 할 수 있을 법했다.

'미인은 아니지만.'

새삼스럽게 보니 친근감이 느껴지는 생김새였다. 왕제를 모시기보다는 노점에서 장사를 하는 모습이 더 잘 어울린다.

"취에는 내 아들의 아내란다."

타오메이가 설명해 주었다.

"가오슌 님께 들었습니다. 큰며느리라고요."

"그래. 바센이 아니라 바료 쪽이지. 바센도 빨리 아내를 데려왔으면 좋겠는데."

타오메이는 방금 전의 재미있어하는 미소를 또다시 지었다.

가오슌의 가족은 전체적으로 개성이 강하다.

"마침 좋은 기회니까 큰아들도 소개해 둬야겠네."

타오메이는 성큼성큼 걸어가 방 한구석에 있던 장막 앞으로 다가가 섰다. 그리고 장막을 가볍게 들추니 그 안쪽에서 새파란 얼굴의 남자가 묘수풀이 바둑을 두고 있었다.

'한 명 더 있었던 건가?'

기척을 전혀 느끼지 못했다.

"무, 무슨 일이신가요, 어머님?"

"바료, 인사 정도도 못하니?"

"이, 인사라니⋯."

바료라 불린 남자는 바센과 많이 닮았다. 바센의 몸집을 조금 줄이고, 근육을 덜어 내고, 햇빛을 반년 동안 못 보게 한 얼굴이었다.

"처, 처음 뵙⋯ 으윽⋯."

바료는 마오마오와 거의 눈도 마주치지 못한 채 바닥으로 무너져 내렸다. 어째서인지 배를 움켜쥐고 있었다. 생김새만 봐서는 환자 같았기에 마오마오는 바로 일거리인가 생각했지만 그럴 필요는 없는 모양이었다. 취에가 재빨리 다가와 바료를 다시 장막 안쪽으로 밀어 넣었다.

"어머님, 처음 만나는 분과는 역시 편지를 주고받는 일부터 시작하고, 익숙해지고 나면 주렴 너머로 대화를 하지 않으면 곤란합니다. 갑자기 얼굴을 마주하게 만들면 위장약이 아무리 있어도 모자라요."

취에가 멀쩡한 소리를 했다. 아니, 실제로는 멀쩡하지 않은데 멀쩡한 소리로 들리는 말을 하고 있었다.

"그렇구나. 바료를 다루는 일은 네가 더 낫지. 아니, 그런데 전보다 더 악화되었는걸."

어떤 감상을 느껴야 좋을지 알 수가 없는 고부 관계였다.

"역시 바료를 놔두고 마메이를 데려오는 편이 나았을까?"

"마메이 아가씨를 데려오면 누가 우리 아이를 봐 주나요?"

"그렇구나. 넌 아이를 키울 생각이 없으니까. 하나쯤 더 낳아 주면 참 좋을 텐데."

여러 가지로 지적하고 싶은 부분이 많았지만 지적했다가는 끝이 없을 것 같은 느낌이었다.

간단히 정리해 보자.

가오슌의 아내 타오메이.

가오슌의 아들 바료.

가오슌의 며느리 취에.

모두 특이하다.

이래서는 바센의 짐이 너무 무겁다. 아니, 바센이 함께 있어 봤자 똑같이 특이해질 뿐이다. 가오슌이 미간에 주름을 잡는 모습이 생생하게 떠올랐다.

무슨 구실을 달아 다른 경로를 취하게 만든 것은 정답이라고 할 수 있겠다.

이제 검진이니 뭐니 하는 건 됐으니 그만 돌아갈까, 하고 생각하고 있는데 스이렌이 마오마오를 콕콕 찔렀다.

"무슨 일이신가요?"

뒤를 돌아보니 끈적끈적한 시선과 부딪혔다. 병풍 안쪽에서 진시가 노려보고 있었다.

본래 목적을 완전히 잊어버리고 있었다.

"지, 진시 님이라고 불러도 될까요?"

"……그래."

아무래도 병풍 너머에서 계속 기다리고 있었던 모양이었다. 끝이 나지 않아 밖을 슬그머니 내다본 모양인데, 여성이 검진 받는 모습을 보는 건 좀 아니지 않나 싶다.

"여기뿐이야, 그 이름을 써도 되는 건."

"알겠습니다. 하지만 검진이 아직….”

스이렌이 생긋 웃으며 다기를 준비하기 시작했다. 마오마오는 필요 없다고 했지만 필요한 사람은 다른 한 명이었던 모양이었다.

역시 검진은 표면적인 용건이었다.

진시가 병풍 너머에서 손짓을 하고 있으니 그리로 가는 수밖에 없었다. 병풍 안에는 문이 하나 더 있었고, 침실이 만들어져 있는 듯했다.

“그럼, 편히 들어갔다 오렴.”

스이렌이 마오마오에게 찻잔을 들려 주었다. 다른 시녀들은 아무도 따라오지 않는다. 참고로 장막 안쪽에서 돌 소리가 들리는 것을 보니 바료가 묘수풀이 바둑을 시작한 모양이었다.

침실 안은 창도 없고 어두웠다. 촛불만이 너울너울 흔들리고 있었다. 창은 없지만 환기구는 있는지 환기를 걱정할 필요는 없어 보였다.

“문을 잠가 줘.”

마오마오는 다기를 내려놓고 문을 잠갔다. 미닫이문이 아니라 여닫이문인 이유는 서양식을 흉내 낸 배이기 때문이었다.

돌팔이 의관에게서 받아 온 가방을 탁자 위에 올려놓고 속에서 새 붕대를 꺼냈다. 가방 준비를 한 사람은 마오마오였기 때문에 연고와 붕대도 미리 준비해 놓았다.

'돌팔이한테는 내 붕대를 갈았다고 해야겠다.'

마오마오의 왼팔에 감긴 붕대를 보여 주면 깊이 생각하지 않고 납득할 것이다.

"그럼, 부탁한다."

진시는 침대에 앉아 평소처럼 상의를 벗었다.

"실례하겠습니다."

마오마오는 손을 깨끗이 씻고 진시의 배로 손을 뻗어, 빨갛게 부은 맨살을 만졌다. 진시가 움찔 반응했다.

"경과는 좋은 모양이네요."

"슬슬 연고가 거치적거리는데."

"상태를 조금 더 보겠습니다. 일단 닦아 낼게요."

마오마오는 오래된 연고를 닦고 새 연고를 발랐다. 손끝이 간질간질한지 진시가 몸을 흔들었지만 늘 있는 일이기에 신경 쓰지 않고 계속했다.

마오마오의 팔에도 화상 자국이 몇 개 있지만 진시만큼 깊은 화상은 사실 치료해 본 적이 없다. 뤄먼이 했던 일을 떠올리면서, 상처를 봐 가며 하는 수밖에 없다.

'야오가 준 사본 속에 화상 치료법이 있으면 좋을 텐데.'

대충 훑어봤을 때는 없었다. 다른 의관에게 물어보는 방법도 있지만 괜히 진시의 상황을 들키기라도 하면 안 된다.

평소와 다름없이 약을 바르고 붕대를 새로 감았다.

"벌써 끝인가?"

"끝입니다."

"달리 이야기할 건 없고?"

딱히 치료할 곳은 없다.

'있다면 머리겠지.'

머릿속의 풀어진 나사를 꽉 죄어 줄 수만 있다면 얼마나 편할까.

하고 싶은 말은 많이 있지만 동시에 아무런 할 말도 없다고 한다면 실례일까.

"……."

진시 또한 무슨 말을 해야 좋을지 알 수 없는 눈치였다.

마오마오는 고개를 갸웃거리며 입을 열었다.

"먼저 말씀드려도 괜찮을까요?"

"그래."

"서도 여행 말인데요, 어느 정도나 걸릴까요?"

물어 봤자 확실한 대답을 들을 수 없다는 사실은 알고 있었으나 대화의 실마리가 되지 않을까 하는 생각에 말해 보았다.

"솔직히 모르겠다. 적어도 3개월은 걸린다는 이야기는 들었지?"

"네. 그럼, 한 가지 더. 저를 여행에 데려가는 이점에 대해서입니다. 진시 님의 상처 외에 이용 가치가 있습니까?"

"……."

진시는 시선을 피했다.

'아… 역시.'

"괴짜 군사의 미끼로 사용된 건가요?"

"…미안하게 생각하고 있다."

마오마오는 노려보고 싶은 것을 꾹 참았다.

'너무 손해잖아!'

도저히 견딜 수가 없다. 뭔가 고급술이라도 마시지 않으면 참을 수가 없다. 하지만 지금 옆에 있는 것은 스이렌이 준비해 준 차였기에, 최소한의 분풀이로 진시보다 먼저 마셨다.

"손해를 본다고 생각하고 있겠지."

진시는 그런 점에서는 분별력이 좋다. 진시는 품에서 무언가를 꺼냈다. 마오마오가 꾸러미를 풀어 보니 희끄무레한 회색의 돌 같은 것이 들어 있었다.

"이건!"

"음. 확인해 보겠어?"

진시는 침대 옆 서랍에서 철사를 꺼냈다.

"확인이라고요?"

마오마오는 진시에게서 돌을 받아 들었다. 돌이라기보다는 경석輕石이었다. 상당히 가볍다. 진시는 이 돌이 무슨 돌인지 조사해 보라고 하는 모양이었다.

"그럼, 확인해 보겠습니다."

마오마오는 촛불로 철사를 달궈 경석을 찔렀다. 독특한 냄새가 퍼졌다.

"진시 님께서 가짜를 준비하시리라고는 생각하지 않지만, 진짜입니다. 틀림없는 용연향이군요."

녹청관 할멈에게 줄 선물이 일찌감치 손에 들어온 셈이었다.

"라칸… 아니, 군사는 이번 여행에 반드시 함께 가 줘야 하는 이유가 있었다."

"…서도에서 요청이 왔나요?"

"그것도 있지. 동시에 군사가 서도를 좀 확인해 줬으면 해."

'그렇구나.'

괴짜 군사는 괴짜이며 인간으로서 최소한의 일도 하지 못하는 쓰레기였지만 군사 전략에 대해서는 발군의 능력을 지녔다.

"전쟁이 일어날지도 모른다는 이야기는 들었는데요."

마오마오는 주위를 둘러보았다.

진시가 있는 방이니 주위 구조가 소리가 새어 나가지 않도록 만들어져 있다고 믿고 싶다.

"전쟁에 승리하는 게 옳은 게 아니다. 전쟁이 일어나지 않게끔 하는 것이 옳은 일이지. 하지만 옳은 일을 하기란 어려워."

즉, 진시는 전쟁이 일어날 가능성도 염두에 두고 있다고 말하고 싶은 모양이었다.

의관을 억지로 끌고 온 이유도 이해가 되었다.

"제가 따라왔다고 괴짜 군사 다루기가 쉬워질 거라는 생각은 안 드는데요. 아버지라면 모를까."

뤄먼이라면 이러니저러니 해도 잘 해내 줄 것이다. 만약 뤄먼이 더 젊고 다리가 불편하지 않았다면 함께 여행을 왔을지도 모른다.

안타깝게도 그렇게 잘 풀리지는 않았고, 함께 오게 된 사람은 돌팔이 의관이었다.

'돌팔이 의관으로는 아버지를 대신할… 응?'

마오마오는 문득 아까 진시의 태도를 떠올렸다. 유난히 돌팔이 의관을 치켜세우는, 옆에서 보기에는 수상해 보이기까지 하는 모습….

진시는 돌팔이 의관의 수염에 대해 언급했다. 그렇게나 칭찬을 받았으면 돌팔이 의관도 한동안 수염을 스스로 깎을 것이다.

또한 돌팔이 의관의 이름을 부르지 않고 '의관 공'이라고 했다. 이 배에 돌팔이 의관의 지인은 거의 없다. 마오마오가 돌팔이의 이름을 부르지 않는다는 사실을 알고 있으면, 돌팔이를 평범한 의관으로 만들어 버릴 수 있다. 그리고 그 신체적 특징을 통해 환관이라는 사실을 알 수 있을 것이다.

원정에 불려 온 상급 의관, 심지어 환관. 게다가 마오마오가 항상 옆에 붙어 다니는 사람.

마오마오는 자신도 모르게 탁자를 내리칠 뻔했다.

'안 돼, 좀 진정해.'

진정하기 위해 차를 마시려 했지만 이미 다 마시고 없었다. 진시는 자기 찻잔을 내밀었다. 마오마오는 주저 없이 받아 마셨다. 감정을 가라앉힐 목적인지 진정 작용이 있는 약초로 끓인 차였다. 스이렌이 미리 예측하고 준비해 준 거라면 정말 대단한 일이다.

마오마오는 휴우, 하고 한숨을 내쉬고 진시를 노려보듯 쳐다보았다.

"의관님을 제 양부 대신으로 이용하시려는 건가요?"

"항상 눈치가 빨라서 설명할 수고를 덜어 주는군."

진시의 눈은 후궁 시절에 보여 주던 눈과 똑같았다.

돌팔이 의관과 뤄먼은 같은 환관이지만 생김새도 연령도 다르다. 하지만 소문으로밖에 모르는 자들에게 환관이자 의관인 존재는 그리 많지 않다. 후궁 의관을 일부러 원정에 끌고 올 거라는 생각도 들지 않는다.

만일 데려간다면 전직 환관이면서 궁정 의관으로 돌아온 뤄먼이라고 생각할 것이다.

선발된 의관을 끝까지 가르쳐 주지 않은 이유가 여기에 있었다.

"서도, 아니 교쿠오 공은 뤄먼 공도 데려오라는 뜻을 내비치

더군. 그게 어떤 의미인지 알겠나?"

"…환자가 있다는 뜻은 아니겠지요?"

뤼먼의 의술은 매우 뛰어나다. 그 손을 빌리고 싶은 환자는
얼마든지 있겠지만….

"군사를 회유할 생각인지도 모르겠다고, **나**는 생각한다. 물
론 확실하게 대답하지는 않았으니 의관 공을 뤼먼 공으로 착각
하든 말든 그건 그쪽 마음이지."

그 확고한 말투는 여기에 있는 진시가 평소의 어딘가 한심한
남자가 아니라 왕제라는 걸 말해 주고 있었다. 사람을 장기짝
처럼 부릴 줄 아는, 머리 좋은 남자가 있었다.

"회유라니, 여우에게는 버릇을 가르쳐 놓는 것이 훨씬 건설
적인 방법일 텐데요. 무엇보다 그 교쿠오라는 분은 교쿠요 황
후 전하의 오라버니 아니신가요?"

"타인은 할 수 없어도 자기는 할 수 있을 거라고 생각하는 자
는 많지. 게다가 수단을 고를 수 없는 상황도 있어. 성인聖人의
가족이 전부 성인이라고는 할 수 없지. 무엇보다 나라를 기울
게 하는 주체가 황후의 친인척인 경우도 드물지 않아."

"…제가 들어도 되는 이야기인가요?"

오싹 소름이 끼쳤다.

"단언은 하지 않았다. 가능성의 이야기일 뿐."

'아니, 그래도 의심하고 있잖아.'

하지만 아무 말도 해 주지 않으면 그것도 또 답답한 상황이 된다.

진시는 검지를 세웠다. 손가락은 그대로 마오마오를 향했다.

"수단을 고르지 않을 경우, 누구를 노릴까?"

"제가 약점이라는 말인가요?"

"누가 봐도 약점이야. 교쿠오 공 옆에도 군사의 옛 부관이 있지."

'리쿠손 말이구나.'

"너에 대해 모를 리가 없어."

'…질문을 받으면 말해야 하는 입장인가 보네.'

진시의 우격다짐 원정대 선발이 조금은 납득이 되었다.

"제가 도성에 있으면 표적이 될 거라고 생각하셨나요?"

"가능성은 있지. 게다가 군사의 적이 얼마나 될까?"

"……."

"네 존재는 아마 네가 생각하는 것 이상으로 널리 알려져 있을 테고, 그것을 놓치는 바보들만 있는 것도 아니야."

진시의 말에 마오마오는 고개를 끄덕이는 수밖에 없었다. 의관 보조가 되기 전에 조금 더 생각해 둘 걸 그랬다.

그렇게 되도록 손을 쓴 건 진시였지만, 괴짜 군사가 극단적인 태도를 취하지 않았다면 더 평탄한 삶을 살 수 있었을 텐데. 과거를 탄식해 봤자 아무 소용도 없다.

"라한이라면 어떻게든 할 수 있을 테니 도성에 남겨 두었다. 뤄먼 공은 행방을 묘연하게 만들기 위해 당분간 후궁에서 지내도록 했지. 그리고 미안하지만 너는 서도로 데리고 가게 되었다는 이야기다. 무엇보다 군사의 눈이 닿는 장소에 두는 편이 안전할 테니 말이야. 평온하다고는 할 수 없겠지만."

'너….'

요즘 들어 겨우 이름으로 좀 불러 주게 되었다 했더니.

"무엇보다 내 입장에서도 좋고."

'이 자식!'

마오마오는 소리를 지를 뻔하다 차를 마시고 휴우, 하고 한숨을 내쉬었다.

"그렇군요."

마오마오 입장에서는 마음속에 소용돌이가 치긴 했지만 그래도 진시의 말 속에는 마오마오에 대한 배려가 담겨 있었다. 인간관계와 인원 배치를 고려했을 때, 그중에서도 가장 낭비가 적고 안전한 방법이라고 생각했음이 분명하다.

"의관 공 호위는 너도 아는 무관, 리하쿠가 맡는다."

"네."

마오마오는 차가운 목소리로 대꾸하고 나서 받은 용연향을 멍하니 들여다보았다.

'왠지 석연치가 않단 말이야.'

마오마오는 다기를 정리하고 침실을 나섰다. 다과는 손도 대지 않은 채였다.

"마오마오, 과자 안 가져가니?"

스이렌이 구운 과자를 싸서 건네주었다. 마오마오는 왠지 감정을 읽힌 기분이었다.

'돌팔이가 좋아하니까.'

"잘 먹겠습니다."

포장한 과자를 받은 마오마오는 고개를 숙이고 방을 나갔다.

"도련님, 괜찮으세요?"

스이렌이 진시에게 뭐라 말을 걸었지만 마오마오는 무시했다.

"아, 저기….."

진시가 손을 뻗어 마오마오에게 무슨 말을 걸려 했으나 솔직히 오늘은 이미 충분히 이야기를 한 기분이었다.

마오마오는 못 들은 척하고 나가 버렸다.

방 밖에는 가오슌이 돌아와 기다리고 있었다. 성실한 종자는 마오마오를 보고 무언가 눈치를 챈 듯 미간에 주름을 잡았으나 아무 말도 하지 않았다. 마오마오는 살짝 고개를 숙이고 의무실로 돌아가기로 했다.

약사의 혼잣말

1 7 화 ⦙ 취에(雀)

마오마오는 일지에 붓을 놀렸다.

뱃멀미 3인, 부상자 2인, 건강 상태 이상 1인.

"아아, 바쁘다."

돌팔이가 하는 일은 간단한 문진과 약을 건네주는 것뿐이었다. 돌팔이는 그렇게 나지도 않은 이마의 땀을 닦았다. 왠지 후궁에 있을 때보다 생기가 넘쳤다.

'어지간히 한가했었나 보네.'

선상 생활도 며칠이 흘렀다. 흔들리는 배 안을 아직 적응하지 못한 자도 있지만, 뱃멀미하는 사람 수는 줄었다. 첫날은 한가하다고 생각했는데 다음 날부터 멀미 환자가 우르르 밀려들었던 것이다.

"그러게요."

마오마오는 군부가 가까운 의국에 있을 때가 더 바빴지만 항상 파리만 날리던 후궁 의국에서 근무하던 돌팔이 의관은 굉장히 바쁜 모양이었다.

뱃멀미 약은 미리 잔뜩 준비해 왔다. 하지만 그냥 마음의 위안 수준의 물건이었기 때문에 얼굴이 새파래진 채 의무실을 찾아오는 자들에게는 통을 건네주고, 통풍이 잘되는 장소로 유도하는 편이 훨씬 효과적이라는 생각마저 든다.

'라한이 안 오는 것도 당연하지.'

이번에 괴짜 군사가 온다기에 녀석도 오지 않을까 싶었는데 말이다.

그 수전노는 뱃멀미가 매우 심하다. 그런 녀석이라도 있어 주는 쪽이 편하긴 하지만, 무슨 핑계를 대고 거절한 모양이었다. 그런 자라도 일단은 차기 당주이기 때문에 두 사람이 모두 집을 비울 수도 없었을 테고 말이다.

어쩌면 괴짜 군사가 마오마오의 존재를 알아채고 이쪽 배로 오지 않을까 했었는데 아직까지는 아무런 낌새도 없다. 뱃멀미로 쓰러져 있음이 분명하다.

"자, 그럼, 슬슬 간식이나 먹자고. 아가씨, 좀 불러와 줘."

돌팔이 의관은 환자가 더 오지 않자 차 준비를 했다. 하지만 불을 쓸 수가 없으니 물도 끓이지 못한다. 그래서 차는 찬물에 우리고 있었다.

찻잔은 세 개, 과자도 세 개. 과자는 배 안에서는 고급품이지만 진시의 왕진을 갈 때 받아 올 수 있었다. 그 후로 매번 과자가 준비되어, 마오마오는 매일같이 선물을 받아 오고 있다.

'내 비위를 맞추려는 건가.'

휴우, 하고 한숨을 내쉬며 마오마오는 의무실 문을 열었다.

"왜 그래, 아가씨?"

복도에는 마오마오보다 머리 두 개는 큰 남자가 서 있었다. 리하쿠였다. 호위로 배치되어 있었는데 그 손에는 커다란 누름돌이 두 개 들려 있었다. 가만히 서 있기만 하는 건 지루하니 훈련을 하고 있었던 모양이었다.

"간식 시간인데요."

"그거 고마운 얘기인걸."

리하쿠는 돌을 내려놓고 의무실 안으로 들어왔다. 거한이 안에 들어오면 다소 좁게 느껴지지만 어쩔 수가 없다.

"리하쿠 씨, 단 거 좋아하나?"

"나는 뭐든 다 먹지."

"그렇구먼. 차에 설탕도 넣을까?"

"응? 그렇게도 마시나?"

"남방에서는 그런다던데."

"재미있겠는걸! 잔뜩 넣어 줘!"

리하쿠는 어떤 맛일까 잔뜩 기대하면서 차가운 차에 귀중한 설탕을 넣으려 했지만 마오마오가 재빨리 설탕을 빼앗았다.

"설탕은 고급품이라서 안 돼요."

"에이~"

돌팔이가 입을 삐죽 내밀었다.

이 환관은 상습범이다. 설탕과 꿀은 감춰 둬야 한다. 한가한 후궁이라면 모를까 물자가 부족해져 가는 배 안에서는 안 될 말이다.

게다가….

'차가 달다니 말도 안 되지.'

마오마오는 달지 않은 것과 술을 좋아하는 입맛이다. 즉, 차가 달콤한 것은 용서할 수 없다.

"조금은 괜찮잖아~? 찬물이라 맛이 연하단 말이야."

리하쿠도 입을 삐죽였다.

"그럼, 막자사발에 찻잎을 갈아 드릴까요? 맛이 우러나기 쉬워질 거예요."

"오, 그럴까? 막자사발 있어?"

"있지. 힘쓰는 일이니 부탁 좀 함세."

원래 수다 떨기 좋아하는 환관과 성격 좋은 무관. 생김새로 볼 때는 하나도 닮은 점이 없지만 두 사람은 금세 친해졌다.

리하쿠를 고른 일은 틀리지 않은 듯했다.

하지만 자기도 모르는 사이에 뤄먼의 대리가 되어 버린 돌팔이 의관이 만일 진실을 안다면 어떻게 생각할까.

'입 다물고 있는 게 제일 낫겠지.'

이런 성격의 소유자에게 괜히 정보를 알려 주었다가는 문제가 생긴다. 마오마오는 그렇게 생각했다.

'아예 진시도 나를 그렇게 다뤄 줬다면….'

그렇게 생각하던 마오마오는 바로 부정했다.

진시는 마오마오가 알고 있는 편이 낫다고 생각해서 이야기했음이 분명하다. 마오마오도 정보를 알고 있어야 선택지를 알기 쉬워서 좋다.

저 아름다운 왕제는 유능한 남자다. 적어도 척수반사가 아니라 이성으로 사고하고 행동한다.

제대로 된 생각을 할 줄 알기 때문에 완벽하지는 않더라도 대략 납득이 가는 형태의 답변을 해 주니 마오마오도 불평할 수 없다.

'하지만 낙인 사건은….'

역시 아직도 납득이 안 된다.

게다가 돌팔이 문제도 있다. 미끼 취급하려 한 게 화가 나는 걸까.

아니면….

"아가씨, 안 먹어?"

"먹을 거예요."

마오마오는 간식을 집어 들었다.

과자 속에 채소 절임이 들어 있었다. 보존이 쉽도록 간을 다소 강하게 했기에, 차로 입을 헹구어 가면서 먹기에 딱 좋았다. 쳇, 하고 투덜거리며 마오마오는 과자를 먹었다. 맛있다.

"달지 않단 말이야."

돌팔이가 시큼한 듯 눈을 끔뻑거렸다. 당연히 달콤한 과자일 줄 알고 입에 넣은 모양이었다.

"맛있네. 소박해 보이지만 이거 사실 꽤 비싼 과자 아냐?"

"그야 달의 귀인께서 주신 거니까."

돌팔이는 흐흥, 하고 어째서인지 자랑스러운 표정을 지었다. 받아 온 사람은 마오마오인데 말이다.

마오마오는 찬물로 우린 차를 한 잔 더 마시며 작은 창밖을 내다보았다.

"육지가 보이기 시작하네요."

"오, 그래?"

돌팔이도 창밖을 내다보았다.

"예정대로라면 점심때쯤에는 항구에 도착했어야 하는데, 조금 늦었네. 뭐, 오차 범위 내이긴 하지만."

리하쿠가 수첩을 들여다보며 확인했다.

"2박을 하고 나서 아침에 다시 출발해야 한다니 굉장히 바쁜 걸."

"그 아저씨는 어느 배에 탔나요?"

"그 아저씨는 선두 배야."

리하쿠와는 '그 아저씨'라는 말로도 통했다.

'뱃멀미를 하지 않게 되면 이쪽으로 넘어올지도 몰라.'

마오마오의 표정이 일그러졌다. 실수로라도 같은 배에 타게 되었다가는 아주 귀찮아진다.

"그 아저씨라면 배에서 내리자마자 회식 자리에 끌려갈 테니 안심해도 돼. 기왕 황족이 배 여행을 하고 있는데 외교에 써먹지 않을 리가 없잖아."

"회식 이야기라면 나도 들었는데. 의관이 한 명 따라가기로 되어 있지만 내가 가는 게 아니니까 아가씨도 갈 필요 없어. 그런데 그 아저씨라는 게 누구야?"

돌팔이 의관이 의아한 표정으로 쳐다보았지만 마오마오는 다른 생각이 스치는 바람에 무시했다.

"외교. 그렇구나."

"그렇다니까. 여기, 볼래?"

리하쿠가 수첩 속에서 간단한 지도를 꺼냈다. 해안선과 배 경로가 표시되어 있었다.

"리국에 소속되어 있지만 그래도 타국이긴 해."

간이 지도에도 국경선이 그려져 있었다.

"몇 년 전에는 이 나라의 공주님이 후궁에 있었어. 하사되었다는 얘기를 듣긴 했지만."

어디서 많이 들어 본 이야기였다.

"그건 후요 비전하 이야기로구먼. 아니, 지금은 비가 아니지만."

"그분 말이죠."

돌팔이의 말에 마오마오는 손뼉을 쳤다. 예전에 후궁 담장 위에서 춤추던 비였다.

"그럼, 후요 씨도 계시려나?"

"아, 그렇진 않을 거라고 생각해."

리하쿠가 돌팔이의 말을 부정했다.

"그거, 무관이 공훈을 세워서 그 상으로 내려진 공주님 얘기지?"

"그렇지. 속국이라고는 해도 타국의 공주님을 함부로 내리는 건 별로 바람직한 일 같지는 않지만."

'그 부분은 아마 확실히 손을 써 뒀을 거야.'

무관이 원래 후요 공주와 아는 사이였다면 그 친족과도 친했을 가능성이 높다.

친족들은 후요 공주가 비로서의 역할을 다하지 못한다면 빨리 후궁을 나오는 편이 이득이라고 생각했을지도 모른다.

"무훈을 세울 정도의 남자를 우리 군이 그리 쉽게 자기 나라로 돌려보냈을 리가 없잖아."

"아, 그렇군."

"그나저나 후궁에서 아내를 얻는다니. 나는 무훈을 세워서 상을 받을 수 있다면 현금이 좋은데."

"리하쿠 씨가 그렇게 말하다니 의외인걸. 그렇게 돈에 매달리는 성격은 아닌 줄 알았는데."

"여러 가지 사정이 있다고, 나도."

'최고급 기녀를 낙적해 오고 싶을 테니 말이지.'

리하쿠의 현재 급료는 얼마쯤일까. 순조롭게 출세하고 있는 모양이지만 정말로 이제 슬슬 한밑천 잡지 못하면 바이링 언니가 녹청관 할멈이 되어 버리고 말 것이다.

마오마오는 또다시 창밖을 내다보았다.

'저녁때쯤 도착한다면 이미 가게는 닫혀 있겠네.'

리국보다 남쪽에 위치한 나라지만 도착해서 바로 배 밖으로 나갈 수는 없을 것이다. 해 높이를 보아도 가게 구경을 할 만한 시간은 없을 듯했다. 야시장이 열려 있다면 좋겠지만 그런 가게에 마오마오가 원하는 물건은 아마 별로 없으리라.

'구운 과자나 꼬치구이나 과일.'

아니, 그건 그것대로 즐겁겠지만.

내일 자유 시간이 있으면 좋겠는데.

"누가 왔나?"

의무실 밖에서 독특한 발소리가 들렸다. 그리고 문을 똑똑 두드리는 소리가 났다.

"들어와요."

돌팔이 의관이 말하자 안으로 들어온 사람은 취에였다.

"실례합니다."

"무슨 일이지? 달의 귀인의 건강에 문제라도?"

"아뇨, 한 가지 부탁드릴 일이 있어서 찾아왔습니다."

작은 눈이 마오마오를 보고 있었다.

"오늘 밤 회식 자리에서 독 시식 담당으로 한 명을 빌리고 싶어, 그 말씀을 드리러 왔는데요."

돌팔이와 리하쿠의 눈도 마오마오를 향했다.

'아니, 그 일이 싫은 건 아니지만.'

그러나 괴짜 군사가 있는 곳에 가기는 싫었다. 어떻게 얼버무릴 수 없을까 고민하고 있는데 취에가 마오마오에게 슬쩍슬쩍 무언가를 보여 주고 있었다.

"……."

슬쩍슬쩍 보여 주고 있는 그 물건은 말린 버섯, 건조 표고였다.

'끄으응.'

진시가 가르쳐 준 꾀일까, 아니면 스이렌일까.

표고버섯. 버섯치고는 고급품이다. 자연에 나 있는 것은 발견하기가 쉽지 않다. 가끔 옌옌이 요리에 쓰곤 하는데 본래는 손에 넣을 수 있는 재료가 아니다.

'재배할 수 있다면 굉장한 장사가 될 텐데.'

향심香蕈이라고 불리며 빈혈과 고혈압에 잘 듣는 약이 된다.

약으로 써도 되고, 물에 불려서 요리에 써도 맛있다. 탕을 끓이거나 채수를 내는 데 쓸 수도 있다.

취에라는 시녀는 혹시 마오마오를 놀리고 있는 걸까. 흘끗 내보인 표고버섯을 숨겼나 싶었더니 반대편 손으로 또다시 슬쩍슬쩍 보여 주고 있다. 순간적으로 양손에서 사라졌나 했더니 이번에는 두세 개로 늘려서 보여 주었다. 마치 마술 같은 움직임이었다.

"어떻게 하시겠어요?"

취에는 정중한 말투지만 강요하고 있었다. 미안한 표정을 짓는 한편, 할 일은 하게 만든다. 그야말로 진시의 방법이라 할 수 있었다.

"…알겠습니다."

"그럼, 이걸 받으시죠."

취에는 재빠른 움직임으로 또다시 어디서 꺼냈는지 모를 옷을 마오마오에게 건넸다.

"옷은 이걸로 갈아입으세요. 뭣하면 화장도 해 드릴까요?"

취에의 양손 손가락에는 화장에 쓰는 솔과 연지용 붓 등이 끼워져 있었다. 마치 연극에 등장하는 악역이 암살 도구를 사용하는 듯한 움직임이었다.

'어쩌지, 진짜 개성 대단하네.'

바센의 형수라는 간단한 인물 소개로는 설명을 끝낼 수가 없다.

'그렇지 않아도 주위에 특이한 인물들뿐인데.'

취에는 얼굴이 수수한 만큼 내면이 강화되어 있는지도 모른다. 기가 센 마馬 집안 여자들에게 대항하기 위해서는 그만큼의 정신력이 필요하다는 뜻일까.

'파묻혀 버릴지도 모르겠네.'

마오마오도 지지 않기 위해 스스로에게 개성을 만들어야 할까 생각했지만, 일부러 눈에 띨 이유는 없었다. 말끝에 뭔가 말버릇을 붙여 봤자 우스꽝스럽기만 할 뿐이다.

"화장은 됐으니까 표고 주세요."

"그렇군요."

마오마오의 싱거운 반응에 취에는 조금 서운한 표정을 지은 뒤 건조 표고를 건넸다.

'이 상황을 보니 생약을 몇 종류는 더 갖고 온 모양인데.'

그런 생각을 하며 마오마오는 표고버섯을 바라보았다.

마오마오가 배에서 내리자 비린내와 사람들의 활기가 단숨에 밀려왔다. 벌써 해 질 녘이었기 때문에 대부분의 노점은 닫을 준비를 하고 있었지만 뒤늦게 뛰어와 저녁거리를 사려는 사람들도 있었다.

"조심해서 다녀와~"

돌팔이가 배 갑판에서 손수건을 흔들고 있었다.

"내가 같이 가니까 문제없을 거야~"

마오마오 대신 리하쿠가 대답했다.

'이 녀석, 돌팔이 호위 아니었어?'

마오마오도 일단은 호위 대상에 들어가 있다는 뜻일까.

취에가 준비해 준 옷은 천은 훌륭하지만 색은 수수한 물건이었다. 독 시식 담당으로서는 타당한 차림이었고, 까끌한 마 촉감은 습기 많은 이 지방에서는 느낌이 좋았다.

'이거, 내일부터 입어야겠다.'

속옷 외에는 제대로 된 옷을 준비해 오지 않았는데 마침 잘됐다. 빨아도 금방 마르고 옷감도 좋았다. 의관 보조로서의 옷은 있지만 옷감이 두껍기 때문에 아무래도 후텁지근해져서 견디기 힘들다.

취에는 그 후 화장을 하지 않겠느냐고 몇 번 더 물었지만 마오마오는 계속 거절했다. 하지만 이대로 가는 것도 실례였기에 스스로 가볍게 백분을 바르고 연지를 칠했다.

"마차를 준비하겠다고 했는데."

리하쿠가 주위를 두리번거렸다.

"저거 아닌가요?"

마오마오가 다른 배 앞에 세워져 있는 마차를 가리켰다.

"저건가? 벌써 다른 손님이 타고 있는 것 같은데, 우리는 못 타지 않을까?"

사람이 계속해서 올라타고 있었다.

'여자?'

높으신 분의 시녀들일까. 하지만 수가 너무 많다.

리하쿠와 함께 어떻게 하지, 하고 당황하고 있는데 불쑥 취에가 나타났다.

"실례합니다."

"으악, 어느 틈에 온 거야?"

리하쿠가 놀랐다. 기척을 전혀 느끼지 못했다. 평소에는 독특한 발소리가 들리기 때문에 알아차리기 마련인데, 전혀 들리지 않았다.

"저쪽에 마차가 준비되어 있으니 가시죠."

"아가씨, 당신 움직임이 굉장히 가벼운걸."

"수수하게 생겼지만 행동이 빠른, 그게 장점인 취에 씨랍니다. 편하게 취에 씨라고 불러 주세요."

취에는 생긋 웃으며 한 바퀴 회전한 뒤, 영문 모를 포즈를 취했다.

"그래. 잘 부탁해, 취에 씨."

"네, 리하쿠 님. 참고로 취에 씨는 유부녀이기 때문에 유혹은 거절하겠어요.”

“그거 유감이네. 취에 씨가 내 취향이고 운명의 여자를 만나기 전에 만났다면 유혹했을 텐데.”

한마디로 취향이 아니라는 뜻이다.

“그거 손해 보셨네요. 이렇게 좋은 여자는 흔치 않거든요.”

‘이 사람, 줏대가 없네.’

마오마오의 주위에는 없는 부류의 명랑한 성격이었다. 취에는 또 어딘지 모를 곳에서 작은 깃발이 줄줄이 엮여 있는 것을 꺼냈다.

‘무슨 말을 해야 좋을지 모르겠다.’

마오마오는 조금 서운해 보이는 취에를 무시하고 마차에 올라탔다.

리국의 남쪽에 위치한 이 나라는 아남亜南. 벌써 백 년쯤 전부터 리국의 속국인 나라였다. 아남이라는 이름도 원래부터 붙어 있던 것이 아니라 예전 황제가 지었다고 한다.

‘아亜’라는 글자에는 ‘제2의’나 ‘버금’, ‘하위’라는 의미가 있다.

리국의 북쪽에 있는 나라들을 북아련北亜連이라 부르는 것도 말 그대로의 의미였다. 북쪽에 있는 하위 나라들의 연합이라는 뜻이다.

'이름 붙인 사람, 진짜 거만했구나.'

완전히 바보 취급하는 이름을 붙여 놓고서 이름을 지어 줬다고 잘난 척하다니 말이다.

'남의 나라는 남의 나라대로 이쪽을 아무렇게나 부르고 있겠지만 말이지.'

서쪽에서 온 이방인 중에는 리국 인종보다 피부가 희고 키가 큰 자가 많다. 그래서 가끔 리국 사람들을 '원숭이'라며 매도하는 경우가 있다. 자기들끼리 모국어로 이야기하더라도 서방 말을 어느 정도 알아듣는 마오마오는 상대가 이쪽을 비웃는다는 사실을 알아차릴 수 있다. 녹청관 할멈은 그것이 험담이라는 사실을 눈치채면 웃으면서 숙박비를 바가지 씌운다.

'서로 각자가 그러고 있겠지.'

듣기 싫으면 그런 말을 안 하면 된다. 하지만 그런 말을 듣기 전에 먼저 말함으로써 스스로를 지키고 싶다.

나라와 나라 사이의 관계는 결국 인간이 모인 집단인 이상 인간관계와 똑같다.

마오마오가 마차에서 내린 곳은 커다란 궁이었다.

붉은 칠의 색조는 리국과 같았지만 지붕 모양이 약간 달랐다. 조금 더 둥글고, 등롱이 줄줄이 매달려 빛을 내고 있었다.

새하얀 통로가 궁 한가운데로 이어져 있었고, 정원에는 종려나무를 대칭으로 심어 놓았다.

"이쪽으로 오시죠."

고용인으로 보이는 남자가 말을 걸었다. 조금 다른 억양이 느껴지긴 하지만 리국과 같은 말을 쓴다는 사실은 반가웠다.

'아니, 독 시식 담당에 불과하니까 너무 신경 쓰지 않으셔도 되는데요.'

라고 말하고 싶었지만 취에는 성큼성큼 앞으로 걸어갔다. 유도해 주고 있다고 한다면 그렇게 볼 수도 있겠다. 뾱뾱거리는 그 기묘한 발소리가 울려 퍼졌다.

마오마오와 리하쿠는 얌전히 따라갔다.

"이곳을 쓰시면 됩니다."

일행은 방으로 안내되었다. 취에는 재빨리 안으로 들어가 확인했다. 익숙한 동작이었다.

"이상한 거라도 있어?"

리하쿠도 함께 실내 탐색에 나섰다.

"아뇨. 남방에서는 가끔 뱀이나 벌레가 들어오곤 하거든요."

"뱀이라고요?"

마오마오는 눈을 반짝이며 탐색에 참가했다.

"독은?"

"있죠."

"전갈은 없죠?"

"전갈은 없네요."

대략 확인한 뒤, 아무것도 나오지 않자 두 사람은 실망했다.

"아가씨 하나만이라면 몰라도 취에 씨까지 왜 실망하는 거야?"

리하쿠가 냉정하게 지적했다. '취에 씨'라고 똑바로 불러 주는 점이 리하쿠답다.

"있는 편이 더 재밌잖아요."

취에는 눈에 띄고 싶어 하는 성격일 뿐만 아니라 무슨 소동이 일어나면 재미있어하는 부류인 모양이었다. 그렇구나, 개성 풍부한 자들이 모여든 가오슌의 집안에 시집을 간 이유를 알겠다. 동시에 대체 어떤 고부 관계를 맺고 있을지, 두려운 기분이었다.

취에는 차 준비를 시작했다. 주전자에는 차가운 물이 들어 있는지 결로가 맺혀 있어, 손님에게 경의를 표하고 있다는 사실이 느껴졌다. 아마 직전에 찬물을 준비했으리라.

"제가 준비할 테니 신경 쓰지 마세요."

취에도 바쁠 거라는 생각에 마오마오는 다기로 손을 내밀었다.

"아뇨, 제 몫도 포함되어 있어요. 오늘 밤에는 마오마오 씨랑 같이 있을 예정이거든요."

취에는 재빠른 동작으로 마오마오의 일거리를 빼앗아 갔다.

"스이렌 님께서 아무리 호위라고는 해도 미혼인 아가씨가 남자분과 함께 지내는 건 곤란하다고 하시기에 제가 온 거예요. 그러니까 감시죠."

마오마오와 리하쿠는 서로 얼굴을 마주 본 뒤,

""아… 그럴 일은 절대 없는데.""

하고 입을 모아 말했다.

"네. 저도 그렇게 생각했지만 시할머니 같은 분께서 그런 말씀을 하시니 올 수밖에 없겠더라고요. 그리고 진짜 시어머니도 계시고요. 잘 지내고 있긴 하지만 아무리 그래도 하루 온종일 계속 함께 있으면 지쳐요. 남편은 그 모양이라 절대 중재해 주는 일이 없죠. 남편 다루는 일은 시어머니에게 맡기고, 가끔은 숨을 돌리고 싶을 때도 있어요."

취에는 긴 의자에 앉아서 차를 마시기 시작했다. 상당히 편해 보였다. 과자에도 손을 대, 전병 같은 것을 집어 와작와작 먹어 댔다.

그렇게까지 하는 모습을 보고 마오마오와 리하쿠도 하고 싶은 대로 하기로 했다. 리하쿠는 딱히 할 일이 떠오르지 않는지 방 기둥을 붙잡고 매달리기 시작했다.

'뇌까지 근육인가 봐.'

마오마오도 의자에 앉아 차를 마시며 야오가 준 사본을 마저 읽었다.

"그리고 회식의 흐름에 대해 설명을 좀 해 드릴게요."

취에는 과자 부스러기를 입에 묻히고 있었지만 그래도 일을 할 생각이 있기는 한 모양이었다.

"부탁드려요."

취에는 마치 자기 집에 앉아 있는 듯한 태도로 이야기를 시작했다.

"독 시식은 마오마오 씨와 제가 할 예정이에요. 대상은 달의 귀인과 칸 태위님이죠. 그 외에도 높은 분들이 계시지만 그쪽은 별도로 준비할 거예요."

취에는 마 일족의 며느리라면서 독 시식도 하는 걸까. 왠지 기묘한 느낌이 든다.

"저는 달의 귀인 쪽으로 부탁드려요."

마오마오는 어차피 둘 다 똑같지만 그래도 그나마 좀 나은 편을 골랐다.

"네. 태위님 쪽이 더 재미있어 보이니까 알겠어요."

이유는 몰라도 받아들여 준다니 다행이다.

"독 시식 방식은 원유회 등과 같은 흐름으로 진행돼요. 그리 설명할 필요는 없겠지만 외교의 장이라는 이유도 있어서 뒤편에 숨은 채로 할 거예요."

"그렇군요."

"그러니까 그 자리에서 적당히 눈치로 알아서 때워 주세요."

'대충이잖아. 아니, 대충이라기보다는 무성의하잖아.'

너무 긴장하는 것보다는 편하겠지만.

처음에는 옌옌과 비슷한 분위기라고 생각했는데, 굳이 따지자면 마오마오 자신에 가깝다는 느낌이 들었다. 오히려 마오마오 쪽이 주변을 신경 쓰는 듯했다.

"그럼, 설명은 끝. 시간이 되면 부르러 올 테니 각자 하고 싶은 일을 할 것. 해산!"

"네."

"그래."

각자 대답을 한 뒤, 다시 각자 하고 싶은 일을 이어 갔다.

18화 : 아남의 연회

같은 언어를 쓰고 있어도 문화가 다르면 차이가 크다. 리국과 아남은 연회의 양식이 매우 달라 보였다.

아남은 리국의 남쪽에 위치한 나라이기 때문에 상당히 따뜻하다. 아니, 덥다.

큰북과 피리 소리가 울려 퍼졌다. 리국의 노래보다 명랑하고 활기찼다.

야외에 양탄자를 깔고 그 위에 바로 앉는다. 의자는 없고, 광택 있는 큼직한 방석이 좌석 대신 놓여 있었다. 요리도 탁자가 아니라 양탄자 위에 바로 차려졌다. 개별적으로 준비되는 것이 아니라 큰 접시에서 각자 떠다 먹는 방식이었다.

술병은 독특한 모양의 항아리였고, 선명한 색채가 특징적이었다.

식사를 준비하는 사람들은 모두 얇은 옷차림의 여성들이었다. 허리에 화려한 천을 감은 게 전부인 치마에 소매가 짧은 상의를 입었다. 잘록한 술 항아리는 마치 그 여성들의 체구를 묘사한 듯했다.

머리색은 검은색이 많지만 직모는 적었다. 피부색은 상아색에서 꿀색까지 폭이 넓었다. 이목구비도 뚜렷한 자들이 많았다.

중급 비였던 후요는 리국의 인종에 보다 가까운 생김새였다는 사실이 떠올랐다. 그런 생김새였기 때문에 더더욱 후궁에 들어오게 되었는지도 모른다.

연회에 불려 온 무관들은 요염한 무희들과 급사들을 보고 좋아서 어쩔 줄을 몰랐다.

"와아, 허리의 태가 다르네요."

취에가 허리를 흐느적흐느적 흔들면서 마오마오에게 말을 걸었다. 독 시식 담당은 장막 뒤에서 먹기 때문에 주위에는 보이지 않았다.

"내일은 저 의상을 사 와서 남편을 유혹해 봐야겠어요."

"남편분이 저런 걸 좋아하시나요?"

바센을 닮았지만 유난히 낯을 심하게 가리고, 안색이 해쓱한 남자가 떠올랐다. 도대체 어떤 결혼 생활을 하고 있을지 마찬가지로 궁금했다.

"아뇨, 전혀."

취에는 딱 잘라 부정했다. 요컨대 자기가 입고 싶은가 보다.

격식을 차린 연회라기보다는 잔치에 가까운 분위기가 아남의 특징인 모양이었다. 하지만 독 시식이 필요한 높으신 분들은 한 단 높은 곳에 자리가 마련되고, 훌륭한 좌탁坐卓과 다리가 달린 소반이 준비되었다.

마오마오가 할 일은 그 소반에서 음식을 조금씩 떠다가 독이 들었는지 맛을 보는 것이었다. 독 시식이 있다는 사실을 감추기 위해서인지 장막이 쳐져 있었다. 마오마오와 취에가 잡담을 하고 있는 것도 밖에서는 보이지 않기 때문이다.

"이곳 왕족은 이목구비가 흐릿한 사람이 많네요."

취에가 무례한 소리를 했다.

"정략결혼을 반복하다 보면 타국의 피가 짙어지는 것도 당연한 일인가 봐요."

마오마오의 의문이 풀렸다. 후요가 리국 사람에 가까운 생김새를 지녔던 이유도 그 혈통에 리국의 피가 섞여 있었기 때문이었으리라. 친족 관계를 맺어 나라끼리의 결속을 다지는 일은 흔하다. 또한 자국의 피를 섞어 속국의 피를 옅게 만드는 일이 목적인 경우도 있다.

'얼핏 평화로워 보이지만 사실 아남에서는 리국을 원망하고 있지 않을까?'

문득 그런 생각도 들었다. 아남 사람들 입장에서 보면 나라 이름에서부터 무시당하고 있는 셈이니 말이다.

장막 틈새로, 원망당하고 있다면 그 대상이 될 가능성이 가장 높은 인물이 보였다.

진시는 술잔을 들고 싱글싱글 웃고 있었다. 뒤에서는 옆얼굴 밖에 보이지 않았는데, 오른뺨의 흉터가 더위 때문인지 붉게 강조되어 있었다.

진시는 외교용 웃음을 짓고 있었다. 술잔에는 적당히 술이 담겨져 있었는데 줄어드는 기색은 보이지 않았다. 시야 한구석에 술잔이 비지 않았는지 꼼꼼히 살피는 급사들이 보였다.

'일단 쉽게 다가갈 수는 없겠네.'

흘끔흘끔 진시를 보고 있지만 전용 급사가 따로 있어서인지 함부로 음식을 가져다주지는 못하는 모양이었다.

"드시죠."

차분한 목소리의 소유자 가오슌이 장막 틈새로 식사를 건네주었다. 진시를 위해 제공된 식사였지만 마오마오가 먼저 독이 들었는지 맛을 본 다음 진시에게 넘기게 되어 있었다.

반질반질 빛나는 뼈 붙은 고기, 등갈비였다. 마오마오는 은 젓가락을 집어 정성스럽게 닦았다. 젓가락이 탁하지 않은지 확인한 뒤 고기를 헤쳐 보았다. 그리고 뼈를 떼어 낸 뒤 균등하게 잘라서 몇 조각을 작은 접시로 옮겼다.

"……."

달콤한 맛이 나는 이유는 과일을 졸여 넣었기 때문일까. 상큼

한 감귤 냄새가 났다.

'맛있다, 맛있어.'

한 입을 꿀꺽 삼키고, 또 한 입 먹고 싶었지만 참았다. 일하는 중이니 이 이상 먹어서는 안 된다.

"맛있다, 맛있어."

취에는 천연덕스럽게 음식을 덥석덥석 먹고 있었다. 독 시식이 아니었다.

"취에 씨, 일은요?"

"네, 이상 없어요. 맛있네요."

고단하다는 듯 이마에 손을 대고 있지만 아무리 봐도 그냥 식탐이었다.

'여기에 홍냥이나 사젠이나 라한네 형이 있었다면….'

마오마오가 아는 한 가장 지적을 잘하는 세 사람이다. 취에는 너무 제멋대로여서 일일이 다 지적하기가 힘드니 도와줄 사람이 필요하다.

마오마오는 문제없다고 말하며 독 시식을 마치고 그릇을 진시 쪽으로 보냈다. 그릇을 옮기는 사람은 가오슌이었다.

그에 반해 거의 음식이 남아 있지 않은 그릇을 가져가는 사람은 괴짜 군사의 부관이었다. 전에 과일 음료 때문에 괴짜가 식중독에 걸렸을 때도 있었던 관리다.

"……."

부관은 그릇을 보고는 취에에게 뭐라고 할 뻔했다.

"가져가세요, 독은 없네요."

취에의 입 주위가 기름으로 번들거리고 있었다.

부관은 할 수 없이 돌려받은 그릇을 괴짜 군사에게 가져갔다. 잠시 후 다음 접시가 오나 했더니 마찬가지로 등갈비 요리였다.

"다른 음식을 좀 먹고 싶은데요."

취에는 휴우, 하고 한숨을 내쉬며 새 은젓가락을 문질러 닦았다.

마오마오 앞으로는 다른 요리가 날라져 왔다. 심지어 세 가지가 한꺼번에.

"왠지 많은데요."

마오마오는 자신도 모르게 음식을 가져온 가오슌을 보고 중얼거렸다.

가오슌은 미간에 주름을 잡았다.

"저쪽 손님께서 보내셨습니다."

지시받은 대사 같은 가오슌의 말과 함께, 장막 너머에서 괴짜 군사가 손을 흔들고 있었다.

"…취에 씨, 여기요."

"어머, 잘 먹겠습니다."

취에는 사양하지 않고 먹었다. 아니, 정정. 독이 들었는지 확인했다.

괴짜 군사는 시무룩해졌지만 마오마오가 할 일은 독 시식이다. 다른 요리를 배부르게 먹는 일이 아니다.

진시가 하고 있는 일은 회식이라기보다 외교다. 영업용 미소를 지은 채 담소를 하고 있다. 식사는 체면치레 정도로만 하고 있기 때문에 마오마오가 할 일은 그리 많지 않다.

여자라면 나라를 기울게 할 그 미모가 외교에서도 무기가 되고 있음이 분명하다.

'이러니저러니 해도 사실 사람 다루는 솜씨는 좋단 말이야.'

하지만 한 번 그 속내에 들어가면 도금은 쉽게도 벗겨진다.

그와 달리 일을 안 하고 있는 또 한 명의 높으신 분이 있다. 괴짜 군사는 취에가 먹다 남은 음식을 집어 먹으며 술이 아닌 과일 음료를 찔끔찔끔 마시고 있었다. 주위의 누군가가 말을 거는 듯했지만 관심이 없는지 뒤를 돌아보며 마오마오를 흘끔흘끔 쳐다보고 있었다.

"제가 이렇게 말하긴 뭣하지만, 조금만 너그러운 태도를 취해 보는 건 어떨까요?"

닭고기를 뜯어 먹으며 취에가 말했다.

"…한 번 응석을 받아 주면 어떻게 되는지 아세요?"

마오마오가 내뱉듯 대꾸했다.

취에는 위를 올려다보고 눈을 감았다. 무언가를 상상하는 모양이었다.

"굉장히 재미있는 일이 펼쳐질 것 같네요."

취에는 즐거워 보였다. 어디까지나 남의 일이라는 투였다.

'회식 좀 빨리 끝났으면 좋겠다.'

마오마오는 휴우, 하고 한숨을 내쉬며 식사에 젓가락을 들이댔다.

귀찮은 일이 몇 번 있었지만 회식은 끝났다.

'이상한 독은 없었을 거야.'

독 시식 담당으로서 자신의 몸의 상태를 확실히 확인해야 한다. 늦게 도는 독이라면 몇 각刻*에서 며칠 늦게 효과가 나타나는 경우도 있다. 배에는 아직 여유가 있지만 한동안 아무것도 먹지 않고 상태를 지켜보고 싶다.

마오마오 스스로는 문제가 없다고 생각해도, 완벽하게 일을 해내기란 쉽지 않다.

"휴우, 배부르다, 배불러."

취에는 지나치게 불룩해진 배를 쓸어내렸다. 끝까지 독 시식이라기보다는 식사를 즐긴 사람이었다.

이제 남은 건 방으로 돌아가 1박을 하는 일뿐이다. 내일은 물

※각 : 1각은 15분.

건을 사러 외출하는 정도는 가능할 것 같아서 조금 기대가 되었다.

　연회의 밤은 아무 일 없이 끝났다. 연회의 밤은….

약사의 혼잣말

19화 : 사라진 돌팔이 의관

눈꺼풀이 밝아지고, 새 지저귀는 소리가 들리기 시작했다.

"으, 으음…."

마오마오는 천천히 눈을 뜨고 크게 기지개를 켰다. 포근하고 좋은 냄새가 나는 침대, 육지라서 흔들림도 없다. 오랜만에 푹 잔 기분이었다.

'아남이었던가?'

마오마오는 멍하니 지금 육지에 있다는 사실을 떠올렸다.

침대에서 일어나니 탁자 위에는 죽 외에도 유난히 호화로운 요리들이 차려져 있었다. 취에는 먼저 먹고 있었다.

"일찍 일어나셨네요."

"네, 시어머니께 혼나지 않도록 취에 씨는 일찍 일어난답니다. 자, 자. 어서 아침 식사를 해요."

취에는 덥석덥석 음식을 먹어 댔다. 반찬이 너무나 호화로운 것을 보고 어젯밤 연회의 남은 음식인가 했는데, 어제 먹은 요리와 달랐다. 아무리 그래도 손님에게 남은 음식을 내주지는 않는 모양이었다.

"저는 적당히 먹을게요."

마오마오는 죽에 초를 뿌려 먹었다. 리국풍 아침 식사인가 했는데 초에서 어장魚醬 같은 독특한 풍미가 느껴져, 이곳이 이국이라는 사실이 느껴졌다.

기행을 일일이 지적하기 힘들다는 점을 제외하면, 취에는 격식 차리지 않아도 되는 편한 상대이기 때문에 식사 예법도 신경 쓸 필요 없었다.

아침 식사를 끝내고 이를 닦고 있는데 문을 크게 두들기는 소리가 울려 퍼졌다.

"무슨 일인가요?"

"아가씨."

호위 리하쿠가 다소 난감한 표정을 짓고 있었다.

"아니, 방금 전령이 왔는데 의관 아저씨가 배에 없다나 봐."

"네에?"

돌팔이 의관이 없다는 게 무슨 뜻일까.

'혹시 납치당했나?'

돌팔이 의관을 데려온 이유는 뤄먼의 대리를 시키기 위해서였다. 리하쿠는 호위로 붙어 있었지만 지금은 마오마오와 동행

하고 있다.

배에는 다른 무관들도 남아 있었으니 돌팔이가 유괴되는 일이 쉽게 벌어지지는 않을 텐데.

"…무슨 말씀인지 모르겠어요. 아니, 대체 왜?"

마오마오가 머리를 부둥켜안고 있는데 취에가 눈을 반짝반짝 빛냈다.

"모르겠어. 난 일단 배에 돌아가 볼 생각인데, 아가씨는 어떻게 할래?"

"글쎄요, 어떻게 해야 할지."

여기서 마오마오가 멋대로 움직일 수는 없다. 일단 보고해야 한다고 생각하고 있는데….

"이야기 잘 들었습니다."

누구의 대사인가 했더니 취에였다.

"사건의 냄새가 나는군요. 안심하십시오. 허가는 확실히 받아 왔습니다."

취에는 이를 반짝 빛내며 한쪽 눈을 찡긋했다.

"받아 왔다니, 지금 막 얘기한 일이잖아요."

마오마오는 지극히 평범하면서도 재미없는 대답을 하고 말았다. 여기서는 재미있는 대꾸를 해야 하지 않을까 생각했지만, 끝이 나지 않을 것 같아 포기했다.

"네. 마오마오 씨가 외출할 때 리하쿠 씨와 저를 데리고 나가면 문제없을 거라고 분부하셨습니다. 어차피 오늘 하루는 한가할 테니 미리 외출 허가를 받아 두었어요. 그런데 마오마오 씨가 여기서 외출하지 않으시면 취에 씨는 거기에 따를 수밖에 없고, 아남 관광도 못 하고, 언제 찾아오실지 모르는 시어머니의 방문에 겁을 먹고 있어야 할 상황이었죠."

즉, 처음부터 나갈 생각을 하고 있었다는 뜻이다.

'아니, 나가도 된다면 나가겠지만요.'

한발 앞서 준 취에의 행동은 어떤 의미에서는 고맙기도 했다.

"문제없다면 잠깐 배에 들러 볼까 하는데요."

마오마오는 확인하듯 리하쿠를 쳐다보았다.

"아아, 아가씨라면 갈 거라고 생각하고 말한 거야. 나는 문제없는데…."

리하쿠는 슬며시 시선을 돌렸다.

"왜 그러세요?"

"아니, 전령하고 얘기할 때 귀찮은 사람한테 들켜 버렸거든."

"귀찮은 사람…."

마오마오는 슬그머니 방 입구를 쳐다보았다. 왠지 불길한 예감이 들었다.

취에가 터벅터벅 입구로 걸어가 문을 열었다.

"어엇?!"

문에 귀를 대고 엿듣던 사람은 외알 안경을 쓴 괴짜였다.

"안녕하세요."

취에가 형식적인 인사를 건넸다.

"좋은 아침! 마오마오~ 날씨가 좋구나!"

"……"

마오마오는 최악의 표정으로 쳐다보았다.

"외출하려는 거니? 그렇구나, 아빠도 같이 갈까?"

"따라오지 마세요."

마오마오는 얼음 같은 표정을 지었지만 괴짜 군사의 얼굴은 변함이 없었다.

"가게가 잔뜩 있는데 무엇을 살까? 옷, 머리 장식, 아니, 약이 좋을까?"

예상대로 사람 말은 듣지도 않았다.

"마오마오 씨."

취에가 마오마오를 쿡쿡 찔렀다.

"저 상태로 볼 때 죽어도 따라올 것 같은데, 포기하고 그냥 써먹기 좋은 지갑이라고 생각하고 데려가는 건 어떨까요?"

"지갑이고 나발이고 이 아저씨, 개인적으로 돈을 갖고 있긴 해요?"

애당초 항상 라한이 돈 계산을 지휘한다는 인상이다.

"그럼, 부관을 데려올게. 지갑은 아마 갖고 있을 테니까."

리하쿠가 재빠른 동작으로 부르러 갔다.

"잠깐, 리하쿠 님!"

"마오마오~ 다양한 약이 있으면 좋지 않겠니~ 숙부님께도 선물을 사 가야지."

괴짜는 여우 눈꼬리에 실실거리는 웃음을 담고 축 늘어뜨렸다.

"지갑이에요, 지갑. 그렇게 생각하자고요. 여기 놔두고 가려다가 시간만 잡아먹어요. 의관님이 걱정된다면 빨리 행동하는 게 중요해요. 그리고 저는 아남 산 산호 비녀를 갖고 싶거든요."

"취에 씨는 뜯어먹을 생각밖에 없군요."

참 성격 좋은 사람이다.

"남편의 수입이 안정적이지 못하니 어쩔 수 없어요. 결혼해서 아이도 있지만 과거 시험을 보는 학생이었고, 붙어서 안정이 좀 되나 싶었더니 동료와 잘 지내지 못해 퇴직하고. 겨우 연줄로 재취직한 상태라고요. 덕분에 취에 씨는 아이를 낳자마자 바로 일하러 나온 상황이죠."

취에가 손에서 줄줄이 엮인 깃발을 꺼내 팔랑팔랑 흔들며 말했다. 전혀 고생하는 것처럼 보이지 않지만 고생하고 있는 모양이었다.

"참고로 남편의 재취직이 결정되고 나니 다음 아이를 낳으라고 재촉을 당하는 형편이에요. 시동생이 집안을 잇는다 해도 아이를 낳을 수 있을지 어떨지 모른다고 하는 바람에요. 혹시

이게 시집살이 아닐까요?"

"그건 이해가 되네요."

바센이 집안을 잇기로 결정된다 해도, 남녀 관계에는 정말로 소심한 태도이기 때문에 걱정되는 것도 당연했다.

'리슈 전 비 일도, 제대로 안 하면 끝장이 나고 말 거야.'

작년 출가한, 박복한 아가씨가 떠올랐다.

바센은 육로를 통해 별도 행동을 취하고 있다던데 어떻게 지내고 있을까.

"이봐~ 불러 왔어."

마오마오와 취에가 대화를 나누는 사이 리하쿠가 지갑, 아니 괴짜 군사의 부관을 데려왔다.

배로 돌아가 보니 다들 외출하고 없는지 사람 수가 상당히 적었다. 선원이 배 정비를 하고, 청소부가 선내에 쌓여 있던 쓰레기를 내놓고 갑판 청소를 하고 있었다. 청소부는 남자 같은 차림새를 한 중년 여성 몇 명으로, 선내를 열심히 닦는 중이었다. 그 대부분이 선원들 가족이라는 듯했고, 식사도 준비해 주었다.

"마오마오, 빨리 준비를 마치고 가게 구경을 가자꾸나."

시끄러운 아저씨가 뭐라고 하고 있었지만 마오마오는 무시했다. 선내에 남아 있던 무관 몇 명이 괴짜 군사를 보고는 재빨리 숨었다. 말려드는 건 사양하고 싶은 눈치였다.

"여깁니다."

리하쿠에게 온 전령이라는 사람은 돌팔이 의관을 호위하던 무관이었다.

"뭘 하고 있었던 거야?"

리하쿠는 안면이 있는 사이인지 무관의 등을 두들기며 어이없다는 듯 말했다.

"죄, 죄송합니다. 마침 교대하는 사이에 사라져서, 의무실에 들어가 보려 했더니…."

마오마오는 의무실을 열어 보려 했다.

"문이 잠겨 있네요."

의무실은 기본적으로 잠가 두게끔 되어 있다. 약 종류도 놓여 있기 때문에, 함부로 가지고 나가지 못하도록 아무도 없을 때는 잠그는 것이 규칙이었다.

"들여다보이는 한 안에는 아무도 없어 보이고, 돌아올 기색도 없어서 연락드렸습니다."

무관이 면목 없는 듯 고개를 숙였다.

"아~ 알았어, 알았어. 넌 앞 당번 녀석한테 인계받아서 왔을 뿐이겠지? 앞에 했던 호위도 불러와."

"알겠습니다."

무관은 다급히 달려갔다.

"아니, 밀실이라니. 이거 사건의 냄새가 나는군요."

취에는 다부진 얼굴로 잘라 말했다.

"아저씨는 어디 갔지?"

"안 보이는 데서 자고 있는 것 아닐까요?"

마오마오는 예비 열쇠를 받아 놓았으므로 문을 열었다. 돌팔이 의관은 어디에도 없었다.

"딱히 이상한 곳은 없는데요."

마음에 걸리는 부분이라 하면 돌팔이 의관의 잠옷이 침대 위에 벗어 던져져 있다는 점일까.

"의관 아저씨, 버릇 나쁘네."

"평소에는 저렇게 벗어 놓지 않는데요."

설령 잠깐은 벗어 둔다 해도 나중에 잘 갠다. 무능하지만 교육은 잘 받았다.

시야 한구석에서 괴짜 군사가 약서랍에 손을 뻗고 있었기 때문에 마오마오는 그 손을 찰싹 때렸다. 상대가 왠지 기뻐 보이는 표정이었지만 기분 나빴기 때문에 무시했다. 부관이 꾸벅꾸벅 고개를 숙이며 마오마오에게 감사 인사를 했다.

"서둘렀다면…."

마오마오는 아침에 일어나 옷을 갈아입은 돌팔이 의관이 무엇을 할지 생각해 보았다. 요 며칠 동안 장막 한 장을 사이에 두고 생활했기 때문에 돌팔이의 행동 원리는 상상이 갔다.

"측간에 갔겠군요."

측간이 있는 곳은 이물이다. 환관은 중요한 것이 없기 때문에 요의를 자주 느낀다.

아침에 일어나 측간에 가고 싶어져 서둘러 옷을 갈아입었다고 생각할 수 있었다. 어젯밤에는 배에서도 호화로운 요리가 차려졌을 테고, 술이 나왔을 가능성이 높다. 숙취로 머리가 멍했을 테니 문을 잠근 것만도 용했다.

"잠깐 측간에 좀 다녀오겠습니다."

마오마오는 의무실에서 측간까지의 최단거리를 걸어갔다. 중간에서 청소부 아주머니가 아궁이 주위를 열심히 닦고 있었다. 튄 기름이 말라붙었는지 얼룩이 잘 지워지지 않아 애를 먹고 있는 듯했다.

이물의 측간에 도착했지만 돌팔이 의관은 없었다.

"설마 떨어지진 않았겠지?"

리하쿠가 농담처럼 말했다. 측간이라고는 해도 바다로 배설물을 직접 떨어뜨리는 구멍이 뚫려 있는 것이 전부였다.

"의관님은 뚱뚱해서 걸릴 테니까 그건 무리겠네요."

"……."

마오마오는 팔짱을 끼고 고개를 갸웃거렸다.

시야 한구석에서 간식 대신 건조 과일을 먹고 있는 아저씨가 보였지만 무시했다. 부관이 죽통에 넣은 차를 내밀고 있었다.

"왜 그러세요, 마오마오 씨?"

"아뇨, 의관님은 무리라도 다른 거라면 어떨까 싶어서요."

"다른 것?"

마오마오는 품에서 의무실 열쇠를 꺼냈다.

"잠이 덜 깨서 정신을 못 차리는 바람에 그만 퐁당 빠뜨렸을 가능성은 없을까요?"

"우와아."

"의관 아저씨라면 가능하겠네."

취에도 리하쿠도 부정하지 않았다.

열쇠가 없으면 돌팔이 의관도 의무실에 들어가지 못한다.

"실례합니다."

마오마오는 배 정비를 하던 선원을 불러 세웠다.

"뭐지?"

"오늘 아침에 측간 주위에서 허둥지둥하는 의관님을 혹시 못 보셨나요?"

선원은 고개를 갸웃하다 다른 선원을 불렀다. 몰려든 사람들 중 한 명이 손뼉을 짝 쳤다.

"의관님인지 아닌지는 모르겠는데 몸집이 통통한 아저씨가 당황하는 건 봤어. 갑판 청소에 방해가 되니까 이동해 달라고 했지."

"그래서 어디로 갔나요?"

"음… 배 안에서는 어디 있어도 방해가 되니까 말이야. 청소가 끝난 갑판이라면 있어도 된다고 말했어."

선원은 잔교 쪽을 가리켰다. 때마침 나무 상자가 놓여 있어, 돌팔이 의관이 쓸쓸하게 오도카니 앉아 있는 모습이 쉽게 떠올랐다.

"아가씨한테 연락해서 열쇠를 받아 오고 싶어도 무관들이 다 나가고 없었을 테니 말이야."

소심한 돌팔이 의관은 바빠 보이는 선원들에게 무슨 지시를 내릴 수 없었을 것이다. 무엇보다 열쇠를 떨어뜨렸다는 약점 때문에 더 부탁하기 힘들었을지도 모른다.

마오마오는 돌팔이가 앉아 있었을 나무 상자 위에 앉았다. 바빠 보이는 선원과 청소부들이 잔교로 드나들었다. 멍하니 앉아 있으니 노골적으로 거치적거린다는 듯 노려보는 시선이 느껴졌다.

'무관들이 도망가는 것도 이해가 되네.'

배 위에 있으면 아무래도 가시방석처럼 느껴진다. 복도에서 호위하던 무관도 청소부가 몇 번이나 거치적거린다는 듯 쳐다보았음이 분명하다. 그러니 시간이 되자마자 인수인계도 안 하고 나가 버렸으리라.

"어딜 갔을까."

멍하니 있자니 바쁘다는 듯 뛰어가던 청소부가 마오마오 일행 쪽으로 다가왔다.

"너, 혹시 추가로 온 일손이니?"

풍채 좋은 아주머니가 말을 걸었다.

"아뇨, 그렇게 보이세요?"

마오마오와 취에뿐이었다면 모를까 리하쿠가 함께 있다. 그리고 덤으로 돛대에 기어오르려 하는 아저씨와 그것을 제지하는 부관이 있는데 선원에게 발각되자마자 바로 끌어내려졌다.

"그렇게 안 보이긴 하지만 일손이라면 좋겠다는 생각이 들어서. 뭘 좀 사다 달라고 부탁한 인간이 도무지 돌아오질 않아서 난감하단 말이야. 한가하다면 심부름 좀 다녀와 줘."

'뭘 좀 사다 달라고 부탁한 인간?'

마오마오는 현재 돌팔이 의관의 모습을 떠올렸다. 잠옷을 벗고 옷을 갈아입긴 했지만 의관복은 아니다. 수염을 깎은 환관이다. 환관은 중성적이기 때문에 보기에 따라서는 아줌마로도 보일 수 있다.

게다가 청소부들도 움직이기 쉽도록 남자 같은 옷을 입고 있다.

"죄송한데요, 어떤 사람에게 그 부탁을 하셨나요?"

"어떤 사람이냐니, 다른 배에서 온 일손이지. 젊은 애를 보내진 않을 테니 큰 기대는 안 했는데 진짜로 아무짝에도 쓸모없는 인간을 보냈지 뭐야. 멍하니 앉아서, 뭘 해야 하는지도 모르는

눈치라 일단 심부름을 시켜 놨는데 이 모양이야. 벌써 두 시간
째 돌아오질 않아."

못 살겠어, 하면서 아주머니가 양팔을 벌렸다.

"저기요."

잔교에서 여자 목소리가 들렸다.

"일 도우러 왔는데요. 뭘 하면 돼요?"

마오마오 일행과 아주머니의 시선이 잔교에 있는 여성에게로
향했다.

"일손, 지금 왔나 본데요."

"…아니, 그럼, 아까 심부름 보낸 사람은 대체 누구야?"

돌팔이 의관은 보통 의무실에만 틀어박혀 지냈기에 아주머니
와는 면식이 없었던 모양이다.

마오마오 일행은 얼굴을 마주 보고는 고개를 절레절레 내저
었다.

"그 일손한테 뭘 부탁하셨는데요?"

"뭐였냐고? 비누. 아남 항구에서는 고형 비누를 싸게 살 수
있거든. 싸구려 액상 비누는 냄새가 지독해서 배 안에서는 다
들 싫어해."

리국에서 고형 비누는 흔히 사용되지 않는다.

"어디서 파나요?"

"혹시 사다 주려는 거니? 그게 있지, 길거리 노점에서 판단다."

"알겠습니다."

마오마오 일행의 다음 목적지가 정해졌다.

"오~ 저쪽 옷 괜찮네. 사 갈까?"

"음, 나쁘지 않아. 이 비녀는 마오마오한테 어울리겠구나."

"노점의 과일 음료는 어떠니? 색깔이 신기한 게 맛있어 보이는데."

시장에 온 후로 괴짜 군사는 내내 이런 상태다. 참고로 괴짜가 고르는 물건들은 천 년쯤 시대를 앞서 간 옷과 비녀, 그리고 배 둘레가 토실토실해질 듯한 과일 음료였다. 마오마오는 부관에게 지갑을 꺼내지 말라고 말렸다.

"거참, 질리지가 않네요. 마오마오 씨."

한없이 남의 일인 것처럼 구는 취에雀의 손에는 구운 새고기 꼬치가 들려 있었다. 고기는 닭이 아니었고, 뼈만 앙상한 모습을 보니 농사에 해로운 새라고 구제된 참새雀 종류인 모양이었다.

'한동안은 참새를 잡지 말라는 공고가 내려졌을 텐데.'

진시가 황해 대책 중 하나로 들었던 안건이었다. 속국이어도 아남은 대상 외인 걸까.

"동족상잔 아닌가요?"

"맛있으니까 아무래도 상관없어요! 자요."

"감사합니다."

취에가 하나를 내밀었기에 마오마오는 고맙게 받아서 먹었다. 부드러운 고기는 거의 없지만 이건 이것대로 좋아하는 사람은 좋아하는 맛이다.

"자, 그렇게 됐으니까 부관님, 하나 더 먹고 싶어요."

취에가 손바닥을 내밀자 부관은 어이가 없다는 표정으로 취에의 손바닥에 잔돈을 올려 주었다. 지극히 자연스럽게 돈을 뜯어내고 있었다.

'자기 돈이 아니었냐고!'

취에는 너무나도 빈틈이 없다. 괴짜 군사는 젓가락에 꽂은 과일을 먹고 있었다.

마오마오는 새고기 꼬치를 우물거리며 비누 파는 노점을 찾았다.

"고형 비누는 비쌀 텐데. 부뚜막 청소하는 데 써도 되는 거야?"

리하쿠의 말대로였다. 마오마오를 비롯한 궁녀들도 세탁할 때는 보통 재나 기껏해야 액상 비누를 사용하곤 했다. 리국에서는 잘 사용하지 않아, 별로 유통되는 일이 없었다.

"아남에서는 안 그런가 봐요."

마오마오는 가까이 있던 나무를 두들겼다. 종려를 닮았지만 종려처럼 털이 무성한 가지가 아니었다. 커다란 열매가 머리

위 한참이나 높은 곳에 달려 있었다.

"야자라는 식물이네요."

책 삽화에서밖에 본 적 없지만 그 씨앗은 빈랑자檳榔子라는 이름으로 알려져 있다. 씹는담배로 사용되는 한편 치약이나 벌레 쫓는 데에도 쓰인다.

하지만 지금 눈앞에 있는 나무는 빈랑과는 달랐다.

"야자의 종류에 따라서는 과일로 이용되기도 하고, 또 기름을 짜는 일도 있다고 해요. 대추를 꼭 닮은 열매를 맺는 야자도 있다나 봐요. 기름야자라는 종류도 있는데 이름 그대로 기름의 재료가 되고, 해조회海藻灰를 섞으면 비누의 기초가 된다고 해요."

고형으로 만들기 위해 끓여 졸이는지, 건조시키는지, 아니면 달리 무언가를 조합하는지까지는 알 수 없다.

마오마오는 노점을 보았다. 마침 야자나무 아래에 열매를 파는 가게가 있었다. 커다란 열매에 구멍을 뚫고 보릿짚을 꽂아 놓았다.

"저거 하나, 아니, 전원 몫을 주세요."

눈치 빠른 부관이 다른 사람들 몫까지 야자열매를 샀다. 기왕사 주었으니 얻어먹기로 했다. 보릿짚으로 빨아서 마시니 약간의 단맛과 소금 맛이 느껴졌다.

"조금 더 달콤한 게 좋겠는데. 설탕 없나, 설탕?"

단것을 좋아하는 아저씨는 아쉬워 보였다.

"나는 짭짤한 게 좋은데."

리하쿠의 감상에 부관은 하얀 무언가가 담긴 잎사귀를 건넸다.

"덤이라네요. 야자 과육이랍니다."

희고 반투명한 열매에 어장을 끼었었다. 마오마오와 리하쿠는 손을 내밀어 맛을 보았다.

"오징어 회 같은 맛이네요."

독특한 식감이 나쁘지 않았다. 술안주로 괜찮아 보였다.

"음… 내 취향은 아니야. 뭔가 물컹물컹해."

리하쿠는 야자열매가 입에 안 맞는 모양이었다. 그래서 나머지는 마오마오와 취에가 먹었다.

"죄송한데요, 비누 가게가 어디 있는지 아세요?"

"비누 가게? 그건 조금 더 안쪽이야. 튀김 가게들이 늘어서 있는 바로 옆에 자주 가게가 나와 있어. 이 앞에 광장이 있는데 바로 거기야."

드문드문 아남 특유의 억양이 느껴졌다. 가게 주인은 물건을 사 준 손님들에게는 친절했다.

"그리고 당신들, 리국 사람이지? 건장한 형씨가 있으니까 괜찮겠지만 조심해."

"뭘 조심하라는 거지?"

리하쿠가 눈을 가늘게 떴다.

"당신들은 아니겠지만 지금 리국 사람들이 많이 있어. 아무래도 우리를 자꾸 무시하려 드는 태도를 취하는 녀석들이 많아. 어젯밤 술집 쪽에서 한바탕 실랑이가 있었대. 세금이 오른 일도 있고, 우리 공주님이 마음에 안 든다며 후궁에서 쫓아냈다는 얘기도 있지. 괜한 시비 걸리지 않게 조심해."

세금이 오른 일은 황해 대책이다. 공주를 쫓아냈다는 이야기는 몇 년 전 후궁에서 유령 소동을 일으킨 후요 전 비를 말하는 걸까.

'틀린 말은 아니네.'

반론하고 싶었지만 태도가 불량한 리국 사람이 있다는 사실은 분명하다. 익숙지 않은 배 여행을 하며 울분이 쌓이기도 했을 테고, 개중에는 좌천되었다며 자포자기한 자도 있을 터였다.

"흐음…."

리하쿠의 눈빛이 변했다.

"그럼, 빨리 의관 아저씨를 찾아야겠는데."

태평하고 무심한 돌팔이 의관이 혼자 있으면 표적이 될 것이 분명했다.

마오마오 일행은 다 마신 야자열매를 버리고 나서 가게 주인이 말해 준 대로 안쪽으로 향했다.

"달콤한 냄새가 엄청나게 나는데."

"기름 냄새도요."

숨 쉬기 힘든 답답한 공기가 광장 일대에 가득했다.

광장 자체는 잘 정비된 돌바닥이었고, 중앙에는 사당 같은 것이 있었다. 광장 주위를 나무가 빙 두르고 있었다. 유실수도 있었고, 작은 암마라菴摩羅[*] 열매도 달려 있었다. 찾아보면 여지荔枝[*]도 있을 듯했지만 계절상 먹을 수는 없어 보였다.

노점은 참배객들을 대상으로 장사를 하고 있다고 했다. 달콤한 냄새에 압도당할 것 같았지만 선향과 초, 나무패도 팔고 있었다. 과자로는 호마구芝麻球[*]와 대마화大麻花[*] 등이 있었다.

괴짜 군사는 벌써부터 무언가를 사고 있었다. 취에도 조르는 중이었다. 부관이 무척 바빠 보였다.

"비누 가게는?"

주위를 두리번두리번 둘러보니 하얀 벽돌 같은 것이 겹겹이 쌓여 있는 노점이 보였다. 바로 다가갔더니 가게 주인이 얼굴을 찡그린 채 맞이했다.

"…당신들, 리국 사람이야?"

주인이 느닷없이 노려보았다.

"손님이 어느 나라 사람이든 무슨 상관이야? 비누를 사고 싶

※작은 암마라 : 망고.
※여지 : 리치.
※호마구 : 참깨경단.
※대마화 : 꽈배기빵.

은데 가격이 얼마지?"

야자열매 가게 아저씨보다 아남 억양이 덜 심한 말투였다.

"공교롭게도 팔 물건이 없어. 다른 곳을 알아봐."

가게 주인은 고개를 홱 돌렸다.

"…그건 곤란한데. 이유를 말해 줘."

리하쿠는 머릿속까지 근육으로 만들어진 것처럼 보이기 쉽지만 이성적인 판단도 할 줄 안다. 마오마오는 자신이 나설 차례가 아니라는 생각에 한 걸음 물러나 추이를 살폈다.

가게 주인은 한순간 생각에 잠긴 듯했다. 리하쿠는 가식 없는 웃음을 싱글싱글 지으며 기다리고 있었다.

"사고 싶으면 비누 만드는 곳에 직접 찾아가도록 해. 비누는 생활필수품이야. 재미 삼아 사재기라도 해 가는 건 곤란해. 지금 도매 가격이 올라 버려서, 여기 있는 만큼을 다 팔고 나면 가격을 올리는 수밖에 없어."

시비 거는 줄 알았던 가게 주인에게도 타당한 이유가 있었다. 처음부터 그렇게 말했다면 좋았을 것을, 비뚤어진 사람은 멀리 돌아가는 식으로밖에 말할 줄을 모른다.

누구에게 팔든 수입은 변함이 없지만 가게 주인은 동네 사람들을 위해 가격 변동 없이 팔고 있는 모양이었다. 근처에는 주택가가 있어, 사러 나오기에 딱 좋은 위치였다.

"도매 가격이 올랐다고? 사재기 때문에?"

"아니, 재료가 다 탔어. 화재 때문에."

비누의 재료는 기름이다. 활활 잘 탔으리라.

"그렇군. 고마워. 그 비누 만드는 곳은 이 안쪽에 있나?"

리하쿠가 사람 좋아 보이는 웃음을 활짝 지으며 문자 가게 주인은 귀찮다는 듯 손가락으로 가리켜 주었다.

"똑바로 걸어가다 보면 화재가 일어난 흔적이 보일 거야. 근처에 움집이 있는데 거기서 새롭게 비누를 만들고 있어. 직공들이 어슬렁거리고 있을 테니까 물어보면 돼. 하지만 나만큼 친절한 사람은 없어."

"그렇군. 고마워. 친절을 베풀어 준 김에 한 가지 더 묻고 싶은 게 있는데, 우리랑 같은 리국 사람 중에서 오늘 비누 사러 온 아저씨 못 봤어?"

"아저씨? …어? 혹시 그 아줌마 얘긴가? 몸집이 통통하고 눈썹이 유달리 축 처져 있던."

"아… 맞아, 그 사람이야. 그 사람은 아줌마가 아니고 아저씨야. 어디로 갔어?"

"당신들하고 똑같은 걸 묻기에 똑같은 대답을 해 줬지. 안쪽으로 들어갔을 거야. 반 시간쯤 전인가."

"오, 굉장히 큰 도움이 됐어. 여러 번 미안하네, 고마워."

리하쿠가 손을 흔들자 마오마오는 고개를 꾸벅 숙였다. 그 즈음 괴짜는 노점 과자를 왕창 사들이고, 취에는 부관을 뜯어먹고 있었다. 과자를 먹는 동안에는 비교적 평화로웠다.

마오마오는 취에의 높은 적응력은 정말 대단하다고 옆에서 지켜보며 생각했다. 불쌍한 건 휘둘리는 부관이다.

"마오마오~ 보렴… 대마화란다~"

괴짜 군사가 과자를 내밀고 뺨에 마구 눌러 대려 했기에 마오마오는 피했다. 대마화는 그 궤도 위로 이동한 취에의 입으로 쏙 들어갔다.

"잘 먹었습니다."

취에는 천연덕스러운 얼굴로 입가를 닦았다. 도대체 위장이 어떻게 생겨 먹은 걸까.

비누 가게 주인의 말대로 한동안 걷다 보니 주택가로 들어갔다. 주위에는 드문드문 정원수 대신 종려나무가 심어져 있었다.

"이 나무에는 어떤 열매가 맺힐까요?"

취에가 진지한 얼굴로 물었다.

"열매는 약재료가 되지만 맛있다는 말은 들어 본 적 없어요."

"그럼, 왜 심어 놓은 걸까요?"

"빗자루나 밧줄 등 일용품의 재료가 되기 때문이 아닐까요? 잎도 약용으로는 사용되고요."

용도는 상당히 많지만 취에는 못 먹는 것에는 관심이 없는 듯했다. 괴짜는 심심한지 종려나무의 부스스한 나무껍질을 쥐어뜯고 있었다.

"그만하십시오, 라칸 님."

이젠 부관도 한계라는 표정이었다. 매일 이 꼴이라면 위장이
버텨 내질 못하겠다.

"저쪽 아닌가요?"

취에가 반쯤 탄 집을 발견했다. 그 안쪽에 무슨 일인지 사람
들이 모여 있는 모습이 보였다. 불길한 예감이 들어 서둘러 쫓
아가 보니 낯익은 뒷모습이 나타났다.

"그러니까… 내가 아니라고….”

한심한 목소리였다. 반쯤 울먹이고 있는 돌팔이 의관이 있었
다. 돌팔이는 남자들 몇 명에게 둘러싸여 있었고, 그중 한 명에
게 멱살을 잡힌 상태였다.

"의관님!"

마오마오가 뛰어서 다가가니 돌팔이 의관은 콧물을 줄줄 흘
리며 매달려 안겼다. 거치적거려 떼어 내려 하자 이번에는 괴
짜 군사가 끼어들었다.

"내 딸한테 무슨 짓이야!"

아저씨는 입 주위에 설탕을 묻힌 채 으르댔다.

"으응? 이 사람, 아가씨네 아버지야?"

돌팔이 의관은 겁먹은 표정으로 물었다. 어딘가 모르게 태평
한 구석이 있는 것이 이 환관의 특징이다.

"타인이에요."

마오마오는 재빨리 부정했다.

"어디 사는 누구냐? 이름을 말해."

"라칸 님은 어차피 이름 기억 못 하시잖아요."

부관이 대신 돌팔이 의관을 응시했다.

"의관님이 틀림없으시죠?"

"아, 응. 맞아."

손수건으로 콧물을 닦는 돌팔이 의관의 표정은 여전히 한심했다.

"이봐, 당신들. 이 녀석하고 아는 사이야?"

아남 억양이 느껴지는 목소리의 주인은 지저분한 차림새를 한, 피부가 거무스름한 남자였다. 아직 젊고 다혈질이었다. 발밑에는 탁한 기름이 든 항아리가 놓여 있었다.

돌팔이 의관이 뒤에 숨으려 했기에 마오마오는 앞으로 나서고 말았다. 그것을 감싸듯 괴짜 군사가 앞으로 나왔다.

'아니, 당신이 나서 봤자 귀찮은 일만 벌어질 뿐인데.'

하고 생각하고 있는데 리하쿠가 또 해맑게 웃으며 괴짜 군사 앞으로 나섰다.

"맞아. 이 아저씨는 우리 일행인데, 무슨 일 있었어?"

리하쿠는 호위로서의 임무를 착실히 다하고 있었다. 대형견 같은 이 사내는 변견 역할도 열심히 했다. 주위에 있던 남자들도 술렁거렸다.

"보, 보면 몰라? 이거야, 이거."

거무스름한 피부의 남자가 한 손으로 벽을 가리켰다. 그을린 벽돌 벽이 물에 젖어 질척질척해져 있었다. 지면에는 화재의 근원으로 보이는 나무 상자가 놓여 있었다.

"나무 상자가 불타올랐어. 옆에 있던 사람은 이 아저씨야. 불을 붙였다는 얘기지. 지난번 화재도 이 인간이 범인인 게 분명해!"

"아, 아니라니까. 나는 그냥 비누를 사러 왔을 뿐이고~"

"계속 이 근처를 어슬렁댔잖아. 화재의 원인도 당신이겠지!"

"잠깐 진정 좀 해. 그쪽이 무슨 말을 하고 싶은지는 알겠는데, 우리 이야기도 좀 들어 봐."

리하쿠는 어디까지나 차분한 말투였다. 하지만 대형견의 눈은 강아지를 교육시키기라도 하듯 날카롭게 남자들의 시선을 붙잡아 두고 있었다. 돌팔이를 둘러싸고 있던 남자들은 다 합쳐서 다섯 명. 건강해 보이는 몸집들이지만 리하쿠만큼 체격 좋은 자는 없다.

남자는 무슨 말을 하고 싶은 눈치였지만 리하쿠의 시선을 받고 입을 다물었다.

마오마오는 뒤에서 남자들을 관찰했다. 기름 항아리에 모두 지저분한 차림새, 그리고 비누 가게 앞이라는 점으로 미루어 볼 때 비누 직공들일까.

벽의 불탄 자국에 끼얹어진 물. 그리고 주위에서도 탄내가 난다. 화재로 불탄 뒤, 지금 막 또 작은 불이 났다고 생각할 수 있겠다.

"일단 화재에 대해서 자세히는 모르지만 이 아저씨가 아남에 온 건 어제 저녁 무렵이야. 그때까지는 배 안에 실려 흔들리고 있었고. 이건 단언할 수 있어. 그 점은 알겠지?"

남자들이 수군수군 대화를 나누었다.

"그래. 하지만 이 아저씨밖에 없는 곳에서 상자가 불타올랐어. 그 점에 대해서는 뭐라고 할 거지?"

"불타올랐다고?"

리하쿠가 돌팔이 의관에게 확인하듯 반추했다.

"아, 아니야. 갑자기 불길이 치솟은 거야. 나는 아무 짓 안 했어."

"거짓말 마! 그럼, 대체 어떻게 불이 붙었다는 말이야?"

"맞아."

"저절로 불탔을 리가 없잖아."

주위 남자들도 찬동했다.

"아… 알았어, 알았어. 그러니까 진정해."

마오마오는 돌팔이 의관을 밀어내고 불탄 상자 속을 들여다보았다. 그 속에는 섬유형의 무언가와 알갱이 같은 것이 검게 그을린 채 들어 있었다.

"마오마오~ 너무 더럽구나. 선물로 노점 음식이나 사서 빨리 돌아가지 않겠니?"

본론이 머릿속에 전혀 들어가 있지 않은 괴짜가 한 명.

"단것만 계속 먹으면 편식이 되니까 돌아갈 때는 꼬치를 하나 더 먹는 게 어때요? 닭도 좋지만 새우도 맛있거든요."

먹을 생각밖에 머릿속에 없는 이상한 사람도 한 명.

"취, 취에 씨까지!"

돌팔이 의관이 한심하게 소리를 질렀다.

"아무리 그래도 놔두고 갈 수는 없으니까 비누를 사서 빨리 돌아가죠."

"이봐! 그쪽이야말로 우리 이야기를 안 들었잖아!"

비누 직공들이 언성을 높였다.

"듣고 있었어요. 요컨대 이분이 불을 붙인 범인이 아니라는 증거만 있으면 문제없는 거잖아요."

마오마오는 돌팔이 의관의 멱살을 잡고 있던 남자를 쳐다보았다.

"그래. 우리가 확실히 납득할 수 있는 대답이라면 말이지."

"알겠습니다. 납득하지 못하신다면 소정의 배상을 하죠. 거기 있는 아저씨가."

"마, 마오마오 님!"

부관이 울 것 같은 표정으로 소리를 질렀다. 거기 있는 아저씨란 즉, 괴짜 군사를 말한다.

직공들은 술렁술렁 이야기를 시작했다. 대화는 금방 끝났다.

"알았어. 확실하게 받아 내도록 하지."

"네, 그럼, 억울한 누명이라면 비누를 정가로 팔아 주세요."

"알았어."

"그럼."

마오마오는 불탄 상자를 보았다.

"이건 쓰레기통으로 쓰던 물건인가요?"

불탄 나무 상자를 뒤집어 보았다. 젖은 섬유는 종려나무 껍질이었다. 불에 그을려 둥글게 말린 것들이 나뒹굴었다.

"그래."

"종려나무 껍질은 비누 만드는 데 사용되나요?"

"종려는 수세미 만드는 데 쓰고 있었어. 비누 말고 다른 것도 만들고 있지."

비누와 수세미. 함께 쓰는 도구라면 함께 만들어 팔아도 이상하지 않다.

"그럼, 이 검게 탄 건 튀김 찌꺼기인가요?"

"맞아."

튀김 찌꺼기, 말 그대로 튀기고 남은 부스러기를 말한다. 아무리 재료가 풍부하다 해도 비누에는 대량의 기름이 들어간다. 일용품으로 사용되는 물건은 저렴해야 한다. 재료 값을 낮추려면 어떻게 해야 좋을까.

"비누 재료에 폐유를 쓰고 있었군요."

시장에는 수많은 튀김 가게들이 늘어서 있었다. 재료는 얼마든지 손에 넣을 수 있어 보였다.

"전부는 아니지만. 그게 무슨 상관이라도 있나?"

"네. 그리고 튀김 찌꺼기를 여기다 버리고 있었단 말이죠."

"그래."

마오마오는 남자들을 빤히 쳐다보며 태양의 높이를 확인했다. 아직 오전이었다.

'조금 미심쩍긴 하지만 이 자리에서는 밀어붙여 볼까.'

마오마오는 이런저런 생각을 하며 검게 탄 튀김 찌꺼기를 쳐다보았다.

"튀김 찌꺼기는 기름에서 걸러 낸 건가요?"

"봐, 저거야."

직공이 가리키는 쪽을 보니 기름이 가득 찬 냄비들이 줄지어 있었다. 옆에는 철사를 엮어 짠 소쿠리에 천이 씌워져 있었다.

"기름은 뜨거울 때 거르는군요."

기름은 식으면 거르기가 힘들다. 금속제 망을 쓰는 이유도 뜨거운 기름을 걸렀을 때 문제가 없기 때문이다.

'천은 목면인가?'

"그래. 뜨거울 때 우리가 돌아다니면서 회수해 오지. 요즘 들어서는 동종업계 녀석들이 이쪽까지 기름을 가지러 오니까 경쟁이 붙고 있어."

마오마오는 고개를 끄덕이며 망 속을 들여다보았다. 튀김 찌꺼기는 별로 들어 있지 않았다.

"그리고 필요 없는 찌꺼기는 버리고요."

"먹을 수는 있지만 양이 너무 많으니까."

"이 소쿠리에 하나 가득 채워지나요?"

"그럴 때도 있지만 그 전에 보통 버려."

마오마오는 눈썹을 움찔하며, 타 버린 쓰레기통 쪽으로 시선을 돌렸다.

"쓰레기통이 꽤 멀리 있는 것 같은데요, 이동시킨 건 아니죠?"

"…그러네. 저기에 따로 놓여 있는데, 왜지?"

직공은 의아하다는 듯 소쿠리 옆에 놓여 있는 커다란 항아리를 들여다보았다.

"이봐, 누가 버렸어?"

마오마오는 술렁거리고 있는 다른 직공들 쪽으로 시선을 돌렸다.

"아가씨, 어떻게 해결될 것 같아?"

돌팔이 의관이 작은 동물처럼 동그란 눈동자로 쳐다보고 있었다. 괴짜 군사가 또 끼어들지 않을까 경계하고 있었는데 오지 않는다. 어떻게 된 일인가 보니 괴짜는 비누 직공들을 관찰

하고 있는 것 같았다. 가끔 다가가서는 물끄러미 쳐다보다가 상대방이 싫은 표정을 짓게 만들곤 했다. 부관이 금방 사과하려고 쫓아가는 게 고생스러워 보였다.

'얼굴 구분도 못 하는 주제에.'

괴짜는 타인의 얼굴을 외우지 못한다. 피붙이 외에는 무성의하게 대하는 이유도 거기에 있기 때문에 왜 쳐다보고 있는지 궁금했지만 물어볼 마음은 나지 않았다.

'자, 어떻게 할까.'

돌팔이 의관의 무죄를 증명할 근거는 거의 다 모았기 때문에 설명을 시작하고 싶지만, 한 가지 수를 준비해 두기로 했다.

"취에 씨, 취에 씨."

"네, 네, 왜 그러세요. 마오마오 씨, 마오마오 씨."

마오마오는 취에에게 귓속말을 했다. 취에는 그리 크지 않은 눈을 최대한 크게 뜨고, "알았어요." 하고 뛰쳐나갔다.

취에가 돌아올 때까지 시간이 좀 걸릴 듯했다. 마오마오는 상대의 상황을 지켜보며 적당한 때를 노렸다.

"죄송합니다. 그럼, 불이 붙게 된 경위를 설명하고 싶으니 이쪽으로 와 주실 수 있으세요?"

마오마오는 서로 이야기를 나누던 직공들을 불렀다.

"그래, 알았어."

"제대로 설명해 준다는 말이지?"

"네. 불은 일부러 붙인 게 아니라 저절로 붙은 거예요. 그러니 이분은 무죄입니다."

마오마오는 돌팔이 의관의 어깨를 두드렸다.

"아, 아가씨!"

돌팔이 의관이 떨면서 마오마오를 쳐다보았다.

"왜 그러세요, 의관님?"

"그런 말로는 납득시킬 수가 없잖아! 다들 무섭게 째려보고 있어!"

확실히 얼굴들이 험악하긴 하다.

"네. 알고 있어요. 저절로 불이 붙었다고 해도 납득 못 하시겠죠."

"그래. 왜 불이 붙었다는 거야? 배상하기 싫다고 아무 말이나 하는 것 아니야?"

"아무 말이나 하는 게 아니에요. 대량의 튀김 찌꺼기, 그게 화재의 원인이거든요."

마오마오는 소쿠리에 남아 있던 튀김 찌꺼기를 집어 들었다.

"기름으로 갓 튀기고 남은 찌꺼기를 대량으로 준비합니다. 그러면 안쪽에 열이 차 있으니 불이 붙을 수가 있죠. 튀김 찌꺼기 말고 기름에 젖은 천에도 이렇게 불이 붙을 수 있어요."

"…불이 혼자서 붙는다니, 그런 말도 안 되는 일이 있을 리가."

"있다니까요. 보세요."

취에가 파닥거리는 발소리를 내며 돌아왔다. 손에는 커다란 냄비가 들려 있었는데, 그 속에는 튀김 찌꺼기가 흘러내릴 정도로 산더미처럼 담겨 있었다.

"마오마오 씨, 가져왔어요."

"고마워요, 취에 씨."

취에에게 부탁한 것은 튀김 찌꺼기를 모아 오는 일이었다.

"아뇨, 아뇨. 그런데 경비 처리 되나요? 모자란 만큼의 튀김 찌꺼기를 만들어 달라고 부탁한 거라 꽤 비싼데요."

"저쪽 부관님께 부탁하세요."

마오마오는 대금을 낼 생각이 애당초 없었다.

괴짜 군사에게 먹이를 주고, 이상한 행동을 하지 않도록 감시하고 있던 부관에게 지불을 맡겼다. 괴짜 군사는 튀김과자를 먹으며 아직도 비누 직공들을 쳐다보고 있었다. 타인에게 관심이 없는 괴짜치고는 드문 행동이었다.

"자, 여기 튀김 찌꺼기가 있습니다. 계속 방치해 두면 어떻게 될 것 같나요?"

"불이 붙을 거라고 말하고 싶은 건가? 유감이지만 금방 식어 버릴걸."

비누 직공이 고개를 갸웃거리며 부정했다.

"정말 그럴까요?"

마오마오는 히죽 웃으며 쓰레기통으로 쓰이던 항아리 속에 그것을 넣었다.

"……."

"아무 일도 안 일어나잖아."

"조금만 기다려 보세요."

마오마오는 취에를 흘끔 쳐다보았다. 취에는 손에서 조화를 꺼내며 놀고 있었다.

"이봐, 괜찮은 거야? 아가씨."

리하쿠도 의아한 표정으로 보고 있었다. 항아리에서 조금 떨어져 있는 걸 보니 지난번 폭발로 머리카락이 탔던 경험을 떠올렸는지도 모르겠다.

"조금만 더 기다려 보세요."

"흥, 어이가 없군. 시간 낭비야. 일하러 가야겠어."

직공 한 명이 자리를 뜨려 할 때였다.

미지근한 공기가 흘러나옴과 동시에 탄내가 나고, 항아리에서 연기가 솟아올랐다.

"…진짜야?"

직공이 다급히 항아리로 다가갔다.

"이봐, 가까이 다가가도 괜찮아?"

"폭발은 안 할 거예요, 아마."

마오마오도 다가가 보았다. 불은 보이지 않지만 금세 타오를 기세였다.

"보시는 대로 튀김 찌꺼기는 자연 발화를 합니다. 그러니 화재의 원인은 튀김 찌꺼기가 아니었을까요?"

"자, 잠깐만 기다려. 이렇게 쉽게 불이 붙는다면 지금까지 화재가 안 일어났다는 게 이상하지 않아? 불이 붙은 건 요 몇 십 년 동안 오늘로 두 번째라고."

"뜨거운 튀김 찌꺼기를 항상 대량으로 버렸나요? 아주 오래 전부터?"

"아, 아니. 최근 일이야. 튀김 찌꺼기를 대량으로 버리게 된 건."

아까 분명 새로운 업자들과 재료인 기름을 두고 경쟁하는 사이가 되었다고 했다. 그래서 위험한데도 뜨거운 기름을 바로 회수해 오고, 걸러 낸 튀김 찌꺼기를 그냥 버려 둔 게 아닐까.

'뜨거운 채로 모아 두는 건 위험하지.'

마오마오는 커다란 기름 항아리를 보며 생각했다.

"믿지 못하시는 것 같지만, 보시다시피 불은 저절로 일어납니다."

"……."

믿을 수 없다는 얼굴이었다. 마오마오도 처음 들었을 때는 믿을 수가 없었다. 그래서 마오마오도 실제로 스스로 실험을 해서 확인해 보았다.

그런데 마오마오는 이때 두 가지 편법을 썼다.

원래 튀김 찌꺼기에서 불길이 치솟으려면 시간이 더 오래 걸린다. 직접 실험해 본 마오마오는 알고 있다.

'그땐 시간이 꽤 걸렸지.'

튀김 찌꺼기가 아니라 낡은 천에 휘발성 높은 향유를 적셔서 방치해 두었다. 몇 장 가지고는 아무 일도 일어나지 않았기에 천을 겹겹이 겹쳐서 열기가 고이도록 했다. 그래도 불이 붙지 않아 깜박 조는 사이 작은 화재가 일어났다. 마오마오는 시커멓게 타 버리기 전에 찬물 세례를 받고 나서야 눈을 떴다.

'불이 솟구치는 순간을 보고 싶었는데.'

다시 한번 확인하고 싶어도 두 번 다시 실험을 하지 말라며 야단을 맞은 입장이다.

이번의 경우 한없이 시간만 끌고 있다가는 직공들이 인내심을 잃을 것 같아, 취에게 약간 손을 써 달라고 했다.

대량의 튀김 찌꺼기와 함께 불씨를 준비해 달라고 부탁한 것이다.

마술이 특기인 취에는 주위의 의심을 사지 않고 불씨를 건네주었다. 항아리에 찌꺼기를 넣으면서 그것을 함께 집어넣으면 된다.

'잘 타올라서 다행이야.'

사기꾼 같은 설득 방법이지만 어쩔 수 없다.

두 번째 편법은….

첫 화재의 원인은 지금 마오마오가 설명한 것이 틀림없다고 생각한다. 하지만 조금 전 돌팔이 의관 앞에서 불길이 솟구친 사건에 대해서는 조금 설명하기가 어렵다.

'못 할 건 없지만 가능성이 낮아.'

불탄 쓰레기통 속에는 종려와 튀김 찌꺼기 탄 것이 들어 있었다. 하지만 저절로 불이 났다고 하기에는 양이 너무 적다. 마오마오가 한 실험과는 튀김 찌꺼기와 천이라는 차이가 있지만, 더 열기가 잘 고이는 환경이 아니면 불이 붙기 힘들어 보였다.

'무엇보다 왜 일부러 나무로 만든 쓰레기 상자에 버렸을까?'

뤄먼이라면 '근거 없는 말은 하지 말거라'라고 말했으리라.

마오마오가 생각에 잠겨 있는데 남자들을 빤히 쳐다보던 괴짜 군사가 움직였다. 먹던 튀김과자가 다 떨어진 걸까.

"이봐, 아까부터 왜 남 탓만 하고 있는 거야?"

"뭐?"

괴짜 군사는 영문 모를 소리를 내뱉었다. 원래 영문 모를 사람이긴 하지만 정말 영문 모를 소리였다.

"저어, 라칸 님께서는 거짓말을 하고 있는 사람이 있고 그 사람이 범인이라고 말씀하고 계십니다."

부관이 다급히 통역했다.

"누, 누군데?"

돌팔이 의관이 매달리는 듯한 눈빛으로 괴짜 군사를 보았다.

"저 구석에 있는 까만 바둑돌."

"바둑돌이란, 라칸 님께서 구분할 수 없는 사람 얼굴을 말합니다."

부관도 고생이 많다. 오늘 최고의 공로자가 아닐까. 이름도 모르지만.

"무슨 근거로 그런 말을 하는 거지? 내가 거짓말을 하고 있다고?"

검은 바둑돌이라 불린 남자가 화를 냈다.

"눈을 깜빡이고 있어. 심장 뛰는 소리가 크지. 땀 냄새가 나."

"저, 저기, 죄송합니다. 저도 잘 모르겠습니다."

부관도 두 손 들었다.

'거짓말을 하면 눈을 깜빡이는 횟수가 늘어나지. 심장이 쿵쿵 빠르게 뛰고 식은땀을 흘려.'

괴짜 군사 앞에서는 거짓말을 할 수 없다. 그것은 궁정 내에서 퍼진 소문이었다. 논리도 없고 그냥 야성적인 감으로 하는 말인 줄 알았더니 의외로 이치에 맞게 판단하고 있었다.

'아버지가 그렇게 말했지.'

괴짜 군사는 사람 얼굴을 구분하지 못하지만 각각의 부위는 아는 모양이었다. 눈과 코는 알지만 그것이 종합적으로 어떤 사람의 얼굴이 되는지를 전혀 알아보지 못할 뿐이다. 그래서 타인을 구분할 때는 얼굴이 아니라 다른 판단 방법을 쓰고 있다고 했다.

목소리, 움직임, 습관과 냄새.

관찰 능력으로 따지면 타인과 비교도 안 될 만큼 뛰어날지도
모르겠다.

'하지만 타인에게 거의 관심이 없으니 별 도움은 안 되지.'

아니, 일할 때는 도움이 된다. 뛰어난 인재를 찾아내는 부분
에서 이 구제 불능 아저씨는 타의 추종을 불허한다.

"누가 들으면 오해할 만한 소리 하지 마!"

"아니, 담배 냄새가 난다니까. 고약해. 비누의 향료, 꿀과 향
초 냄새로 많이 가려지긴 했지만 방금 전까지 피우던 것 아니었
어?"

외알 안경의 이상한 아저씨가 내뱉은 말에 비누 직공들은 의
심받은 남자를 주목했다.

"이봐, 담배 끊었다면서?"

"기름이 사용되는 현장이니까 피우지 말라고 했잖아. 설마 여
기서 피운 거야?"

직공들은 입을 모아 거짓말쟁이 취급을 당한 남자를 몰아붙
였다. 거짓말쟁이의 품에서 담배가 나왔다.

'담뱃불이었구나.'

그렇다면 불이 붙은 이유를 알 수 있었다. 남자는 한 모금 피
우기 위해 쓰레기통으로 가서, 다른 직공들이 없는 틈에 담배

를 피웠다. 쓰레기라고 들어 있던 것은 튀김 찌꺼기와 종려나무 껍질이었다. 종려는 섬유질이기 때문에 불이 붙기 쉽고, 튀김 찌꺼기는 기름 그 자체다. 거기에 담뱃재가 들어가면….

금방은 불이 붙지 않는다. 처음에는 연기만 나다가, 돌팔이 의관이 옆을 지나갔을 무렵 겨우 불이 붙었으리라.

괴짜 군사가 거짓말쟁이라고 말한 이유는, 자기 담배가 불씨라는 사실을 이 남자가 어렴풋이 눈치챘기 때문이었으리라. 하지만 들키면 예전 화재에 대해서도 추궁당할 것이다.

숨겨 놓았던 담배가 증거가 되었는지 거짓말쟁이 남자는 다른 직공들에게 에워싸여 혼쭐이 나고 있었다.

"어휴, 살았네~"

돌팔이 의관은 안심해서 가슴을 쓸어내렸다.

"다행이네요. 취에 씨한테 감사하는 의미로 산호 비녀라도 사 주세요."

취에가 때는 이때라는 듯 요구했다.

마오마오는 야단을 치는 남자들 앞으로 갔다.

"저기, 죄송한데요."

마오마오는 돌팔이 의관의 무죄가 판명되면 그걸로 족하다. 이제 할 일은….

"비누 주세요."

빨리 이 귀찮은 심부름을 끝내고 싶었다.

약사의 혼잣말

20화 ⦂ 벽에 쿵

정말 많은 일이 있었던 하루였다. 아니, 아직 오후이긴 하지만 유난히 하루가 길게 느껴졌다.

돌팔이 의관은 예상대로 측간에 열쇠를 빠뜨렸다고 했다.

"그랬다니까. 의무실에 못 들어가서 어쩔 줄 몰라 하고 있는데 심부름을 부탁받았어."

마오마오가 예상한 대로였다. 돌팔이 의관이 뭐라고 변명할 틈도 없이 일을 떠넘기는 바람에 할 수 없이 배에서 내렸다고 한다. 시장도 가까우니 금방 돌아올 수 있을 거라고 생각했던 모양이었다.

마오마오는 예비 열쇠를 돌팔이에게 건네주고 다시 궁으로 돌아갔다.

괴짜 군사를 챙겨 줄 생각은 없었으므로 빨리 누가 좀 데려가 줬으면 했는데 걱정할 필요도 없었다. 걷고, 먹고, 잘 잔다. 세

살짜리 어린애 수준의 생활을 하던 아저씨는 잠기운을 이기지 못하고 시키는 대로 방으로 돌아갔다.

제일 불쌍한 사람은 부관이었다. 이젠 편히 쉬면 좋겠다.

마오마오도 방으로 돌아갔다.

"나는 옆방에 있을게."

리하쿠는 이어진 방에서 대기했다. 무슨 이변이 있으면 달려와 줄 테니 든든하다.

'그럼, 이제 별일 없을 테니 자자.'

게으름이나 피워야겠다는 생각에 침대에 누워 있던 마오마오는 분노가 부글부글 끓어오르기 시작했다.

제멋대로 돌아다니는 돌팔이 의관도 문제지만 근본적으로 그에게는 위기감이라는 것이 없다. 원래는 데려오는 데 적합하지 않은 인물이다.

'대체 왜 돌팔이 의관을 데려온 거야!'

생각나는 건 그 한마디뿐이다.

당사자는 태평하니 아무 의문도 없겠지만, 대리로 데려왔다면 최악의 경우 유괴당할 가능성이 있다.

뤄먼을 위한 일이라고 하던데, 실제로는 누구를 위한 일일까.

'아버지에게 무슨 일이 생겼을 때 누가 제일 크게 반응할까.'

괴짜 군사, 아니 그 이전에….

마오마오는 욧잇을 얼굴에 짓누른 채 이불 위에서 다리를 파닥거렸다.

"바빠 보이네요."

마치 발을 동동 구르는 듯한 짓을 하고 있는 모습을 취에에게 보이고 말았다. 어느 틈에 들어온 걸까.

"실례했습니다. 먼지가 날렸겠네요."

마오마오는 아무 일 없었다는 것처럼 일어나서 침대를 정돈했다.

"아뇨. 그런데 지금 달의 귀인의 방에 가야 하는데 문제는 없으신가요?"

"달의 귀인에게? 아직 낮인데요?"

마오마오가 약을 갈아 주는 것은 대부분 진시가 목욕을 마치고 나온 후였다. 약을 새로 바르고 목욕하러 들어가는 건 의미가 없기 때문이다.

"네, 가 보면 알아요. 더운물을 가져왔으니 몸을 씻으세요."

취에는 파닥파닥 발소리를 내며 마오마오의 옷을 준비했다. 밖을 돌아다녀서 땀범벅이 되었으니 옷을 갈아입으라는 뜻인 모양이었다. 일단 시녀다운 일을 해 주고는 있는데, 엉덩이를 흔들고 춤을 추며 준비를 하고 있다. 보는 사람은 즐겁지만 굉장히 피곤할 것 같다.

'그래서 잘 먹는구나.'

묘하게 춤을 추거나 마술을 선보이는 등 쓸데없는 곳에 체력을 쓰곤 한다.

마오마오는 납득하면서 준비된 옷을 받아 들었다. 그런데 옷은 어제 받은 것과 똑같았다. 이 상태로 볼 때 같은 옷이 앞으로 몇 벌은 더 있을 듯했다.

마오마오는 재빨리 몸을 닦고 옷을 갈아입었다.

"실례합니다."

마오마오는 진시가 있는 방에 들어갔다. 국빈이라서인지 실내 장식은 말할 것도 없고, 마오마오가 쓰는 방의 몇 배는 넓으며 여러 칸으로 나뉘어 있었다. 바깥에는 노대가 보였다.

"어서 오렴."

맞이해 준 사람은 스이렌이었다. 스이렌은 온화한 미소와 함께 마오마오를 안으로 안내했다.

장막 한 장 너머에서는 진시가 긴 의자에 편하게 앉아 있었다. 양옆에 가오슌, 타오메이가 있었다. 취에의 남편 바료가 안 보이는데 옆방에라도 있는 걸까.

'호오, 가오슌 부부.'

스이렌보다 타오메이가 맞이해 주는 편이 더 자연스러워 보였지만, 할멈은 부부가 함께 있는 시간이 줄지 않도록 배려했는지도 모른다. 이 부부는 둘 다 바빠서 얼굴 볼 기회도 별로 없을 듯하다.

공처가라고 들었는데 역시 타오메이가 연상이었다. 내뿜는 기운이 왠지 모르게 누님 같은 아내의 분위기를 풍긴다.

어젯밤에는 연회니 뭐니 때문에 진시의 방을 방문하지 않았다. 역시 황족쯤 되면 대접이 다르다. 탁자에는 마오마오의 방에 없었던 색색의 과일들이 즐비했다. 아직 이 계절에는 이른 여지와 암마라, 실파초 実芭蕉*도 있었다.

'어떻게 재배하는 거지?'

거의 건조 상태나 그림으로밖에 본 적 없는 과일에 흥미가 느껴졌다. 취에가 마오마오의 대각선 뒤에서 눈을 빛내고 있다는 느낌이 들었다.

취에를 따라 덩달아 손을 내밀 뻔했지만 물론 그런 짓은 할 수 없었다. 할멈도 있고, 게다가 타오메이도 한쪽 눈을 빛내고 있다. 가오슌은 평소와 똑같은 표정으로 '아무 짓도 하지 말아 줘'라고 호소하고 있었다.

마오마오는 마음을 다잡고 진시를 쳐다보았다.

"무슨 용건이신가요?"

다소 말투가 딱딱해진 이유는 방금 전의 분노가 아직 남아 있기 때문이었다.

"그게, 용건이라기보다, 잠깐 기다려 줘."

※실파초 : 바나나.

"마오마오."

스이렌이 마오마오의 어깨에 손을 얹었다.

"손님이 계신단다. 잠깐 뒤로 물러나 있으렴."

"…네."

사람을 불러다 놓고 물러나라니, 도대체 뭘 하고 싶은 걸까.

그때 덩치 큰 남성과 그 뒤를 따르는 여성이 방에 들어왔다. 여성의 몸을 걱정하듯 남성이 받쳐 주고 있었다.

'어, 저 사람?'

마오마오는 여성의 얼굴이 낯익다는 느낌이 들었다. 가녀리고 얌전해 보이는 미인이었다.

"후요 님. 이번 회임 축하드립니다. 인사가 늦어져서 미안합니다."

진시의 목소리로 그것이 누구인지 밝혀졌다.

'후요!'

전에 후궁에서 유령 소동을 일으킨 범인이었다. 담장 위에서 춤을 추던 몽유병자 비.

그렇다면 옆에 함께 있는 남성이 비를 하사받은 무관일까.

"달의 귀인이시여, 이전의 은혜는 결코 잊지 않았습니다. 이렇게 모국으로 돌아올 수 있었던 것도, 달의 귀인 덕분입니다."

후요가 천천히 허리를 굽혔다. 하늘하늘한 의상을 입고 있지만 몸은 왠지 무거워 보였다. 얼핏 봐서는 잘 모르지만 의상 안쪽에는 배가 크게 부풀어 있는지도 모른다.

남성이 입을 열지 않는 이유는 이 자리에서 남편보다 아내의 지위가 더 높기 때문일까.

"달의 귀인께서 한말씀 해 주지 않으셨다면 이렇게 고향에 돌아오지도 못했을 것입니다."

'혹시….'

아남에 도착했을 때 마오마오와 다른 마차에 타고 있었던 사람들이 후요 일행 아니었을까.

리하쿠는 리국에서 유능한 무관을 놓아줄 리가 없다고 말했지만, 무관은 회임을 이유로 들어 후요를 모국으로 데려온 모양이었다. 그리고 그것을 도와준 사람이 진시라는 뜻일까.

'남편은 어떻게 되는 걸까?'

리국에 계속 남을까, 아니면 아남으로 돌아올까.

그런 부분의 이야기까지는 모르지만 출산을 모국에서 할 수 있다는 사실은 무척 든든하다.

'그랬구나.'

마오마오에게 두 사람을 보여 주고 싶었던 모양이었다.

그나저나 약간의 문제가 있다.

'그 사건에서 나는 아무것도 안 했는데.'

진시는 후요의 몽유병을 고치라고 지시했다. 그 몽유병은 꾀병일 것이라고 마오마오는 예상했고, 지금 상황을 보아하니 아마도 그것은 확실했던 것 같다. 하지만 마오마오는 진시에게 보고하지 않았다.

'…혹시 눈치챈 건가?'

교쿠요 황후에게는 살짝 진상을 이야기했지만, 황후가 진시에게 말했으리라는 생각은 들지 않는다.

마오마오가 후요를 감쌌다는 사실을 진시가 눈치챘다면 자리가 조금 불편해진다.

동시에 후요가 행복해 보여서 안도했다.

후요 부부는 공손한 태도로 진시를 대했고, 뭔가 이야기를 나눈 뒤 퇴실했다.

'금슬 좋은 부부 같네.'

짧은 시간이지만 알 수 있었다. 보는 사람이 멋쩍어질 정도로 무관은 후요를 아꼈다.

후요가 하사된 일은 무관의 공적 때문이지만 그 후 모국으로 돌아올 수 있었던 것은 진시 덕분이다. 또한 후요는 진시가 후궁에서 무슨 일을 하고 있었는지 알고 있을 터였다.

'좀 호인 같은 부분이 있다고 해야 하나, 뭐라고 해야 하나.'

정을 버리지 못하는 성격이다.

인간으로서는 미덕이지만 권력자로서는 약점.

'어정쩡해.'

낮에 있었던 돌팔이 의관 사건도 겹쳐 보였다. 돌팔이 의관을 이용하려고 보이기도 하지만, 그 기저에 있는 건 결국 정을 버리지 못하는 진시가 원인이었다.

진시는 자신의 능력을 과소평가하는 경향이 있다.

'아니, 유능하긴 해.'

하지만 뭐든지 지나치게 혼자 끌어안으려 한다.

모르는 척해 버리면 일이 더 잘 풀릴 때도 있을 텐데, 손을 내밀어 버린다. 도울 수 있는 능력이 있는 만큼 다 끌어안았다가 결국 스스로가 깎이고 만다.

'누굴 닮았어.'

마오마오는 자신이 내내 등을 바라보던 인물을 떠올렸다. 그 인물 또한 자신의 몸을 깎아 타인에게 헌신해 온 남자였다. 마오마오가 누구보다 존경하는 사람.

'돌팔이 의관이 말려든 건 내 탓인가.'

뭐먼이 위험한 상황에 처할 경우, 가장 자제심을 잃을 사람은 마오마오다.

진시는 위정자로서는 다정하고, 동시에 아직 물렀다.

'그래서 멍청한 짓도 저지를 수 있었지.'

왜 진시가 바보짓을 했을까.

'반은 네 책임이란다.'

교쿠요 황후의 말.

진시는 책임감이 강하다. 사실은 더 배려할 수도 있을 터였다. 동궁이 더 자랄 때까지 기다릴 수도 있었으리라.

하지만 그럴 수가 없었다.

'진짜 희한한 인간이라니까.'

자꾸만 그런 생각이 든다.

진시는 우연히 특이한 생물이 마음에 들었을 뿐이다. 세상 물정 모르는 도련님은 수많은 인간들 중에서 다음 장난감을 찾아내지 못했다. 병아리가 처음 본 것을 어미닭으로 착각하듯, 이 장난감이 유일한 물건이라고 맹신하고 말았다.

'물건이라면 물건이라고 인식하고 명령하면 될 텐데.'

하지만 그럴 줄을 모르는 호인이었기에 더욱 잔혹한 방법을 골랐다.

낙인을 찍었을 때, 누구보다 상처를 받은 사람은 진시가 아니라 황제였을 것이라고 마오마오는 생각했다. 망상이 예상으로, 예상이 실감으로 바뀌려 하고 있었다. 진시와 황제의 진짜 관계.

'황제는 진시의 친아버지.'

왕제로서 살아온 진시가 죽었다던 그 동궁이라면…. 진시도 그런 폭거를 저지르지는 못했으리라.

그래서 마오마오는 결코 진시와 황제의 진짜 관계에 대해 언급할 수 없다.

…언급할 수 있을 리가 없다.

그렇게 되면 마오마오의 행동 범위도 좁아진다.

'어떻게 해야 좋을까….'

그렇게 생각하면서도, 답은 이미 정리되어 있다는 느낌이 들었다.

"자, 이제 나와도 돼."

스이렌이 등을 떠밀었다. 왠지 의미심장한 말투인 것이 조금 비위에 거슬렸지만 어쩔 수가 없다.

"후요 님의 후일담을 알려 주셨군요."

방금 전까지 생각했던 것들을 일단 머릿속 한구석으로 몰아넣고, 마오마오는 고개를 숙였다.

"별것 아니다. 후요 님 일로 전에 의뢰한 적이 있으니, 알아 두는 편이 좋겠다고 생각했을 뿐이지."

"네, 조금은 후련해졌습니다."

마오마오는 주위를 흘끗 보았다. 왠지 자꾸만 진시가 자신을 신경 써 주고 있는 것 같았다.

'…할 수 없지.'

마오마오는 문득 노대를 보았다.

"이 방은 훌륭하군요. 노대도 달려 있네요."

"궁금하다면 봐도 좋아."

"그럼, 사양 않겠습니다."

마오마오는 노대 쪽으로 성큼성큼 걸어갔다.

"샤오마오!"

가오슌이 막으려 했으나 진시가 제지하는 모습이 시야 한구석으로 보였다.

마오마오는 노대로 나갔다.

'호오.'

활, 또는 페이파가 있다면 암살하기에 딱 좋은 장소이지 않을까 생각했지만….

'나무 그늘에 가려져서 노리기 어렵군. 저격할 만한 장소도 주위에 없고.'

안전을 고려한 구조라는 생각이 들었다. 문외한의 감상이지만, 적어도 그렇지 않고서야 요인을 묵게 하는 방으로는 적절치 못하다.

그래서 마오마오를 쫓아온 진시는 혼자였고 그 뒤로 아무도 따라오지 않았다. 가오슌은 타오메이에게서 무슨 소리를 듣고 있었다. 아무리 봐도 가오슌은 아내 앞에서 고개를 못 드는 모양이다.

'왠지 다 준비되어 있는 것 같아서 마음에 안 들지만.'

진시와 단둘이 남고 말았다. 이다음에는 화상 자국을 봐 주어야 하는데, 마음 바뀌기 전에 해치우고 싶었다.

"오늘은 거리를 돌아다녔다던데."

"네. 마을 사람에게서 리국 이야기도 들었습니다."

국민 감정이 양호하다고는 할 수 없지만 적어도 폭발할 정도라고 보이지는 않았다.

'양호하다면 또 양호한 대로, 국빈에게 여성을 들여보낼 가능성도 있지만 말이지.'

"진시 님, 오늘 밤도 조심하셔야겠네요."

침대에 여성이 숨어들 가능성은 늘 있다.

"갑자기 무슨 말을 하나 했더니."

진시는 종자의 시야에서 벗어나자 벽에 기댔다. 타오메이 앞에서 긴장하는 사람은 가오슌 하나뿐만이 아닌 모양이었다.

"후궁 시절의 밤을 떠올리면 대충 예상이 가지 않으세요?"

"으윽."

진시는 짚이는 데가 있는지 이상한 표정을 지었다.

그리고 무슨 말을 하고 싶지만 확실히 내뱉을 수가 없다는 얼굴을 했다.

"그게, 이렇게 돼서 후요 님은 고향에 돌아왔다. 대신이라고 말하긴 뭣하지만 아남 왕의 조카딸이 후궁에 들어오게 될 것 같더군."

"힘들겠네요."

"그래, 그리고 교쿠요 황후의 조카도 입궁해."

"그건 들었어요. 도망친 사람은 누굴까요?"

마오마오는 새삼스럽게 물었다.

"진시 님은 이제 진시 님이 아니시니까 계속 후궁 일에 참견할 필요도 없고, 그냥 자기 일만 하면 될 거라고 생각하는데요."

"나도 그렇게 생각하지만 완전히 끊어 낼 수도 없어."

마오마오는 차가운 눈으로 진시를 쳐다보았다.

진시는 그 눈빛을 불안한 듯 마주했다.

마오마오는 또다시 울컥 짜증이 치밀었다.

"진시 님. 진시 님은 권력자니까 더 당당한 표정을 지으세요."

"…알고 있다."

"쓸 수 있는 건 쓰시는 편이 좋아요."

"…하고 있다."

"그렇다면…."

마오마오는 진시에게 다가갔다.

히죽 웃고서 진시를 올려다보며 발돋움을 했다. 그리고 오른손으로 벽을 쿵 짚고 진시의 몸을 가로막았다.

진시는 눈이 둥그레졌다.

"저는 누군가에게 이용당하는 게 불쾌합니다. 하지만…."

마오마오는 진시에게만 들릴 만한 작은 목소리로 속삭였다.

"어정쩡한 배려는 오히려 방해가 되죠. 누군가의 짐이 될 바에야 도구로 사용되는 편이 훨씬 낫습니다. 진시 님의 망설임은 곧 나라의 망설임, 한때의 망설임이 수만 명의 백성을 죽이게 되는 일도 있겠죠. 어차피 후회는 하게 되어 있으니, 망설이지 말고 똑바로 길을 나아가세요."

마오마오는 진시에게서 얼굴을 뗐다.

"사용할 거라면 확실하게 사용해야지요. 약은 사용하라고 있는 거니까."

마오마오는 눈을 감고 휴우, 하고 한숨을 내쉬었다.

계속 분개하고 있던 생각은 입 밖으로 내뱉으니 술술 잘도 나왔다.

마오마오는 공주가 아니라 약사다. 이용당하게 된다면 이용당하는 편이 낫다. 써서 없애 버리는 게 낫다.

물론 도망칠 수 있다면 도망치고 싶지만, 어정쩡한 짓을 저질러 좋을 일도 없다.

하고 싶은 말은 더 있지만 이게 한계겠지…. 하고 마오마오는 생각했다.

하지만 마오마오의 부글부글 끓는 분노에는 다른 의미도 포함되어 있던 모양이었다. 마오마오의 손이 자연스럽게 진시의 얼굴을 만졌다.

"진시 님은 인간입니다. 모든 사람을 구할 수 있는 천상의 신선이 아니에요."

마오마오는 양손으로 진시의 두 뺨을 감쌌다. 왼손 손가락 끝이 얼굴의 상처에 닿았다.

"상처받고 쓰러지는 평범한 인간이라고요."

누구에게 말하고 있는 걸까.

마오마오의 눈앞에는 진시가 있는데도, 자꾸만 뤄먼의 얼굴
이 떠올랐다.

'짜증나는 것도 당연했네.'

진시의 행동 원리는 뤄먼을 닮았다.

이대로 가다가는 분명 자의와 상관없이 나쁜 패만 뽑는 인생
이 되어 버릴 것이다.

'아버지처럼.'

모든 이들을 다 도우려다 자신의 몸을 망가뜨리고 만 바보처
럼.

더 욕심을 내도 될 텐데, 그것을 참고 만다.

참고, 참고, 또 참은 결과.

무언가를 포기한 노인이 되어 버린다.

유일하다고 해도 좋을, 마오마오가 아버지에게 품고 있는 반
감. 샤오의 무녀 사건으로 뼈저리게 느꼈다.

마오마오는 뤄먼을 존경한다. 아무리 불행한 일을 당해도 다
정함을 잃지 않는 뤄먼은 그 존재 자체가 기적이다.

대신 몸과 마음이 모두 너덜너덜해지고 말았다. 포기를 전제
로 행동하게 되었다.

진시도 언젠가는 그렇게 될까. 아니면….

"이젠 낙인 같은 짓은 절대 하지 말아 주세요."

"몇 번씩 말하지 않아도 알아…."

"정말 그럴까요?"

마오마오는 훗, 하고 웃고는 천천히 양손을 떼었다.

하지만 뺨에서 손이 떨어지지 않았다. 진시가 마오마오의 양
손목을 잡고 있었다.

"놓아주세요."

"싫어."

어린애 같은 말투였다. 가끔 진시는 유치하게 굴 때가 있다.

"슬슬 돌아가고 싶은데요."

"조금만 더 있어도 괜찮잖아?"

"가오슌 님이 조마조마해하고 계실 거라는 생각이 드네요."

"그럼, 조금만 더 보충하게 해 줘."

"보충?"

진시는 손을 떼고 양팔을 크게 벌렸다.

'포옹하라는 뜻인가?'

마오마오는 잽싸게 거절의 뜻을 전하려 했으나 펼친 팔은 마
오마오를 향하지 않고, 무언가를 받아들이는 듯한 형태를 띠었
다.

"뭘 하라는 거죠?"

"…포옹하고 싶었지만, 지금의 내게는 다른 것이 필요한 것
같다."

진시는 상처가 없는 왼뺨을 찰싹찰싹 두드렸다.

"정신 바짝 차리게 해 줘."

"…때리라고요?"

"있는 힘껏, 전에 수정궁 시녀를 후려갈겼던 때처럼."

눈을 반짝반짝 빛내며 말하니 난감하다. 심지어 싫은 일을 똑똑히 기억하고 있다.

"방금 제가 한 말, 기억하고 계세요?"

낙인 같은 짓은 하지 말라고 했는데 바로 자해 행위를 저지르려 하다니.

"알고 있다. 하지만 이건 상처가 남지 않으니까."

"빨개지잖아요!"

야단맞는 건 마오마오다. 믿고 단둘만 남겨 줬는데 배신할 수는 없다.

"부탁해."

"무리예요!"

"부탁이야!"

진시는 천천히 무릎을 꿇었다.

"이젠 내게 지시를 내리는 사람이 아무도 없어."

진시는 내뱉듯이 말했다.

가오슌과 스이렌은 잔소리를 하긴 하지만 어디까지나 신하의 입장이다.

만일 진시의 말을 확고히 부정할 수 있는 인물이 있다면 주상 뿐이다.

'지시를 내리는 사람이 없다.'

진시가 원한, 신하로 강등시켜 달라는 말은 황제와의 인연을 끊는 일이다.

'두 사람이 어떤 이야기를 나누고, 어떻게 서로를 대했는지 나는 몰라.'

하지만 세간에서 말하는 황족 내의 혈연관계 중에서는 상당히 양호한 편이라고 들었다.

'자업자득인데 말이야.'

그렇기 때문에 진시도 제멋대로 굴고 싶지는 않을 거라고, 마오마오는 한숨을 쉬며 생각했다.

"알겠습니다. 눈을 감으세요."

"부탁한다."

마오마오는 손을 크게 휘둘러 진시의 뺨을 때렸다. 철썩 소리가 울려 퍼졌다.

"윽."

진시는 눈을 뜨려 했지만, 마오마오가 진시의 눈꺼풀 위로 살며시 손바닥을 덮었다.

"보여 주세요."

마오마오의 손이 아프니 진시의 뺨은 더 아플 것이다. 마오마오는 천천히 붉어져 가는 뺨의 열기를 들여다보았다.

'스이렌에게는 틀림없이 들키겠네.'

화를 낼지 어떨지는 진시의 대응 나름이리라.

"아픔아, 아픔아, 날아가라."

바이링 언니가 자주 해 주었던 주문을 떠올리고, 붉어진 뺨에 마오마오는 가볍게 입을 맞추었다. 입술은 손끝보다 차가워 뺨의 온도가 더욱 또렷하게 느껴졌다.

'통할 리 없겠지만.'

그러나 신기하게도 뺨의 홍조는 눈에 띄지 않게 되었다.

'홍조가 사라졌나? 아니네.'

아니었다. 진시의 얼굴 전체가 붉게 달아올랐기 때문이었다. 마오마오는 천천히 진시의 눈 위에서 손을 뗐다.

진시는 마오마오에게서 시선을 돌렸으나 손은 마오마오를 꼭 잡고 있었다.

"마, 마오마오."

"왜 그러시죠?"

마오마오는 몸을 살짝 떼었다.

"반대쪽도 부탁한다."

이번에는 상처가 있는 오른뺨을 들이밀었다.

"…싫어요."

마오마오는 실눈을 뜨고 진시를 노려보았다.

약사의 혼잣말

종 장

마오마오는 창밖을 내다보았다. 좁은 창 뒤에는 차례차례 다른 배들이 늘어나 있었다. 여행 도중, 항구에 들를 때마다 늘어난 상선이었다. 행선지는 마찬가지로 서도였으니, 해적 대책인 모양이었다.

"이리하여 길게 느껴졌던 배 여행도 목적지 도착이 가까워지기 시작했다."

"취에 씨, 무슨 말을 하는 거야?"

당연한 듯 선내 의무실 안에서 태평하게 늘어져 있는 취에에게 돌팔이 의관이 물었다.

"그게, 이 부근에서는 이렇게 심경 표현이 들어가야 할 것 같아서 넣어 봤어요."

"무슨 말인지 모르겠어. 신기한 소리만 하네."

돌팔이는 고개를 갸웃거렸다. 취에가 정말로 무슨 말을 하는지 신기할 때도 있지만, 그런 생물도 세상에는 일정 수 존재한다.

마오마오는 창에서 몸을 떼고 남은 약의 수를 확인하기로 했다. 취에의 설명대로 이제 곧 목적지인 서도에 도착한다. 약 보충을 생각해야 하는데 정작 돌팔이 의관은 항상 수다만 떨고 있다.

리하쿠에 이어 취에까지 의무실에서 한가하게 놀게 되었다. 본인의 말로는 '일이에요'라고 한다. '농땡이예요'를 잘못 말한 게 아닐까.

"의관님, 약 개수 기록 정도는 해 주세요."

마오마오는 장부와 필기도구를 건넸다. 별로 힘든 일도 아니니 마오마오 혼자서도 할 수 있지만, 돌팔이 의관의 어리광을 받아 줘서는 안 된다고 생각한다.

"저도 도울까요?"

"아뇨, 의료 관계자가 아닌 사람이 손을 대면 나중에 이런저런 잔소리를 듣거든요."

"유감이네요. 취에 씨는 독에도 밝은데요."

자기 스스로를 열심히 홍보하는 성격이다. 농땡이 피울 수 있는 곳에 눌러앉기 위해서겠지만.

"독 시식을 할 정도니까요."

마오마오는 아남국에서의 사건을 떠올렸다.

연회에서의 독 시식, 돌팔이 의관의 행방불명, 진시의 따귀를 때린 일….

마지막 일은 정말 난감했다.

마오마오는 오른손을 자신의 입술로 가져갔다.

'왜 그런 짓을 저질렀을까.'

주문 따위는 아무 의미도 없다는 사실을 마오마오도 잘 알고 있는데. 어린애 달래듯 진시를 대하고 말았다.

노대는 원래 밀회용으로 사용되던 곳이었는지 방에 있던 사람들에게는 들리지 않아 다행이었다. 스이렌, 타오메이, 가오순이 들었다가는 어떻게 되었을까. 취에는 재미있어 해 줄 것 같은 느낌이 든다.

참고로 진시의 '반대쪽도 부탁한다' 발언은 정신 바짝 차리게 해 달라는 뜻이었다는 모양이었다. 결코 피학 취향이 있어서 그런 건 아니라고 진시는 변명했다.

'아니, 그런 표정으로 말하면 그렇게 생각할 수밖에 없잖아.'

그리고 뺨이 붉어진 일을 진시가 어떻게 해명했냐면, 방에 들어가기 직전 자기 스스로 있는 힘껏 얼굴을 후려갈겼다.

무슨 짓이냐며 당황하는 세 사람을 보고 진시는 웃으며 '정신을 바짝 차렸을 뿐이다'라고 말해서 그 자리를 넘겼다.

마오마오는 입을 꾹 다무는 수밖에 없었다.

정말로 지쳤다.

"아~ 아남국은 즐거웠어요. 서도도 기대되네요~"

취에는 작은 눈을 반짝반짝 빛냈다. 손끝에서 어째서인지 비둘기가 날아올랐지만 그런 종류의 반응은 돌팔이와 리하쿠가 알아서 해 주었다. 이제 와서 마오마오가 뭐라고 할 필요도 없지만, 조금 궁금한 것은….

"그거, 어떻게 하는 건가요?"

"호오, 취에 씨의 마술이 궁금하단 말이죠?"

취에는 경단처럼 작고 동그란 코를 자랑스럽게 쓱 치켜올렸다.

"네. 이런 마술에는 기술이 필요할 것 같아서요."

전에 바이냥냥의 무대를 보러 간 적이 있었는데, 그것은 기술보다는 지식을 필요로 하는 장치였다.

"그건 갑자기 왜요?"

"높으신 분들이 시간 때우기로 뭘 좀 해 보라고 할 경우 보여 줄 재주로 딱 좋아 보여서요."

마오마오의 기루식 농담은 항상 실패하기 때문에 잔재주가 필요했다. 그 자리의 분위기를 풀어 줄 수 있는 기술은 좋다.

"안타깝게도 달의 귀인께는 배에 있는 동안 보여 드렸고, 주상으로 말하자면 맨 처음에 보여 드린 뒤 앞으로의 방향성에 대해 상담을 했는데요."

'아니, 앞으로의 방향성은 또 뭐야!'

무심코 한마디 할 뻔하다 꾹 참았다.

당당하게 무례한 여성이었다.

마오마오는 상자 속 약 봉투를 늘어놓고 돌팔이에게 기록하게 한 뒤, 다시 상자 속에 집어넣기를 반복했다.

"그러고 보니 앞으로의 일정에 대해 아직 말씀을 안 드렸네요."

"제대로 할 일이 있기는 있었군요."

마오마오는 당연히 농땡이나 피우러 온 줄 알았다.

"네. 취에 씨는 시어머니께 괴롭힘을 당하지 않기 위해 일하고 있답니다."

취에는 등을 곧게 펴고, 품에서 목간을 꺼냈다.

"저런. 구식이구면, 취에 씨는. 더 쓰기 편한 종이를 써야지."

돌팔이 의관이 손가락을 휘휘 흔들며 말했다. 고향 집이 종이 생산을 하는 곳이라서 그런지 잘난 척하는 느낌이었다.

"끄응. 저는 옛것을 사랑하는 풍류를 아는 사람이에요. 나무의 촉감을 아끼고, 그 향기를 사랑하는 자라고요."

종이는 편리하지만 이런 호사가도 많이 있다. 솔직히 마오마오는 잘 모르지만, 딱히 막을 이유도 없다. 그냥 저 기다란 목간을 어떻게 품에 넣었는지가 의문일 뿐이었다.

"항구에 도착하면 바로 짐을 들고 마차에 탑니다. 서도까지는 반 시간쯤 걸리는데, 전갈 등을 조심하세요."

전갈이라니, 라고 생각하며 마오마오는 알았다고 대답했다.

"돌팔이, 가 아니고 의관님은 서도에 도착하면 다른 의관님들과 합류해 주세요. 마오마오 씨도 같이요. 거점으로 쓰는 방으로 안내받으실 겁니다. 장소는 교쿠엔 님의 별장인데, 모두 들어갈 수는 없으니 세 곳으로 분산됩니다. 그리고 상층부는 한 곳에 몰리니 알아 두세요."

'돌팔이라고 했지?'

얼버무리는 것이 너무 어색했지만 돌팔이는 기록에 정신이 팔려 알아차리지 못한 듯했다.

"마오마오 씨는 기본적으로 다른 의관님들과 함께 행동하게 됩니다. 독 시식 등의 특별한 경우에는 부를 거예요. 리하쿠 씨와 저도 같이 행동할 일이 많을 거라고 생각합니다."

리하쿠는 돌팔이의 호위인데, 취에는 연락 담당일까. 왠지 시어머니와 시할머니의 눈을 피해 농땡이를 피우는 것처럼 보이지만 모르는 척해 두자. 대신 스이렌이 쫓아오면 무시무시한 일이 벌어진다.

"그리고 밤에 저는 자유 시간이니까 부르지 말아 주세요."

"뭐? 긴급 사태인데도?"

돌팔이는 굵은 손가락으로 붓을 요령 좋게 놀리며 물었다.

"네. 시어머니께 둘째를 채근당하고 있기 때문에 초절 기술을 사용해야 하거든요."

취에는 다부진 얼굴로 말했다.

돌팔이는 처음에는 고개를 갸웃거렸지만 마오마오가 "취에 씨는 유부녀예요."라고 말하자 눈치를 챘는지 얼굴을 시뻘겋게 붉히며 들고 있던 붓을 떨어뜨렸다. 용케 이 모양으로 후궁 의관 노릇을 해 왔지 싶다.

하지만 남편은 저 장막 너머에 있는 사람인 것 같은데, 정말 쓸모가 있긴 할까.

"휴우우우우. 단전에 힘을 주고~"

"취에 씨, 이상한 체조는 됐으니까 계속 말씀해 주세요."

마오마오는 엉거주춤 서서 양손을 기묘하게 움직이고 있는 취에에게 단호하게 말했다. 솔직히 끝이 없으니 어쩔 수가 없다.

"서도에서는 배 안에서처럼 지내다 끝날 것 같아요. 하지만 지휘하시는 분은 상급 의관인 요우楊 의관님이에요."

취에는 자세를 고치고, 천연덕스러운 얼굴로 말을 이었다.

그 거무스름한 피부의 상급 의관은 요우라고 하는 모양이다. 딱히 드물지도 않고, 특히 서쪽에 많은 성일 것이다. 일단은 기억해 두자.

"뭐, 대부분은 함께 있을 테니 뒷일은 취에 씨에게 그때그때 묻거나 요우 의관님에게 묻거나 원하는 사람에게 물어보세요. 단, 밤에는 안 돼요. 마 일족의 차남이 아이 만들기를 할 수 있을지 없을지 모르니까 제게 압박이 가해지고 있거든요. 마 일족의 대가 끊어지면, 아니 방계는 있지만, 시어머님이….'

눈이 진지했다. 취에에게도 무서운 것이 있기는 있는 모양이었다.

'맏며느리는 힘들겠네.'

남의 일처럼 생각하며 마오마오는 마지막 약을 정리했다. 이제 끝이네, 하고 치우자 취에도 일어섰다.

"그럼, 이제 곧 도착할 테니 돌아가 보겠어요."

"취에 씨, 또 봐."

돌팔이 의관은 마치 또 놀러 오라는 듯 말했다.

취에는 손을 흔들며 방을 나서려다 다시 한번 뒤를 돌아보았다.

"마오마오 씨."

"왜 그러세요?"

달리 무슨 용건이 있는 걸까.

"유곽에서도, 궁중에서도, 인간은 거짓말을 해요. 서도에도 수많은 거짓말쟁이가 있을 테니 조심하세요. 그리고 이번 일은 입 다물고 있을게요."

취에는 씨익 웃었다. 가무스름한 얼굴은 어두컴컴한 배 안에서 더욱 어두워 보였다.

'이번 일이라니?'

마오마오는 무슨 일일까, 하고 눈동자를 굴렸다.

"그럼, 이만."

취에가 입구 문을 닫는 소리와 함께 선내가 크게 흔들렸다.

두 번째 서도 방문.

도대체 무엇이 기다리고 있을까….

약사의 혼잣말 9권 마침

약사의 혼잣말 [9]

2021년 9월 10일 초판 발행

저자	휴우가 나츠
일러스트	시노 토우코
옮긴이	김예진

발행인	정동훈
편집인	여영아
편집 팀장	황정아
편집	노혜림

발행처	(주)학산문화사
등록	1995년 7월 1일
등록번호	제3-632호
주소	서울특별시 동작구 상도로 282 학산빌딩
편집부	02-828-8838
영업부	02-828-8986

ISBN 979-11-348-5679-3 04830
ISBN 979-11-348-1428-1 (세트)

값 9,000원